U0463111

欣梦享
ENJOY LIVING

为你所困，
为你而名.

崖

为你而名

〈深蓝召唤〉

崖生 ▶ 著

北京燕山出版社
BEIJING YANSHAN PRESS

未来的首领，是什么将你引到我这里来？

目录

C O N T E N T S

我们会再见面的。

不管你在这个世界的哪个角落，我都能找到你。

AGARAS

DESHAROW

PART 1
夜煞人鱼

这是我第一次，
真真实实地面对人鱼。
如果不看那条鱼尾和线条锐利的耳朵，
它根本就是一个人类。

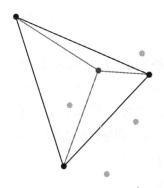

Chapter 01

初遇

1990 年 7 月 17 日，晚。

我们到达冰岛附近海域的第三天。

莱茵在船长室进行雷达搜索，到现在依然没有人鱼的下落。我十分怀疑这么寒冷的水温下人鱼是否能够存活，可莱茵坚持他去年曾在这里找到过人鱼的踪迹。据已知的记录来看，人鱼属于热带生物，可我连一点希望也不想放过。

我实在太渴望见到真实的人鱼了。我希望，我的姓氏与绰号可以延续那个伟大的同名生物学家未曾完成的，对这种神秘生物的探索。

我提笔在日记本上那么写道，鬼使神差地望了望那扇小小的船舱圆窗。

外面黑沉幽暗，我只能在窗子的玻璃上看见台灯暖色的反光，和倒影里我瘦削的轮廓。黑色的头发，黑色的眼睛，脸越发被衬得极度苍白，活脱脱是个吸毒过量的瘾君子的模样。

我笑了一下。

莱茵说我有时偏执得像疯子，或许还真是。

我写下这一句，手中的钢笔突然因为一阵突如其来的心绪不宁而划破了纸面，正在此刻，外面传来了一阵惊呼——

"小华莱士！你快出来，水下有东西！"

我的手猛地颤抖了一下，身体比头脑更迅速地做出了反应，一个箭步冲向了船长室，正巧和走出来的莱茵撞在一起。他张开双臂把我猛地搂了一下，指着深海摄像监控仪的屏幕激动地说道："天哪！德赫罗，我的小华莱士，你看，我就说这儿有人鱼，你早该相信我！"

我睁大眼睛，目光聚焦在屏幕上那个移动的影子时，一瞬间屏住了呼吸。那是一个清晰无比的流线型轮廓，明显区别于鲨鱼和海豚的是，它的上半身两侧没有鱼鳍，而是一对张开的，如同人类一般的两肢。

那的的确确，是一条人鱼。

"快……快撒网啊！莱茵，你还等什么？"

我如梦初醒一般地几乎蹿起来，捶了一下莱茵的胸膛，他却一把抓住我的手腕笑起来："你以为我跟你一样迟钝？这条人鱼已经被咱们的捕鲨剂气味迷惑了，不然你以为它为什么不逃走？"

"你这家伙！"

我立刻闪电般地冲向了甲板，看见船上的水手们果然已经换好装备潜了下去，将网在水下撒开来。渔网上有夜光的浮标，在海面上散落开时，犹如天穹上散落的星子。它们随着水手的下潜而隐没在起伏的海面下，我的心也随之浮浮沉沉，神经像受到水压的压迫一般绷得极紧。

这将是人类生物史上最惊人的发现之一。

想到这一点，我不由得连脊背也僵直了，踮起脚尖踩在船桅上，恨不得跟那些水手一同潜下去，把那条人鱼带上来才好。

"放松一点，可别掉到水里去！"

莱茵在我的身后坏笑起来，我的小腿随之一紧，被他的手抓住了，而我吓得差点应了他的玩笑，身体往前一栽，被他眼疾手快地抓住后领，两个人一下子跌在甲板上。我的屁股几乎压在他的脸上，还好我的体重算轻的，不然得把他骄傲的鼻梁整个压断。

"哥们，想亲我的屁股用不着这么急切吧？"

我挪开身体爬起来，眯起眼睛冲他促狭地笑了一下。莱茵却无所谓地撑在甲板上，十分欠揍地咧开嘴："从生物学的角度上来说，屁股的形状很好，尝上去滋味也不错，这是今晚除了人鱼以外另一个伟大的发现。"

"你的膝盖硬度也不错。"我一脚踹在他膝盖上。

下一秒，船下哗啦的出水声立刻夺走了我全部的注意力。我目不转睛地蹲在船桅边，看着水手们拖起夜光渔网，放到吊架上。渔网缠绕在一起，里面分明包裹着一个湿淋淋的人鱼轮廓的生物，正如同被捕获的鲨鱼一般扭动着身体。吊架升上来的时候，它长长的尾巴从渔网中漏出来，以一种优美的弧度垂坠着。

人类史上曾发现的唯一一种人鱼是印度洋红尾人鱼，而这一只不同，它的尾巴是黑色的，却不尽然是纯黑。

不知道是否因为水面的反射，它的鱼尾呈现出一缕如同焰火中心的冷蓝，末梢却缀上一点点红，红得触目惊心，宛如一柄利刃上沾的血。

我的眼球不知为什么如同被刺到一般，突然有些疼痛，心里也跟着滋生出一丝不祥来。隐约想起几年前在冲绳考察时，研究人鱼长达五十年的前辈——真一先生曾跟我提起的那个传说。

那是一种被称作"夜煞人鱼"的生物。尾巴是蓝黑色的，带一抹红，就像我眼前所见的一样。他与我讲述时脸上带着谨慎的恐慌，只说这是一种比虎鲨更可怕的生物。这种可怕不在于它的攻击力，而在于它所携带的诡异力量。他警告我，如果遇到这种人鱼，一定别带上岸来像研究红尾人鱼一样对待它，否则不堪设想的噩运便会降临在你的头上。

"地狱里来的恶煞。"他那样形容道。

可我并非日本人，也并不了解日本文化，对这个词的含义一知半解，只猜测大概等同于中国的恶鬼和西方的恶魔。

至于它到底如何可怕，在那次交谈里，真一先生却并没有告诉我，只是以一声讳莫如深的嘘声作为结束。好像为了躲避我的追问与造访似的，在第二年我前往冲绳时，回复我的竟然是他去世的消息。这个谜题，也就永远地留在了我的记忆里。

而此时，这个传说，就真真实实地出现在我的面前。

不论真一先生的警告是否在前，人鱼，本身对于我——一个偏执成狂的生物学家来说，已是接近死亡的诱惑。

当它被架到甲板上，放进水仓里时，我的心跳也仿佛就此静止。在水手们协助下，我小心翼翼地蹲下来，将适量的麻醉剂打入它的尾部，并大着胆子在注射完毕后，顺着鱼尾的曲线摸了摸。鱼尾上冰凉细小的鳞片摸上去跟所有鱼类都不一样，它们很光滑，比海豚的皮肤还要细，甚至……接近人类皮肤的质感，就像一层薄膜里包裹着人腿。

我被这个想法吓了一跳，手不经意地碰到人鱼的尾部末梢，手指肚立刻便传来一阵刺痛。我惊讶地发现它的尾巴上居然生有倒刺，三棱体般的尾鳍如同真正的刀刃一般锋利。血线从我的指缝间滴落在它的鳞片上，转瞬就不见了踪影，好像被吸附走了一样。

人鱼猛地挣扎了一下，尾部以不可思议的弧度向我整个弯曲了过来，就像一条蟒蛇要绞缠住我的脚踝，连几个水手也按不住它。

我一下子跌坐在甲板上，僵在原地，魔怔似的愣住了。

"笨小子，你傻了？"

莱茵一把将我从地上拖起来，拽到一边，一脚踩住向我袭来的鱼尾，将剩下的麻醉剂干脆利落地打了进去。

"别！那是对鲨鱼的用量，过量也许会害死它的！"我惊叫了一声，见那条鱼尾很快驯服地平静了下来，慌张地挣开莱茵的手臂，将渔网从它的身体上扒下来。

我的手抑制不住地颤抖着，激动，兴奋，还有混杂在记忆里的恐惧让动作变得很迟缓，当渔网从它的头颅上揭下来，露出它整个身躯时，我浑身打了个哆嗦，退后了一步才站稳脚跟。

这是我第一次，真真实实地面对活体的人鱼。

它跟馆藏的尸体和照片上的那些骨架截然不同，如果不看那条鱼尾和线条锐利的耳朵，它根本就是一个人类。

它弯曲着身体卧在那儿，脸侧在一边，银灰色的头发（尽管我不知道该不该称作头发）一缕一缕湿淋淋地垂在颈项上，看不见面庞，只能看见下颌的线条很锋利。从侧颜判断，它也许生着一张不错的人类脸孔，当然，这并非我关心的。我的目光延伸下去，它背部起伏的肌肉拉伸延展，形状如同一张蓄势待发的弓弦，充满了水中猛兽的力量感。我甚至怀疑它会突然跃起来，像鲨鱼一样撕咬我。

这是一条看上去拥有着健壮的成年男人半身的人鱼。

我曾一度认为人鱼是无性别的，只有交配时才如同黄鳝一样变化出性别来。而此时，这个悖论却彻底击垮了我的猜想。

我的目光不由自主地探向它的下腹，那儿竟然真的有一块隆起的东西，只是被沿腹外斜肌往下生长的鳞膜包裹着，在耻骨处露出一个小小的豁口。

那应该是与海豚的生殖结构相似的地方，只在交配时会勃起露出体外，与人类的柱状生殖器官一样。

只是人鱼是否具有和人类同样的生殖系统呢？它们的繁殖过程是否与人类类似？

心里的好奇遏制不住地上涌，我拿出后腰的手电筒，打算就在这儿给它做一个简单的检查。然而，就在我用手电光掠过它的头颅，刚俯下身时，它忽然动了一下，只是很小的起伏，我警惕地立刻弹开了身体。莱茵则挡在我的身前，以防它突然袭击。

它却没有大的动作，只是微微仰起头，湿发从面庞滑开一道罅隙，让人得以窥见它的半张脸。它的眼皮下生长着一层类似睫毛的细毛，却是鱼刺一般的浅色，而眼瞳却是深色的，深得无底可测，就像是一片深海里漂浮的暗流，没有焦距的空茫。

可我却清晰无比地知道，它是在盯着我的，甚至，是在打量我。

我感到一阵毛骨悚然，基于生物学家的经验，我再确定不过，那种眼神根本就是……将我当作了猎物。

Chapter 02

恶煞

1990 年 7 月 18 日，凌晨。

在莱茵的劝阻下，我暂时放弃了对人鱼的临时检查。据已知的资料记载，人鱼与海豚一样，属于高智商的哺乳动物，在没有有效的安全措施下将其捕获并囚禁，这种生物也许会采取比较极端的方式进行对抗。譬如，自杀。

这条人鱼实在太珍贵了，我绝对不能让它的生命受到任何威胁。

即便，拿我自己的生命来冒险。

我在日记本上一笔一画地写道，决心也如同纸上那些锋利的笔迹一样坚决，心思却好像还停留在人鱼那双深色的眼瞳上，一丝寒意依然残留在我的脊背上，挥之不去。

在今天天亮前，我要开始一个驯服计划，就像对待野生海豚那样。尽管目前无法确定人鱼的智商到底有多高，但我想试图与它沟通，希望它能对我放松戒备——

"咚咚咚——"

舱门突然被敲响了："德赫罗？"

那是莱茵的声音。我唰的一下合上日记本，塞进床缝里以免被他发现。假如这个计划被莱茵发现，他一定会坚决地阻止我。莱茵一直认为人鱼是一种天生嗜血的生物，就跟大白鲨一样野性难驯，只能进行密闭观察。而且莱茵是我的导师，他在神秘生物学研究上的造诣比我深得多，我压根无法劝说他放弃这种想法。

刚将日记本塞好，莱茵就将门推开了。

我干脆一头仰倒在床上，眯起眼睛看着他走了进来，便紧闭上眼睛装作熟睡的模样。

他弯下身子，影子从半空中落下来："别装睡了，我刚才听见你上床的声音了。"

我闭着眼睛不理他，咂了咂嘴做出正在梦乡的模样。他似乎颇有耐心地等了一会儿，抓起我受伤的那只手，我正奇怪他要做什么，便感到指肚一凉，一股火烧般刺辣的疼痛袭上心尖，我差点嗷的一声从床上蹿起来，睁眼就看见这家伙拿着酒精棉球往我的伤口上蘸！

"可恶，你这家伙存心痛死我？"

我呲牙咧嘴地瞪他，手臂却被他擒得很牢。

莱茵看也不看我，眼梢漫不经心地扬着，若有似无地浮着一缕阴险得意的意味，慢条斯理地擦着我指肚上那条豁口。我磨着牙，故作无所谓状，额头却连汗都冒了出来。莱茵喜欢整蛊我，这简直是无聊、漫长的海上航行中他最大的乐趣之一。

喜怒无常，变态。

我恶狠狠地腹诽道。双眼发黑之际，我指肚上的棉球才被挪开来。我松了口气，靠在床板上，莱茵却依旧擒着我的手，非但不放，反而一把将我拉近了几分，低声恐吓："别背着我冒险接近那条人鱼，德赫罗，你骨子里那点不安分又蠢蠢欲动了是不是？今天你的眼神都不对劲了。"

我猝不及防地被吓得一身冷汗，鼻腔里被他身上的雪茄的沉郁气味侵占得满满当当的，连呼吸也一同迟缓："我没有！那条人鱼的攻击性我可深有体会，喏，我这么怕疼、怕死的人——"

我摆了摆在他手中被捏得涨红的手，带着一脸诚恳的恐惧瞧着他，心虚却快泛到喉咙口了。

莱茵的喉结在我的眼前不屑地滑动了一下，从鼻腔里泄出一声哼笑："你……怕死吗，德赫罗，冒险家？"

我忙不迭地点头。

手被堪堪松开来，我才松一口气，脖子却突然被他的另一只手抓紧，那一瞬间我以为他要掐死我，而他只是低下头，恶狠狠地说："德赫罗，要是我发现你擅自去干什么荒唐事，我就把你关起来吊打一顿。船上那些水手可是我雇的……"

我心想，啊，天哪，这越听越让人觉得滑稽。

莱茵这家伙口无遮拦，那些水手更是喜欢开过分的玩笑，几个月来我混得跟流氓一样，早就习惯了。

我难道还怕这种荒谬的玩笑？

我微微扬首，与他的鼻尖针锋相对，启唇，沉着地，并略带戏谑地推论："等你痛扁了我，我是不是就能去研究那条人鱼了？那么，悉听尊便。"

他明显地愣了一下，显然没料到我会回答这样一句荒谬的话。似乎有些怒意似的，放在我脊背上的手忽然滑了下去，接着一个坚硬、冰冷的东西顶住了我的腰椎。

我的身体顷刻间就僵住了。

那是……一把枪。

我的导师为了人鱼居然……拿枪威胁我？他不是动真格的吧？

我抬眼看向他的眼中，一丝若隐若现的寒光不禁令我心中微凉。

我深吸一口气，竖起三根手指："好吧，我向上帝发誓，绝对不私自碰那条人鱼！"

莱茵的双手分开，慵懒地撑在床面上，抬起眼皮带着怀疑之色盯着我。

我挠了挠脸颊，笑了一声："莱茵，你不必这么较真吧？那玩意都用上了……当心走火，会闹出人命的。"

莱茵低头扫了一眼，将手里的东西别到腰后。他刘海的阴影从嘴角掠过去，挟带着一抹意味深长的弧线。一阵毛骨悚然的麻意从脚底直涌而上，我忍住踹开门落荒而逃的冲动，目视他慢悠悠地从我的床上坐起来，终于走了出去。

莱茵大抵是认为对我的恐吓很成功，没有再继续监视我。只可惜我是个无神论者，从不笃信任何宗教，发誓也不过是惺惺作态而已。

那天晚上，我整晚未眠，静静地等待着整艘船都没了动静，连守夜的水手都会打盹的时刻，拿着荧光棒和一些用得上的小型器材，譬如小型的回声探测器和水下 DV。

我曾与许多不同品种的生物成功沟通过，所以再清楚不过，这些，都是必不可少的辅助工具。

然而，最重要的是沟通者本身与生物交流的经验。

凌晨 2 点 11 分，人类最疲倦的时刻。

我看了看手中的电子表，像一头灵活的猫鼬一般藏匿进黑暗里，顺利地躲过船上眺望台的可视地带之后，没费多少时间，我就成功地潜入了船的底舱。

当打开底舱尽头的那扇门时，在黑暗中散发着绿光的圆柱形的玻璃水缸，便映入我的眼帘。

我举起荧光棒，在一丛丛人工水草里寻找到了那抹曲线形的修长黑影。人鱼正静静地浮在圆柱的顶端。透过飘散的头发能看见它低垂的、轮廓锋利的面庞，宛如夜穹中悄无声息的鬼魅，随时会降落而下夺走我的灵魂。

我深吸了一口气，努力克制住不断上升的肾上腺素，沿着圆柱外围的旋转楼梯徐步而上，心脏却还是止不住地狂跳起来。

一步一步接近了柱形水缸的顶端，我的脚步有意放得很轻，连走到人鱼侧方它似乎也未做出什么反应，依旧静静地靠着柱壁，似乎没有任何戒备地沉睡着。

尽管，隔着一层玻璃我们仅有一步之遥。

我小心翼翼地保持自己的步伐与动作，因为人鱼这样的静态十分便于我记录、观察。我将荧光棒搁到一边，打开 DV 的夜视模式，整个人贴着水缸外壁，开始对它进行不同角度的摄像，从尾部到头颅。

幽暗的水光里，人鱼流线型的长尾如蟒蛇一样盘踞着，一簇水草绕其周围，三片翼状的尾鳍交叠在一处，有如一团乌贼喷出的黑烟。

我不禁想象它出现在深海时，一定像一抹来自地狱的影子一样鬼魅可怖，假如人类在潜水时与之相遇，一定是相当令人胆寒的事。

无法准确地测量出它的下半身有多长，只能通过目测判断约莫达到近 3 米，加上上半身，它的身形大抵就跟一头成年虎鲨不相上下。不知道它们的攻击力是否也相当。

这样想着，我调整摄像的角度，沿着它的尾巴向上，镜头里呈现出人鱼的脊背。在甲板上时我只是匆匆一瞥，只觉得它的上半身与人类并无二致，此时细细观察才发现人鱼的皮肤外面有一层反光的物质，就像我曾见过的白鲸的皮肤，在水色中激滟出朦胧的光晕，我一时间竟然觉得十分虚幻。

不止是人鱼存在的虚幻，而是我竟对此时、此地、此景也产生了怀疑，有种置身梦境中的错觉。

人鱼到底是否是属于这个世界的生物？是否深海下面连接着另一个我们不曾了解的星球？

我晃了晃头，强迫自己的思维从感性的遐想回归理性。可恶，怎么会想这些？假如此刻莱茵听到我的想法，也许又要嘲笑我拿可笑的诡辩纠缠自己了。

人鱼不是真真实实地存在于我的眼前吗？瞎想什么呢？

在心里自嘲了一下，我把目光重新集中在它的皮肤上。这一定是一种保护性的黏膜，正因如此，人鱼在水下才不会如同人类一样，长时间浸泡，皮肤便会出现难看的褶皱，并且变得异常脆弱。它们的皮肤看起来光滑，也许就跟鲨鱼的皮肤一样坚韧。

这样思考着，我不由得滋生出一种想亲手触摸一下人鱼皮肤的冲动。就在这个时候，我忽然在 DV 的镜头里发现了一个异样的细节。

人鱼有力而修长的手臂上有一个不小的伤口，没有流血，表皮向外翻开，露出里面白森森的肌肉，留有一些狰狞的齿痕，似乎是鲨鱼造成的。

我的神经立时绷紧，该死，怎么没早注意到，它可能十分虚弱，还被打了麻醉针，难怪一直这么安静！

此时我不由庆幸自己顺手携带了医药箱，于是飞快地收起 DV，朝水柱的顶盖上爬去。

也许是我的动静人人，我余光瞥见底下的暗影弯曲了一下，人鱼竟然悄悄随着我一起浮了上来。

人鱼正在我的脚面下。这个事实让我下意识地深吸了口气，朝下看去。

我此时站在供饲养员喂食的半圆形的金属站台上，透过细小的孔洞能窥见水中变化的波光，却看不见人鱼在哪儿。

"咕咚……"

底下传来暗流涌动的声音，孔洞里的光骤然一沉，一抹与水光迥异的深色掠了过去。人鱼游向了站台的另一边——

那是护栏外透明的玻璃门，隔离着水底与外界的唯一通道。

我并不想打开那扇可能带来危险的门，可眼下要为人鱼处理伤口，似乎没有更好的办法。我可不想让它因为感染而死。

我摸了摸后腰的麻醉枪，手心已经沁出一层细汗，可神经深处却因细小、躁动的兴奋而颤抖着。

这是你第一次与活体人鱼正面接触，别出差池，德赫罗。冷静，冷静。

我这样告诫自己，一步步走出护栏的边缘，盯着水下那道梦魇般的暗影，伸出手抓住玻璃门外的把手，慢慢用力，推开了一道仅能容纳一人的缝隙。

这样做，即使人鱼真的袭击我也会受到狭小的空间限制，也利于我躲避和反击。

我单膝蹲了下来。目视人鱼的影子从深水里逐渐剥离出来，我的呼吸形同溺水一样困难。

我的理智尚还健在，可是大脑却已经因为紧张与兴奋而有些混沌了。

当人鱼的头颅浮出水面的时候，我的意识有片刻的空白，直到它的半个身体探出了门外，连带出的水珠都溅到我的脸上，我才反应过来，思想却依然迟钝，好像记不起来自己是来做什么的，只是中了蛊惑似的，被那藏匿在发丝间的深色瞳仁攫住了目光。

当与任何猛兽交锋时，都应该避开它们的眼睛，否则会被它们视作挑衅而遭到攻击。

这一点清晰无比地出现在我此刻的脑海中，我试图避开人鱼的双眼，眼睛却无法从那张在水色中若隐若现的面孔上挪开——

那是一张我无法形容的脸。

并非如传言里美得极致，但不得不承认的是，比我见过的任何一个人类的脸都要令人感到惊艳。它的轮廓将锋芒与古典完美地融合在一起。假如这样的一张脸生在人类的身上，我一定会认为他是个具有贵族血统的俄罗斯军人。

可我却想不到任何一个美好的辞藻来赞叹这张脸，脑海里浮现出的，仅仅是真一先生带着恐惧呢喃出来的那个词汇。

恶煞。

那双深陷在眉骨阴影下的眼睛，浸透了来自深海的阴沉。而它的嘴角却微微上扬着，像是在讥嘲什么，那丝笑意充满了难以言喻的妖冶与邪恶。

我第一次尝到了真一先生所说的"内心最深处的恐惧"。

那是一种，连灵魂都颤栗的滋味。

就在我发愣的空当，它的上半身已经完全浮了上来，一只手搭在站台边沿，湿淋淋的身躯直立了起来，露出水面的部分形成了一道比我高大的影子，将我完全笼罩在了下面。我惊讶地瞪大了双眼。因为我无法想到它的尾部是怎样在水里支撑重心的，对于它的身体构造来说，这是根本不可能完成的任务。

我警惕地后退着，同时举起了麻醉枪，而它突然蜷起尾部，陡然迫近得离我仅有半臂之隔，然后俯下身子来与我面对着面，宛如一条试探猎物的巨蟒。

天哪，这情形太惊悚了。

我猝不及防地被吓了一大跳，另一只手习惯性地护住头，荧光棒却因此滚落到了水里。

乍然变幻的光线使我一瞬间乱了阵脚，本来是单膝跪在地上的姿势，还没站起来就失却了重心，才退后了两步，便趔趄着，一屁股跌坐在了地上。

这一下，我彻底失去了位置优势，身体不知道为什么变得无比迟缓，我只能像个濒死的蜗牛一样往后蜷缩着躲避。

我甚至看不清人鱼在哪儿，离我有多近，只在黑暗中嗅到一股奇特而潮湿的香气压迫而来，连空气也因此变得凝固。

冰冷的水一滴一滴地落在我的小腿上，我的脚踝猛地一凉，被什么湿润而黏稠的东西牢牢地抓住了。

那是人鱼的手。

意识到这点后，手心迅速沁出的汗液使我连麻醉枪都捏得不太稳了。我的下半身根本无法动弹，只能任由人鱼从我的腿部蜿蜒而上，我的心脏剧烈地跳动着，准备等到他的头颅接近时，就将麻醉药打进它的颈部动脉，这是最迅速有效的切断攻击的方式。

很快，人鱼湿长浓密的头发垂坠在我的皮肤上，一缕一缕地掠过我的小腿、大腿，然后竟在腹部停顿下来。

那一瞬间我的双腿神经都因紧张而抽搐起来。

我无法确定它想干什么，极有可能是想要剖开腹部食用我的内脏。

假如我此时开枪，极有可能会伤到它的头部。在人鱼与我自己的性命间，我必须立刻做一个抉择。

然而就在我犹豫的时刻，忽然，一串低沉而奇特的声音响了起来。

"De...ra...cu...la..."

那是一种似是通过喉管振动发出的低鸣，有点类似俄罗斯的大舌音。我的家族是来自俄罗斯的，这种似曾相识的发声方式，让我的意识立刻从濒死的混乱中脱逃出来。

尽管无法判断它想表达什么，但至少证明人鱼并非纯粹被本能驱使的动物。它此刻不是想攻击并吃掉我。

否则，在进食前与自己猎物交流，这该是一件多么怪异的事！

也许……这种人鱼能听得懂人类的语言。

这是一个大胆的假设，因为历史上并没有人类与人鱼直接成功沟通的记载，都是通过种种媒介进行沟通。我可能是世界上第一个与人鱼正面对话的人类。

我深吸了一口气，强迫自己冷静下来，低头与压迫着我腹部以下身体的人鱼对视。

它的眼睛在发丝的遮蔽后，散发出幽幽的蓝光，看起来像夜视镜头里野狼的双瞳。

我咽了口唾沫，努力将恐惧咽回肚子里，清晰而低声地吐字："嘿，听着，我对你没有恶意。你被鲨鱼咬伤了，我想为你的伤口消毒。"

我比画着指了指它肩侧的伤口，人鱼却没有做出任何反应，依旧伏在我的双腿上，手牢牢地擒着我的双腿，一丝也未放松。

我感到有些失望，可借着水下微微的荧光，我看见人鱼的嘴角似乎动了动，微微咧开了，加深了面上那丝若有似无的笑意，像是戏弄，又仿佛是狞笑。

胆寒之意重新从脊背泛上来，盖过了我的沮丧感。我一度认为人鱼的智力介于海豚和人类之间，并就此课题在莱茵的辅导下发表过不少论文。而现在，我却对以往的判断产生了巨大的怀疑。

因为人鱼的神情，让我产生了一种极其可怕的、不知道是否是错觉的认知——

它……不，也许应该称为他……

是一个足以用特有的智慧将我玩弄在股掌间的高等生物。一个彻头彻尾的，捕猎者。

Chapter 03
探究

就在脑海中涌现出这个念头的那一刻，人鱼朝我的小臂俯下了头，我的衣服因为挣扎而撕裂了，露出了一大片皮肤。人鱼似乎对我裸露的皮肤很感兴趣。

我愕然地看着人鱼的头贴近了我的衣缝处，深深地嗅了一口，他的鼻翼皱起来，嗅得极其陶醉，就好像我的手上拿着一杯诱人的美酒，抑或是一块鲜美的食物。

如果这个举动换作是一只可爱的小动物来做，我不会感觉到一点儿奇怪及恐惧。

可现实是……我面对的是一只随时会攻击我的、难以捉摸其动机的雄性人鱼。

我感到的只有恐惧。我眼睁睁地看着人鱼的头俯得更低了，他的手放开了我的腿，撑在我的身体两侧，用修长有力的手臂形成了一道禁锢我行动的桎梏。

他的指甲长而锐利，指缝分叉的地带生着一层半透明的蹼膜，同样尖锐的肩胛骨从弯曲的脊背上凸出来，像两根未生出来的恶魔的翼骨。

人鱼在深海世界里，一定是令人胆寒的捕猎高手。而现在在陆地上，他同样是一名天生的杀手。先不提我该如何驯服他，眼下如何脱身更是燃眉之急。

我的额头突突直跳。人鱼此时垂下头去，眼皮却向上抬着，目不转睛地捕捉着我的目光。

我不知道，真一先生说过的夜煞与生俱来的诡异力量是否是真的，可我此时确实就像是遭受到了某种诅咒一样，被钉在原地，难以动弹。

我眼睁睁地看着浓密垂散的发丝之中，人鱼薄如锋芒的嘴唇微微咧开，探出一抹猩红的舌尖，低头贴上我的手背——我瞥到，那里有一道正在渗血的伤口。

他想做什么？

我飞快地缩回手，心中警铃大作。他抬起头来，我们不可避免地四目交汇。那一刹那，我的咽喉犹如被什么猛地扼住，无法呼吸。

因为，他的眼神……

——那是一种属于兽类的，饥饿的，充斥了本能欲望的眼神。

我丝毫不怀疑下一秒他会张开嘴把我撕咬成碎片。

——再不采取措施，天知道这种可怕的猜想会不会变成现实！

以他现在行动自如的状态看，几个小时前注射的麻醉药已经失效。这个家伙的新陈代谢非常快，即使我再打入一针麻醉药也不会危及他的生命。

这样想着，我狠狠地咬了一口舌尖，疼痛立刻让我从这种被麻痹一样的状态中当机立断地付诸了行动，我扣动扳机，将细小的麻醉针头准确地注射进了人鱼的颈部。

他的肩膀震动了一下，抬起头来，眼神深沉地盯着我。

那一刹那我感到难以言喻的毛骨悚然。我甚至一时间认为麻醉失败了，而我立刻就要丧命在他的利爪之下。

可是，出乎意料的是，事态并没有如此发展。

人鱼晃了晃身体，尖利、滑腻的手没支撑住重心，朝一旁歪倒下去。我趁机抽身而起，脚却一下子踩在他滑腻的尾巴上，整个人倾倒下去。我慌忙撑住了地板，来不及转移重心，双膝一下跪在了人鱼巨蟒似的长尾上。

人鱼因为我的重量一下子清醒过来，他本来已经半眯起来的双眼咻的一下又睁开了。

我的视线猝不及防地撞进他的深瞳里，腰脊骤然被收紧，我能感觉到人鱼的蹼爪尖锐的触感渗透了我背后的衣料，似乎立刻就要将我撕裂成两半。

情急之下，我举起麻醉枪就对准了他的头颅，威吓道："嘿，伙计，听着，我真的不想伤害你，除非你先放开我。你应该清楚这个东西的厉害。"

我毫无避讳地，鼓起勇气怒视着人鱼的眼睛，一字一句，居高临下地低头警告道。同时，用麻醉枪在他的头颅上顶了顶。

我并没有指望他能听得懂英语，但以他的智商，我判断他能理解我的威胁。既然要驯服人鱼这种高智商的兽类，使之顺从，配合研究，就必须采取另一种新的方法。

我要让他意识到，我比他强，比他更聪明。

我必须得先征服他。

不知道是不是因为有麻醉药的辅助，我发现这个方法，似乎真的立刻奏效了。

人鱼顺从地放松了按在我脊背上的那只手的力度，只是轻轻地搭在那儿。他慢慢地半翕起了眼皮，浅色的睫毛犹如湿润的羽翼般低垂，几秒钟前那种噬人的眼神柔和下来，取而代之的，是一种驯服而又迷茫的神情。

除了人鱼那与生俱来的阴戾之色，我不得不承认他此时的模样温顺极了，甚至比一只海豚看上去还要无害。而这种剂量的麻醉药的确是针对海豚的，也许不能让他昏睡过去，但至少能让他的行动迟缓，感到困倦。

并且，人鱼一定是恐惧麻醉枪的威力的，尽管他的笑容让我产生了那种可怕的感觉，但没有确凿的证据，我实在难以相信人鱼的智商会高到与我玩弄阴谋诡计的地步。

我为终于把控住了局面而松了口气。

等到他的呼吸变得平缓、舒长起来，应该已经陷入麻痹状态后，我才腾出手，从刚才甩在边上的医药箱里翻找出了消毒药水，为他的伤口清洗、检查。

人鱼肩膀的伤口撕裂得很大，暴露出来的肌肉上覆盖了一层半透明的黏膜，有效地阻止了血液的流失，但同时也拖延了伤口愈合的速度。并且，薄膜下有一块异样的凸起。我小心翼翼地为他做了局部麻醉，剪开黏膜。果不其然，我在他的伤口里夹出了一颗断裂的鲨鱼牙齿——

尽管只有一半，但它足有我的大拇指甲盖那么大，而且边缘布满了锯齿。

这玩意属于一只成年虎鲨。就在几个小时或一天前，人鱼曾与一只成年虎鲨发生过剧烈的冲突。

从他现在还健康存活的情况以及鲨鱼牙齿的断裂程度看，这条鲨鱼的命运，一定比他悲惨得多。

说不定……

为了验证自己的猜想，我禁不住探手下去摸了摸人鱼的胃部。那里果然鼓鼓囊囊的，食物还未消化掉。他也许是与鲨鱼争夺食物，又或者，那条鲨鱼就是他的猎物。

我不禁为人鱼的攻击力而啧啧称奇，想象着他与鲨鱼在深海中搏斗的情景，那一定是一幅非常惊险的画面。

人鱼可不知道此刻我在思考什么，只是静静地眯着眼睛，犹如一个旁观者一般注视着我的一举一动，他微微挑着眉头，垂眼看向我放在他胃部的手，露出一种饶有兴味的神色。

就仿佛在他面前做着这一切的我，只是一个有趣的、不小心冒犯了他的天真孩童。

这种想法引起我一阵强烈的不适，我连忙撤开手，想去为他缝合。然而，我的手腕却被他的另一只蹼爪按住了。

脑海中警铃大作，我立刻抓起麻醉枪抵在他的额头上，以示警告。人鱼抬起眼皮，扫了一眼我的枪口，似乎不以为意，既没有感到畏惧，却也并未露出任何攻击的意思，依旧懒洋洋地卧在地上，活像一只晒太阳的海豹，擒着我手腕的力度也很轻。

我紧绷的神经稍稍一松，手背被人鱼湿润冰凉的蹼爪覆盖住了。他的目光也聚焦在我的脸上，眼底仿佛藏有一缕蛰伏于静水下的暗流，在期待什么，暗示什么，就像是表达某种复杂的诉求。

既然要理解人鱼这种神秘的生物，不如从现在开始，试着与他和平相处，也许比试图驯服他有更好的效果。

这样想着，我索性大着胆子，顺从他的手势，在他的肩头放松地摊开了手掌，顺着他的脊背轻轻抚摸，就像对待一条海豚那样轻柔而友好。

正如我之前猜想的，人鱼的皮肤光滑细腻得如同一匹上好的丝绸，比人类的皮肤厚且柔韧得多，抚摸时，就好像一只大型虎鲨从我的手下游了过去，莫名地，一股隐约刺激着我的兴奋感自心底升腾而起。

人鱼似乎同海豚一样，十分享受人类的触摸，他甚至惬意地仰起了修长有力的颈项。

这种特别的行为让我有种在为人鱼服务的错觉，就像在为他做什么精油 SPA 一样，有那么享受吗？

我不由得感到有点好笑。可就在此时，我突然注意到，人鱼的鱼尾上，所有的鳞片都缓缓地立了起来，并且开始了轻微而快速的颤动。

我不知道这代表什么，一种莫名不安的预感驱使我闪电般地站起了身。

此时，人鱼的身上，不可思议的变化出现在我的眼前：

他的胸口，心脏的部位，有一团蓝色的光晕从皮肤下面隐隐浮现，以至于皮肤表面呈现出一种几近半透明的质感……使淡蓝色的血管都逐渐清晰可见，宛如从胸口处蔓延开来的光丝，令他的整个身躯都泛起一层冷冷的幽光。

我睁大了双眼，惊讶地看着人鱼，他抬起头来，直勾勾地注视着我的眼睛。那双近在咫尺的眼瞳，不知道是否是由于反光的缘故，也透出鬼火般幽蓝的光亮。

而他的嘴角也若有似无地勾起来，构成一抹神秘的微笑。

下一秒钟，强烈的眩晕突如其来，伴随着嗡嗡的耳鸣声，我的身体不受控制地僵硬了，仿佛被一种神秘的力量所困缚。

眼前的景象变得模糊，取而代之的是一片深蓝的幻象，似乎有水从四面八方涌来，将我淹没，汹涌的水流纠结成一股漩涡，将我拖下不知名的深渊。

我喘不上气来，本能地伸出双手想去抓握住什么，便触到一把潮湿的、犹如水草般的发丝。我的手腕随之一紧，被一双冰凉的蹼爪紧紧地扣住，身体下一秒钟就像被拽离了地面，游弋而起，又转而向下冲刺。

我的脚下分明是地面，可此时我却好像在冲向深海，巨大的水压挤迫着我的鼓膜和胸腔，阵阵剧痛袭来，一丝奇异的低吟混杂在耳鸣间，钻入我的颅骨——

"A...ga...ras..."

我的心脏猛然一悸，收缩成一团。

一种不知名的感受翻涌而起，就像听见了暌违已久的故人的召唤，既熟悉，又陌生。

A...ga...ras?

不知怎么，我的脑中竟然浮现出曾经偶尔读过的《所罗门之钥》，Agaras... 听起来真像七十二柱魔神中的那位阿迦勒斯……难道这条人鱼就是来自地狱的魔神吗？

他此刻要吸走我的灵魂，将我带入黑暗的无尽的地狱深处吗？

就在我渐渐失去意识的时候，远处传来了一声呐喊："德赫罗！"

"德赫罗！"

那个喊声越来越近，越来越清晰，穿透了迷雾而来，一下子击打在我的神经上。所有的幻象与幻觉在一刹那间消失，我突然惊醒过来，感到身上压制的力量一松，便看见人鱼从地上蛇盘而起，化作一道修长的黑影，跃入了水柱之内，隐没在了水草之中。

我惊慌地在原地呆了一两秒钟，才发现自己的身上不知何时已经湿透了，上半身的衣服残破不堪，脊背上破了一个大口子，滴滴答答地往下淌着水。

刚才发生了什么？

那些幻觉、那些幻象是怎么回事？

我望了望一片平静的水面，丝丝疑惑犹如海藻缠上心间。

"德赫罗，你在哪里？"

那是莱茵的声音！

他似乎正在我头顶的甲板上。我急忙将散落一地的药箱和 DV 收捡起来，慌不择路地逃出了底舱。

Chapter 04

疑问

　　我飞快地从底舱回到了自己的私人舱室，趁莱茵还没有追来，便将所有的东西一并塞进了床底，把身上湿透的衣物脱了个精光，便冲进了盥洗室。这样也许他问起时，我可以说自己在洗澡，所以没有听到。尽管这种借口有些牵强。

　　我心惊肉跳地听着外面的动静，拧开了水龙头。花洒里热水喷涌而下，我匆匆将自己冲洗了一遍，却无论如何难以冷静下来。身上残留的人鱼身上那种奇异的香味似乎怎么也洗不掉，闻来叫人感到头晕目眩。

　　我仰起头，任水流浇洒在脸上，意识仿佛跟随袅袅上升的水蒸气升向高空，再流向大海。眼前尽是深深浅浅的暗蓝色的海水，我向海底沉去，沉得越来越深，深到光也无法波及的大洋深处。

　　然后，一道修长的影子从黑暗处游弋而来，分开了水流，在我的幻觉中剥离出了轮廓。它变得越来越清晰，向我靠近过来。

　　接着，好像有什么湿润的东西缠住了我的身体，往下拖去，低沉的声音在耳边蛊惑道："A...ga...ras..."

　　Agaras... 这串音符是什么语言，又有什么含义？

我似乎，就在昨晚曾经听到过。我努力地回想着，然而记忆却始终有一小截断层无法拼凑起来。这种感觉非常奇特，就好像有人将录像带刻意剪过，又再次粘接在一起一般。

水流击打在额头上，似乎将我混乱的大脑冲得更加混乱，一定是昨晚彻夜未眠的关系。

我将花洒关掉，甩了甩湿漉漉的头，转过身撑在湿滑的墙壁上虚虚地喘气，企图用寒冷使自己清醒一些。残余的水流从我的脖颈上淌下来，沿着发丝滴滴答答地往下淌，水草一样遮挡住视线，让我不禁想起人鱼浓密的长发，更情不自禁地想起被那双深色兽瞳注视的感觉，立刻感到心跳加速。

刚才闪现出来的疑问，又一次徘徊在我的心头。

为什么会产生这种幻觉……为什么？那个不明意义的 agaras… 会让我产生这种莫名的感受，像是……很久以前，我就听到过似的？

我曾经在哪里遇见过这条人鱼吗？

天哪！德赫罗，你搞研究把自己逼疯了吗？

我用拳头抵住嘴唇，张嘴狠狠地咬了自己的手背一口，又嫌不够似的，在墙壁上用力砸了一拳。

鲜血沿着指缝慢慢淌下来，疼痛使我立刻清醒了不少。我的脑海中甚至回忆起来了刚才的幻觉：人鱼的头发纠缠着我的身体，他拽着我在海中自由地游弋，向无尽的海底深渊游去。一团海市蜃楼一般的蓝色光晕，在深邃的不知名处的海水中隐隐浮现。

怎么会出现这种幻觉？

是人鱼的声音……在对我的精神造成什么影响吗？

就像希腊神话中的塞壬，会用歌声迷惑过往的水手，将他们溺毙在海中一样？

难道这就是真一先生说过的"人鱼的诅咒"？我已经身中恶诅

了吗？

不会的，一定不会的。

一定是太疲劳了。我拍了拍额头，在心中自我安慰道。拿起了一旁的浴巾，刚刚裹住身体，就突然听到身后传来"咔嗒"一声，明明锁上的门，不知怎么，突然被人打开了。

我的心中一惊，熟悉的声音在身后响起："德赫罗，你怎么在这儿？"

莱茵的声音中带着不可掩饰的怒气。

不能让莱茵发现我手上的血。我想着，依旧撑在墙壁上，试图装出冲澡后懒洋洋的模样，半侧过头去："嘿，怎么了？伙计？一大早这么着急做什么？"

雾气迷蒙中，我看见莱茵的脸色阴沉着，几乎是铁青的颜色，目光却如刀割，我的脊背一阵发紧，一种不祥的预感从心底蹿了上来。

我如芒在背，十分不自在地挠了挠脖子，绕开他就匆忙往门外走："喂，我说，哥们，这里挺热的，有事咱们出去说怎么样？"

说着我一个箭步地去拉莱茵身旁的浴室门，可惜他终究比我更快一步，比我高大得多的身躯一转身就挡住了我的去路，顺手将门"咔嗒"一声锁上了。

我的视线顺着他青筋暴露的手腕溜上去，正撞上他褐色眸子里锐利而灼人的目光，那句他曾说过的恐吓唰的一下乍现在脑海中，我下意识地退后了一步。

"莱茵，我……"

我咽了口唾沫，试图解释什么，还没来得及说出完整的句子，脖子就被莱茵肌肉发达的手臂一把勒住，我立刻感觉到一股喘不过气来的压迫感。

"我昨晚说过什么？德赫罗？嗯？"

我没想到莱茵会突然变得如此恐怖，因为除非发生什么要紧事，他平日里都显得斯文而诙谐，一副典型的教授和学者的模样，压根不是从昨晚到现在的状态。我甚至怀疑他有双重人格分裂症。

而此时我不得不承认，我因为猝不及防而感到害怕了。我真的有些相信他的恐吓不是说着玩儿的。

我的脊背冷汗直冒："我不知道你在说什么，莱茵，你冷静点！"

莱茵哼笑了一下，尽管那笑意听上去叫我更加毛骨悚然："你忘了？那么，要不要我用行动帮你回忆一下？我警告过你，别擅自接近人鱼这种危险的生物，可落在水仓里的荧光棒是谁的？"

我的呼吸骤然发紧，为自己的疏忽恼恨得有种想要撞墙自杀的冲动。狡辩成了徒劳，可我依然难以嘴软："那也许，也许是今天在甲板上落下的，我发誓我没有去！"

"我不会相信你的誓言，德赫罗，你是个彻头彻尾的——小骗子。"莱茵突然叫着我的本名，声音沉得透过我的脊背震得我的胸腔发麻。他对我下着这样的定论，就像在做一份事实确凿的生物鉴定。

随着他的手臂缓缓收紧，我确定莱茵是认真的。他是真的想弄死我，而这条船上没有任何一个人可以救我！

"莱茵，我可是你的学生！是你带我出海的！你真的要杀了我吗？为了一条人鱼？"

——尽管，这是一条异常珍贵的，将轰动全世界的人鱼。我吼叫了一声，用力挣扎起来，可是与他的肌肉力量相差太悬殊，每一寸可活动的空间都被限制得微乎其微。

"德赫罗……我警告过你，别挑战我的忍耐力。我的忍耐力是有限度的。"莱茵用一种半威胁半商量的口吻说道。他像警员逮捕罪犯那样把我的双手按在身后，"我希望我的学生足够听话，成为我最好的助手，而不是阳奉阴违。如果你一直这样，将会给这个研究项目造成很大的麻烦。别逼我，把你的名字从项目中……抹去。"

抹去。

我硬生生地打了个寒战，为这句话而呆了几秒。

我想他的言下之意，大约抹去的不止我的名字，还有……

莱茵的态度又一次加重了我心中古怪的感受。他对待人鱼研究项目的态度……简直不像一个学者在对待一个研究项目的态度，哪怕这个项目再重要，也不至于如此。他的态度就像是……就像是……

我一时想不出准确的形容，可硬要形容的话，简直就像是电影里的那些克洛勃（俄罗斯联邦安全局）间谍对待什么机密的军情一般夸张！

这真的只是一个研究项目而已吗？

"怎么了，德赫罗？终于知道害怕了？"莱茵在我的耳边低低地说道，"这里可不是学校……而是太平洋的中心，想要处理一具尸体，实在非常容易。"

"你……你不会的。"我努力抑制住自己的呼吸声，"你不会，也不敢那么干的，莱茵。如果你是在开玩笑，那么我得告诉你，这个狗屁玩笑一点也不好笑。"

莱茵忽然大笑出了声。他擒住我的双臂，将我拉得翻过身来，大手扳住我的后颈和头颅，迫使我不得不仰起头来，与他的脸相对。我毫不避讳地直视着他，咬紧牙关，使自己的面部轮廓显得硬朗一些，让他清楚地认识到我并非一个弱者。

"为什么不让我触碰那条人鱼？莱茵？其实不是为了我的安危……是什么别的原因吧？别忘了，是我……是我们一起寻找到他的踪迹的！这是我们的研究项目！哪怕你是我的导师，也无权抹去我的名字，抹杀我为了寻找和研究人鱼做的一切努力，要知道，这是违反学术道德的！"

莱茵威胁的笑容在我的逼视之下慢慢敛去了，神色隐忍而压抑，就仿佛印证了我的猜测。他的眉头抽搐了一下，凑在我的耳边道："德赫罗，你太单纯了，总有一天，你所认为的一切，所谓的学术道德、研究精神，都会在残酷的现实面前轰然倒塌。"

我无比困惑地看着他，不明白他说的"残酷的现实"是什么，只是有种预感，这趟以研究人鱼为目的的旅程，似乎越来越古怪了。

而眼前的莱茵，似乎面目也变得渐渐陌生了起来。

"你到底想说什么，莱茵？我听不懂——"

"你不需要听懂。"莱茵粗暴地打断我的问话，将我推搡着走出浴室，就在这时，脚下猛地摇晃了起来，一股似曾相识的异香从空气中飘了过来，浴室里突然啪的一声变得一片漆黑。

我什么也看不清楚，却感到莱茵离开了我的身体，简直是被一股力量拽开的一样突然，紧接着他在一片漆黑中发出一声闷哼，像是受到了什么惊吓。

"暴风雨！暴风雨！"

外面传来水手们遥远的大喊。

我顾不得到底发生了什么，猛地撞开了浴室的门，甚至来不及捡起浴巾，赤裸着身子就跑了出去，冲回了自己的舱室，紧紧地关上了门。

窗外风雨大作，突如其来的暴风雨摧枯拉朽般，吹得整艘船都在剧烈地颠簸，玻璃上布满了横飞、斑驳的雨线，什么也看不清楚。

我扶着床栏在床上坐下来，拾掇干净的衣物穿上，然而就在我套上衣的时候，我突然看见一道黑影从窗外的雨雾里飞快地掠了过去，速度快得非人。我心想大概是船上的什么东西被风刮跑了。可将衣服套上后，在这短短的几秒钟之间，我竟然在窗户上发现了一个诡异的变化。

窗户上的水汽印了一个模糊的轮廓。

一个人的手印，可是指缝间的印子却连在一起。

那是，人鱼的蹼爪。

Chapter 05

名字

　　我不可置信地眨了眨眼睛，那个印子又荡然无存了，让我不禁怀疑自己看到的是幻觉，走近些，仔细查看窗子，抹了抹冰凉的玻璃。那里的确什么也不存在，只有交织的水痕。

　　我大概真的是疲劳过度了。

　　我揉了揉额头，看着窗户外的风雨愈演愈烈，再清楚不过，这种天气最好的状况是待在室内，出去既帮不了水手们，而且会徒增落海的风险。而此时我的头脑昏昏沉沉的，犹在梦中，也没任何精力思考其他，一头倒在了床上，沉沉地睡了过去。

　　我迷迷糊糊地睡了一会儿，忽然被一阵湿冷的寒风吹得醒了过来。睁开眼睛时，我发现舱室内一片暗沉，天色阴郁得像莫斯科濒临极夜的那几个傍晚，是暗沉沉的红色，如同浸透了血。桌前的那扇窗子不知何时被打开了，凛冽的海风呼呼地往室内灌。

　　我打了个喷嚏，急忙起身将窗子关好，下意识地抬头看了看头顶墙上的夜光钟。

　　才过去仅仅半个小时而已，怎么天色就变成这样了？

　　我奇怪地想到，顺手拧开了桌面上的台灯，反光折射在夜光钟的玻璃表面上，我的目光不经意掠回去了一眼，却如同被粘住了一样，定在了那儿。

玻璃钟面映照着我背后的位置，门后的阴影里，藏着一道黑黑的影子，两点幽幽的亮光若隐若现。

我的肾上腺素霎时间上升到了极限，感到毛骨悚然。

人鱼，竟然在我的屋子里。

我的呼吸仿佛停止了，身体则像是被胶黏在了原地，只听见背后人鱼那种从喉腔发出的低鸣声越来越近，台灯闪了几下，发出嘶的一声，四周立刻重新沉回黑暗里，一股潮湿的气味已经在背后近在咫尺。

"De...sah...row..."

那些音节竟然像是在呼唤我的本名一样，一只湿淋淋的蹼爪搭在了我的肩膀上。我猛地打了个寒战，身体比头脑的反应更快，我扶着桌板一跃而起，以平时从未有过的敏捷速度，一把推开窗翻到了外头的甲板上。

"伙计们！救命！来人啊！"

我跌跌撞撞地在足以蒙蔽视线的雨雾里疾奔起来，却没有看见一个水手的踪影，连莱茵也不见了，船长室里昏暗的灯光忽明忽灭，诡异无比，我仿佛正处在一艘幽灵船上，偌大的三层船舱里只有我一个人。

当然，还有那条鬼魅似的人鱼。

"De...sah...row..."

人鱼低沉如魔咒一样的声音穿透风雨而来，如影随形一样地追逐着我的听觉。我确定他真的在喊着我的名字。他是如何知道的？我的天哪！

尽管人鱼之前似乎并没有伤害我的意图，可在此种境地下，我无法不感到恐惧，面对被注射了麻醉药的人鱼和在陆地上自由行动的人鱼根本是两码事！我必须立即取得麻醉枪，避免受到人鱼可能的袭击，更不能让他回到海里。

我努力在摇摇晃晃的甲板上稳住步伐，朝船长室的方向直冲过去，爬上了通往二层船舱的阶梯，然而慌乱中脚下一滑，整个人失控地往下栽去！可下一刻，料想的疼痛并没有到来，我只感到身后乍然一道风声袭来，脊背被什么阻挡了一下，腰随之被卷住，身体竟然悬了空，但仅仅是一秒钟，我便压在了一条长而粗壮的、滑腻的、布满鳞片的东西上。

我立即撑起身子来想逃开，然而刚翻过身，便被笼罩在我上方的黑影挡住了去路，腰间一紧，便被一只湿漉漉的、冰凉的手掌勒住了身体，我挣扎着坐起身来，朝阶梯上退避，然而腿脚被他的尾巴牢牢地卷住了。

人鱼半俯着身子寸寸紧逼上来，身体很快高过了我。他潮湿的长发在暴雨中如同海藻拖曳在我的手臂上，及至脖颈、头颅，最后把我的视线遮蔽在一片阴影里。倾泻而下的雨水几乎要使我无法呼吸，我眨着眼企图使视线清晰一点，却依旧感到眼前混乱一片。

模模糊糊的，人鱼苍白的脸从发丝中靠近，凑在我的锁骨边，双爪擒住了我的胳膊，头颅在我的上身徘徊，像是仔细地嗅着我的气味。

我甩了甩头发，慌张地皱眉抖掉眼睑上的水，盯着人鱼的举动，心跳剧烈得要破体而出。

天啊，这条人鱼到底想做什么？

眼下人鱼竟然露出了白森森的尖牙，盯着我裸露的上身，目光梭巡着，就像是在仔细地检查什么，目光随之落在了我的手上，似乎有什么东西引起了他的注意，我这才意识到了什么。

——我的手背在浴室的墙上砸伤的伤口还在流血，因为剧烈活动而裂开了，正淌着鲜血。

人鱼是在寻找我的创口，他嗅到了鲜血的气味，就跟鲨鱼一样。

这一瞬间我甚至有种在海里遭遇大白鲨的感觉，认为自己下一刻必死无疑，可是恐惧中残存的理智让我对人鱼这种不同寻常的行为心存一丝侥幸。他是将我作为食物的，可为什么他不直接袭击我？

也许是因为，人鱼习惯品尝猎物。脑子里储备的所有生物知识在面对人鱼这种充满了神秘、未知的生物时，似乎都化作了无用的鸡肋，心底只余下一个声音在叫嚣：不！我不想这么痛苦地死！

眼睁睁地看着人鱼抓起我受伤的手，凑近了他咧开的嘴唇边时，我拼命地蜷起了手指，恐惧得发不出一丝声音，以为自己下一秒钟就要被咬去几根手指。

然而，人鱼只是用他的尖牙轻轻地含住了我指尖，舌头在我的伤口上舔舐起来。他的爪子牢牢地抓着我的手掌，舔的力度却很柔和，我能感到他锋利的牙齿小心翼翼地控制着力度，以免将我弄伤。

我惊愕地看着他的脸，感觉即将跳出喉咙的心脏仿佛同时被他的尖爪攥在嗓子眼，悬而不下。

我努力地劝说自己冷静一些，也许人鱼是在表达友好之意，因为我为他治疗伤口，而他现在用他特有的行为为我治伤，就像传说中人鱼的报恩一样。

可是我一点也无法劝服自己。

我将脚抵在阶梯上发力，急躁地想把手从他的嘴边尽快拽离，无奈腕部被钳子般的力度攥着，我的力度只是令自己受到折磨，但尽管没有松开对我的挟制，人鱼却威胁我似的紧了紧牙关，并终于停下了这种诡异的行为。

当他的嘴唇稍稍离开一点距离，我才注意到我的伤口发生了不可思议的变化：裂开的破口竟然已经无迹可寻，只有一些血迹还残留在我的手背上。

人鱼真的没有恶意，他在替我治伤，并且他使我的伤口愈合了！人鱼的唾液里含有某种能使受损细胞快速再生的物质，我的天哪，这简直是一个生物学上的巨大奇迹！

明明亲眼见证了这个事实，我却仍然感到不可置信。恐惧被抛却脑后，我一时激动得忘乎所以，忍不住伸手触碰他的嘴唇，感叹地自言自语："你真是个奇妙的存在……"

人鱼微微咧开唇齿，喉头像是在回应我一样发出低沉的振动："A...ga...ras..."

"A...ga...ras..."我下意识地，有些急切地重复道，想抓住这个难得的与他交流的契机，"你有名字的对不对？阿迦勒斯，这是你的名字吗？"

人鱼既没有否认，也没有承认，只是盯着我，嘴角的弧度咧得更大了，像是有些兴奋。我猜想他其实听不懂我在说什么，便只好在暗地里下定论。为自己的研究对象命名，这是每一个研究课题必须要做的事。

"阿迦……"

我试着将对话进行下去，却因为他的下一个动作卡了壳。他把头凑过来，嘴唇一张一合："D...e...sah...row...Mai...raid..."

这次我无比确信他发出来的是我的本名和绰号的全部音节，连中间打卷儿的特殊舌音都准确得一字不漏。

暴雨忽然下得更大了，雨水猛烈地摔打下来，除了恐惧我更感到震撼，因为我实在想不通人鱼到底是一种怎样的生物了，我想我已知的结论竟然是错误的。

这样想着，我的身体忽然一轻，竟然被人鱼悬空抱了起来，他一手搂着我的腰，一手保持平衡，犹如蛇类一样在甲板上游弋而行，迅速朝护栏的方向而去。我本能的反应是他想回到海中，并将我带到海里去！来不及思考人鱼这样做的目的，我本能地胡乱踢蹬起来："不，阿迦勒斯，别这样做！"

然而我所做的一切于此根本无济于事，就在他接近护栏的千钧一发之际，我忽然听见远处传来嘭的一声枪响，子弹击打在身侧的护栏上，擦出一团火光，紧接着又是嘭嘭几下，在周围几米的已经淹水的甲板上激起了一圈水花。

我的心里一惊，阿迦勒斯本能地停了下来，他的手放开了我，尾巴却依旧卷着我的小腿，朝声源的方向扭过身体，眼神霎时变得无比冷冽。我一抬头便看见莱茵满身是血地从三层的高台上一跃而下，手里竟然拿着一支不知道从哪儿搞来的冲锋枪，瞄准了人鱼的头颅，步步逼近而来，那种举枪的姿势竟分明是经过专业训练的。

莱茵是……很可能是想杀了人鱼！

我在突如其来的惊愕中醒过神来，尽管我并不相信莱茵身为一个教授级的生物学家会这么做，但此时他身上杀戮的气息却让我无比确定这一点，而且从他胸口上的一道血肉模糊的裂口看，他遭到过阿迦勒斯的袭击，他绝对有理由这么做。

现在我宁愿阿迦勒斯立刻跳入海中，我宁愿就此失去研究人鱼的机会，也不愿这种事情发生。

我用力地挥舞着双手，声嘶力竭地大吼道："莱茵，莱茵，冷静一点！你让人鱼自己离开，射击海面，用枪声威慑他！"

莱茵不为所动，黑洞洞的枪口一分也未挪，仍旧瞄着人鱼的方向，步履缓慢地逼近而来。

而此时，人鱼并没有出现什么所谓的生物本能，他的尾部支撑他的身体高高地耸立起来，弯曲着脊背俯视莱茵，就像一只在求偶时遇到其他雄性挑衅的巨大蜥蜴，用身体形成了一道牢不可破的屏障将我挡在了身后。

他尖利的手爪在身侧并拢伸开，好像两把带锯齿的弯刀，呈现出一种蓄势待发的攻击姿势，暗光下，甲板上形成了一道恶魔似的长长的影子。我敢肯定，假如他发动袭击，那必然是毁灭一船的灾难。

我如坠冰窖般浑身发冷。绝不能让他和莱茵交锋！

抱着这个坚决的念头，我用尽全身力气纵身一扑，一下子越过了人鱼的鱼尾，张开双臂挡在他的身前，竭声呐喊道："莱茵，别开枪，退回去，退回船舱里去！"

"让开。"莱茵的手放在扳机上，脸色是前所未有的严峻，"德赫罗，这是军事行动。"

"什么？"我甚至心疑是风雨太大，我的听觉出现了问题，心脏却沉沉地坠到了谷底，因为看莱茵的样子，就算是全靠猜，我也意识到了什么不对劲的地方。

我隐隐嗅到了一个浓郁的、隐藏着阴谋的气息。莱茵一直以来在向我隐瞒着什么。可此时我没有心思去思考这个，因为我确定我面临的是什么——

莱茵不在乎人鱼的死活，他需要的是另外的东西，他不会撤开枪口，所以我必须快速、果断地做一个决定来阻止接下去会发生的事。

"不，身为一个生物学家，我绝不会让你射杀人鱼。"

我斩钉截铁地掷出几个字来，退了一步，回身一把抱住了人鱼的身体，尽管我的高度此时只能到达他的腰际，但足以扰乱莱茵的射击。船体摇晃得非常厉害，我跌跌撞撞地用力将人鱼往海里推去，他顺势一把搂起了我的腰，用胳膊挟在胸前，整个身体向后弯折出一道弧线，我感到重心正随他一起往海里坠去，不由得一把捂住了口鼻。

嘭的一声，子弹风驰电掣地袭来，我的大腿骤然一热，一股剧痛袭来，刺激得我抽筋似的猛地屈起了膝盖，整条腿都在痉挛。人鱼的身体也震动了一下，向后倒去的趋势一矮，鱼尾盘曲下去，接着，又是一声子弹呼啸而来的声音，正击中了我的肩侧，一股墨蓝色的液体激射而出。人鱼的胳膊随之抖了一下，手爪紧紧地抓住我的衣服，好像想用力地抓住我，又最终颤抖着脱手而去。

我一下子滚落在甲板上，大腿的剧痛使我禁不住半跪了下来，眼睁睁地看着一道疾线撕开雨幕，击打在人鱼的鱼尾上，使他猛地蜷缩起身体，匍匐在我的面前。他身上不断淌下来的蓝色的液体混合着雨水，和我的鲜血汇在一处，形成了一种毒药似的颜色。

无论多么强悍的物种，总是敌不过人类创造的兵器。多么强大啊，又多么可笑，多么无知，多么残忍！

我咬牙忍着剧痛，挣扎着用身体捍卫人鱼，我相信我的命对莱茵来说至少是有一丁点价值的，我也只能这么相信。

人鱼正躺在蓝色的血泊中，弯曲着身体，压在我小腿上的鱼尾在微微抽搐。他发丝后面的眼瞳虚弱地半眯着，正深深地盯着我，一动不动。那种眼神非常异样，既不是害怕、绝望，也不是之前的邪狞，而像是要把此时的情景和我的模样刻在他的记忆里一样，然后，缓慢地合上了眼皮。

而我也感到一阵强烈的麻痹感袭上了神经，整个人摇摇欲坠，感到眼前一阵阵发黑。

"只是麻醉弹而已，抱歉，不这么做，人鱼会把你带到深海里去。"

在意识消失的前一秒，我听到莱茵的声音接近，随之身体一轻，我就被一双手抱离了地面。

不知道昏迷了多久，我才醒来。

　　我仍然处在半梦半醒的状态中，身旁一阵窸窸窣窣的动静却引得我撑开了眼皮，灯光刺激得我的眼睛有短暂的不适，不禁又再次闭上，听见有人起身，灯光被调暗了些。

　　我再次睁开眼睛，莱茵的身影在视线里清晰起来。他走近我的床头，俯下身来，那张熟悉的脸依旧挂着往常的微笑，却让我觉得无比虚假和陌生，因为我还清楚地记得在暴雨里他如此冷酷的模样。这个家伙，从头至尾一直在欺骗我，从他的身份到这次远航考察的真正目的，都是一场彻头彻尾的骗局。

　　我皱眉盯着他，一语不发，感觉头昏脑胀，连质疑的力气都没有。

　　莱茵却好像什么事都未曾发生一样，低下头，甚至用一种轻松的语气开口："你终于醒了，感觉好点了吗，伙计？"

　　"好极了。"我冷淡地笑了一下，吐出几个字，暗暗蓄力准备在这个变态虚伪的脸上狠狠地揍上几拳，可是一动手臂，我才发现这种行为根本无法付诸行动。

　　——我的手被约束精神病人那样的缚带分开扣在了病床两侧，大腿上包裹了一圈纱布。

　　这个姿势让我感到震惊，他干什么？对我采取人身拘禁？我抬起眼皮，用刀子般锐利的眼神盯着他："莱茵，你这是做什么？"

　　莱茵愣了一下，继而奸诈地笑起来："噢，上帝啊，我的小学者，你以为这是我干的？这是医生迫不得已的处理，因为你在昏迷中挣扎得太厉害了，就好像有人在痛扁你似的。"

　　"你这个家伙在胡说什么？"我嗤之以鼻地反驳道。莱茵若有所思地在我的身上巡视了一番，露出了一种痞里痞气的笑容："不过，这些医生干得真不错，你现在看起来，就像一个刚刚脱逃又被逮回来的精神病人，蠢极了。"

　　他这么说着，慢悠悠地从我的脚边转到身侧，我紧张地随之侧过脸去瞪着他，见他将一根手指放在了我的腿伤处，用力一戳！我嗷的一声惨叫起来："你干什么？别碰我！"

然而，这种境地下我的话没有任何遏制作用，莱茵只是玩味地吹了一声口哨。

我恼火极了，可心头却寒意弥漫。此刻的莱茵，就像是撕下了长久以来的一张面具，底下的这副面孔，令我感到十分危险。我不知道他到底是什么身份，又到底会拿我怎么样，"军事行动"……他或许真的是一个游走在生死之间的特工或间谍，又或者是一个冷酷嗜血的雇佣兵，拿钱办事，没有丝毫的道德底线。

作为一项"军事行动"的知情者，谁知道他会不会真的将我的存在抹杀，把我的尸体投入这黑暗无边的大海中？

"嘭嘭嘭——"

就在这时，门口突然传来拍击的声音，一个男人的声音响了起来："莱茵教授？我听到有人喊叫的声音，是你吗？"

莱茵松开了我，我长出了一口气，看见他走了出去，半掩上了门。

门口传来低低的交谈声，是莱茵在与医生说着什么，用的却是我听不懂的语言，但能听出医生的询问相当仔细，语气非常疑惑。

我因此稍稍安心了一点，因为至少可以据此推断这里的医生不是同莱茵一伙的，莱茵不止向我隐瞒了身份，他需要对其他人也保守他的某个秘密。

我有希望获得自由行动的机会，但是这一切的前提是，我不能让他们认为我是个状态不稳定的病人。我必须保持冷静。

"我需要帮助，医生。"

在医生推门进来时，我深吸了一口气，用十分镇定的语气说道，期盼他能听得懂英语。然而当我看清那张面孔时，我不由得愣住了，因为那是一个我认识的人，一名值得我尊敬的生物学领域的前辈。

我怎么会想到在千里之外见到他？

这时，反倒是对方先走过来，温和地开口笑道："嘿！这不是圣彼得堡航海学院最杰出的天才，小华莱士吗？"

这句话仿佛让我一下回到在莫斯科极夜的日子里，与几个热血的生物系同伴疯狂地做研究的岁月，不禁有些恍惚。直到他拍了拍我的肩膀，我才醒过神来，半响说不出话："天哪，达文希前辈，是你，你怎么在这儿？呃，对了，原谅我的愚蠢……"我挠挠头，"我其实想问，这是什么地方？"

"伙计，你糊涂了？"达文希感到有些诧异，他为我解开了束缚带，"你前往冰岛，不就是为了来这里吗？达尔文海洋生物研究基地，受到俄罗斯政府官方的赞助，莱茵说你和他是受到政府指令而来的，多么荣耀！"

接下来他滔滔不绝的赞叹仿佛成了废话，我的思维却陷入了疑惑里。这次考察明明是我的学科毕业项目，什么时候跟政府扯上了联系？莱茵的谎未免也扯得太大了！他到底是什么人？

"老天，你们发现了人鱼，这是本世纪最惊人的奇迹之一！"

我因为这句话心头一跳，激动地抓住了他的胳膊："人鱼在哪儿？它是不是……快死了？"

"荒谬！"达文希嘲笑我，"人鱼在人工水库里活得好好的，只是现在非常暴躁，拒绝任何食物，导致他这样的原因还没确定。"说着他皱了皱眉头，"我猜想是莱茵这家伙的麻醉弹太过火了，使人鱼处在应激状态……"

"带我去地下水库！"我不耐烦地打断他，"听着，达文希，我能够和人鱼交流，我能够试着让它平静下来，立即带我去那儿。"

PART 2
深海实验室

无处可逃。

我第一次从实际意义上体会到了这个词的含义。

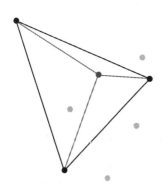

Chapter 06

味道

令我赞叹的是，这个生物基地的结构设计得很好。听达文希的介绍，它依附在大陆架上，整个建筑顺着海底的趋势，顶部被设计成悉尼歌剧院那样的弧线，能有效地减缓海啸袭来时造成的冲击力。

而当我走出房间，来到通往外部的走廊上，我才透过玻璃发现我们其实全都置身在水面下。达文希所谓的地下水库，则是更深一层建造在边缘海台上的海底实验室，需要乘坐电梯下去。

坐上透明的梭形电梯往下徐徐降落时，我感到目眩神迷，几乎沉醉在这个海底世界里，有种灵魂随着不远处蔚为壮观的大陆架的斜坡一并沉入深深的海沟之感。

虽然我们所能抵达的最深处也仅仅是边缘海台的底部，与大陆坡底的深海平原相距十万八千里，我仅仅是看着那无垠、幽暗的深处，就产生了一种既渴望探索一番，又敬畏、恐惧的复杂情绪。

不知道什么时候能有机会乘坐潜水艇下去一探究竟，假如我可以顺利毕业，再攻读几年，成为一名合格的海军军官，也许能……

"德赫罗，在想什么呢？这么出神？"达文希拍拍我的肩膀，将我拉回了现实，"看，我们到了。"

我抬起头看去，电梯门随之打开，呈现出一个环形的大厅，墙壁上有数扇关闭的仓门，圆形的，厚重而结实，看上去类似潜水艇的入口一样，显得十分具有高新科技感，也有效地防止了一些珍贵的研究个体被偷拍或被一些不法机构盗走牟利之类的事情发生。

但这样的建筑构造让我着实联想到了什么有趣的东西，忍不住开玩笑："伙计，这么多间实验室，你是怎么记得哪一扇门里装着什么的。你有没有看过一部叫《林中小屋》的电影，只要按错某个按钮，啊，里面奇形怪状的东西全都跑了出来，把你吃得骨头碴子都不剩。"

说着，我还装模做样地恐吓他，达文希却啼笑皆非地看着我："德赫罗，你还是老样子，有一颗天才的脑袋，心智却像个小孩一样。"

我嗤之以鼻，心想这个老学究也没变，一点幽默感也没有，可惜啊可惜，人生无趣。

达文希领着我来到其中一扇门前，伸手在门上的指纹辨识仪上按了一下，门发出嘀的一声，自动打开来，缝隙里立刻传来了一股海水特有的潮湿味儿，并且混合着人鱼身上那种若有似无的特殊的异香，扰得我有点儿心神不宁起来。

我摸了摸鼻翼："达文希，你有没有觉得人鱼身上的味道有点奇怪？"

达文希："什么味道？海水的腥味？"

"香味，"我强调道，用鼻子捕捉着那股香味的来源，"你闻，这么浓烈，有点……有点类似麝香的气味。"

达文希使劲抽了抽鼻子："如果可以将海水的腥味理解成香味的话，那确实挺浓的。"

"你的鼻子一定失灵了。"我疑惑地皱了皱眉，感到十分奇怪，跟随他往里边走去，试图让他相信我的判断。

当我们完全没入门内的黑暗里时，门在身后轰然关闭，一层变幻的幽蓝光晕笼罩了我们周身。我抬眼竟发觉四周是环形的玻璃壁，水库将我们围在当中，波光潋滟，模糊了里外世界的所有界线，鱼群的影子从周围漂浮而过，形成一片一片云翳般的暗影，犹如身置爱丽丝梦游仙境一般奇妙。

我不由得立刻抛却了心中的疑云，啧啧叹道："天啊，这简直是神迹一样的存在，达文希，请你让我在这里做考察吧，我真喜欢这个地方。"

"当然，"达文希像是被我逗乐了，"你本来就是政府派来的项目研究人员，就算你不喜欢，也得勉为其难地待一阵子。"

"什么项目？莱茵到底是怎么跟你说的？"我下意识地问道，目光顺着玻璃池壁寻找人鱼的身影，很快，我就注意到了水库上方一大团乌云似的阴影，仔细一瞧，我才发现有几只海豚聚集在那儿，围绕着什么在旋转游动，搅起一片片小型的漩涡。

而那个地方正是压力舱门的所在处，是连接着环形水库和我们所站的这片地方的唯一通道。我抬起手指了指："达文希，你看，那里怎么了？"

"有趣的现象，你跟我来。"

达文希领着我走上通往上方舱门的旋转楼梯，来到那扇舱门前。我惊讶地发现那是一扇相当厚实的球面玻璃舱门，在水光的聚焦下显得明亮、透蓝，像一扇通往天堂的入口。在门前可以完全看见水库下面的情形，甚至有放大镜的效果，比肉眼来得更加清晰。

我猜想大概是用的潜水艇里窗子的材质，才禁得住这样的海水压力，忍不住将手平放上去，按在冰凉的玻璃面上："这个现象代表了什么？海豚的异常行为跟人鱼有联系？"

"答对了。"达文希递给我一个小小的黑匣子，手指点在玻璃面上挪动，指着海豚的方向，"你仔细看，那些海豚聚集在一起，围绕着那条人鱼在旋转，就像是……在举行什么奇怪的仪式，可是在人鱼到来之前，它们一直表现得很平静，从未出现过这样异常的行为。"

"的确很不寻常。"我有些惊讶地思考着，"这代表人鱼能够与海豚沟通，并且通过什么方式影响它们的固有生活模式，这说明他的交流是能成功使海豚理解的……"突然间我的脑中灵光一现，"那么，海豚的语言是否能反馈给人鱼，让他听懂呢？达文希，你记得我们曾做过一个翻译海豚语言的研究吗？"

"当然。"达文希指了指我手中的黑匣子，笑道，"我们当时录制的海豚声音都在这里面，并且，我将它们与人鱼的声音做了匹配比对，发现了一段相似的频率。"

"哪一段？"我的精神一振。

"等等。"达文希拨弄着黑匣子上的按钮，调制起来。

此时，我眼角的余光瞥见水中有一大片乌云似的鱼群升腾而上，不由得转过头看去。水中不远处，几只海豚跟随着一道修长的、眼熟的影子藏身其中，朝舱门处漂浮似的游弋过来。我的眼睛无法从人鱼的身影上挪开了。

从光照清晰的舱门处看过去，人鱼的头发散开，阴影遮住了他的半边脸，只看见一抹勾着邪恶弧度的薄唇。黑色的鱼群细细密密地围绕在他的周围，让他看上去像被一团夜雾凝聚成形的死神。他所在之处，光线都被尽数吞没，消逝在他所附带的暗影里。他是一个黑洞般的存在，足以吞噬掉整片海。

我的脑子里莫名其妙地冒出了这个念头。

人鱼身上那股浓烈的异香扑面而来，我感到一阵一阵的心悸，手都有些发软，掌心却像被吸附在了玻璃上，无法挪开："他过来了，达文希，黑匣子吸引了他！"

"听，就是这段，我找到了！"达文希自顾自地调试着，将黑匣子附到了我的耳边，神秘兮兮地道，"这段声音的频率与海豚在异常行为时的频率相同，我想这就是人鱼影响海豚行为的原因。"

我皱起眉，仔细倾听着里面的动静。黑匣子里发出一阵白噪音，接着传来了一声我曾经听到的音节："A...ga...ra...s..."

"听到了吗？"达文希有些兴奋，"我做了一个猜想，这也许……就是人鱼试图引诱其他生物臣服于自己时会发出的声音。"

我愣了一下。那么，之前……那条人鱼也是在用这种声音引诱我臣服于他吗？

这段声波，对人类的神经也同样能产生对海豚一般的影响？他在试图让我成为他的奴仆吗？就像这群鱼和海豚一样？这可太荒谬了。

将头侧到一边，我强迫自己的视线从人鱼的身上挪开："你的意思是，人鱼可能有奴役和操控其他种群的能力？目前为止……除了人类，还没有其他生物可以做到这一点，如果这是真的……那么，人鱼就是一种高智商的、极其危险的存在。"

他严肃地点了点头，表示很有可能。

"A...ga...ra...s..."

这样想时，这串音符忽然变得更大声了一些，然而，却不是从黑匣子里传来的，而是，从舱门里。

这扇舱门竟然无法阻隔人鱼的声音。我不知道人鱼的声音是不是具有某种跟电波一样的穿透性，使得我感到头皮都发麻了起来，却无法忍住不往后看。

我整个人僵硬着转过头去，便看见人鱼已经直立着浮在舱门前，眼睛在漂浮的发丝间直直地盯着我，一只苍白的蹼爪按在玻璃上，与我刚才留下的掌印重合在一起。

人鱼是无法出来的，他是无法威胁到我的。他是无法突破钢铁合金的困缚的，德赫罗，别害怕，保持冷静的科学态度！

对了，就这样，试着与他交流。

我鬼使神差地抬起手，将掌心附在了玻璃上，隔着一层玻璃和他的蹼爪五指贴合。他的手比我大不少，每根指节起凸分明，显得非常有力量感，很便于抓握东西。这样的手假如是在陆地上，十分适合打篮球。并且按他的手长比例来看，人鱼的鱼尾假如能化作双腿，他的身高大概就是男模特的平均水平，在一米九左右。

真高啊，又有着这种肌肉含量的身材，假如他是个人类，我大概会非常羡慕他的外形。

人鱼似乎很满意我与他五指契合的举动，他将脸凑到玻璃前，歪着脖子，头变化着角度，眯起眼睛，好像隔着玻璃在嗅我的气味，神态异常专注。嗅了足足几十秒，他的目光却朝我的身后看去，似乎是朝我身后的达文希启唇，发出了一串我从未听过的音节："o...p...en...do...or..."

假如我没听错的话，怎么听上去像是……"开门"？

"达文希？"我疑惑地转过头去，竟然看见达文希一脸茫然地盯着人鱼，呈现出一种近乎痴呆的状态，然后我惊讶地看着他木然地犹如被下达了指令的机器人一般抬起手，向舱门边的一个红色按钮上按去，而那个按钮上写着：紧急开关。

我大叫着后退了一步，看到水库里的水位迅速下沉到舱内高度的一半，玻璃门自上而下地开启了一道缝隙，人鱼稍一纵尾，便轻而易举地从舱门内浮起来，探出了半个身体。

我因为这个突如而来的、不可思议的变故而吓得傻掉，身体已经和大脑神经脱了节，就那样注视着人鱼像一只黑色的蜥蜴一般爬了出来。

而达文希像是比我更恐惧，一下子晕倒在了边上。

"该死的！醒醒！"

我拔腿就想跑，却被人鱼伸出来的一只蹼爪抢先抓住了我瘫软的脚踝，我一个趔趄，头重重地磕在地面上，眼前一黑。在失去意识的瞬间，我听见了一个熟悉的喊声："德赫罗！"

Chapter 07

协助

"德赫罗，你真的想要研究这种夜煞人鱼吗，即使可能付出生命的代价？你知道人鱼食人吗？"年老的女人望着黑暗的海面，目光放空，又仿佛在看着极限的远处，苍老的脸上每道皱纹都仿佛因为深陷回忆里的恐惧而微微颤抖着。

我深深地嗅了一口带着浓重海腥味的风，点点头："我听过这样的传言，可是并没有具体的事例证实，这也是我来找您的原因。"我将手轻轻地放在老人佝偻的脊背上，尽量温和地引导她继续讲下去，"我请求您告诉我在海难里见到人鱼的情形吧，而您不也正需要一个倾诉的对象吗？如果可以的话，我愿意暂时做您的心理医生，来化解您的心结。"

她似乎有所触动，侧过了头。那双浑浊的眼睛映着背后寥落的篝火，眼神复杂莫测地注视着我，苍老的手扶上我的手腕，指甲几乎陷进了我的肉里，仿佛在用这种方式试探我的诚意。而我强忍着精神病人的怪癖，神情坚定地与她对视着。

不管如何，这是真一先生曾向我提过的，可能在海难中见过人鱼的目击者，即使她的话可信度并不高，我也不愿意放弃一丝的可能。

老人长长地叹了一口气，闭上了眼睛。

她耷拉的眼皮下，眼珠失去焦距，来回转动，就好像长期航海的人走上陆地时一样的症状。我知道她正沉溺在那段海上的岁月里，不由得屏气凝神地等待着。

沉默了良久后，老人发出了一声长长的叹息，断断续续地吐着字音："那时候，我跟一群喜欢冒险的同伴，抱着和你一样向往见到人鱼的念头。我们的游船在海上传说有人鱼出没的地方漂泊了好几个月，终于有一天，我们成功地捕到了一条雄性人鱼。可我们没想到，人鱼是多么可怕的生物……他会先嗅你，深深地嗅，就好像判断猎物的气味一样，假如你让他感到厌恶，他会将你的脖子扭断，撕成碎片……"

说到这里时，她的呼吸忽然变得急促起来，猛地睁开了眼睛："那真是噩梦一样的一晚啊，我亲眼看着我的好几个同伴都被人鱼当作了食物，只有我……只有我……躲在秘密的暗舱里才逃过一劫。我吓坏了，不敢发出任何声音，最后我眼睁睁地看着那个家伙带走了我的儿子，我的弟弟！他们就那样被人鱼带入了海底，再也没有回来……我真后悔……真后悔……"

她重复地念叨着这串音节，摇晃起了头颅，我知道她的精神病又复发了，不由得立刻扶住她的肩膀，企图将准备好的镇定剂扎入她的手臂。而就在此时，老人突然瞪大眼睛，目眦欲裂，干枯的手紧紧地抓住了我的衣领，露出了一种诡谲而癫狂的笑容："德赫罗，相信我，如果你在海上强烈地想要见到夜煞，它们会感应到的……它们喜欢以漂亮的年轻人为食……就像我的儿子一样……"

我为她说出的疯话而目瞪口呆，知道这些很可能是十足的不可信的臆想，不由得感到有些沮丧。突然，我的肩膀被人重重地拍了一下，我回过头去，看到身后竟然是早已死去的真一先生，他的脸青白，浮肿，浑身挂满了海藻，眼眶是深深的两个黑洞："德赫罗，相信她的话，你会见到人鱼的……"

我毛骨悚然地退后了一步，却感觉腿脚有些奇怪，我朝下半身看去，我的腰部以下竟然布满了鳞片，变成了一条长长的银灰色的鱼尾。

"啊——"我大喊了一声，从梦魇中惊醒过来，浑身冷汗涔涔。我一把掀起被子朝下面望去，腿脚好端端的，穿着一条病号服裤子。

怎么做了一个这么诡异的梦？竟然梦见了几年前的事，还见到了真一先生的鬼魂……

我想起梦里那个老女人曾对我说过的疯话，和真一先生恐怖的模样，脊背不禁升起了一丝寒意。只是没想到，那些曾被我不以为意的、关于我会见到人鱼的预言，竟一语成谶。

只是，我怎么又躺到了床上？我不是应该在深水实验室里，跟达文希一起研究人鱼吗？对了，我记得那个家伙突然发疯，把人鱼放了出来！

后来，后来发生了什么？

我努力地回想着之前发生的一切，好像那时听到了莱茵的声音，是他救了我？

我摸了摸脑袋，咔嗒一声，推门声响了起来，一阵靴子踩在地面上的声音由远及近，停在了我的床边。

灯被拧开了，灯光亮起时，我下意识地抬手挡了挡眼皮，就感觉身体被一只手扶了起来，动作有些粗暴。

我艰难地晃了晃头，睁开双眼，抬头便看见莱茵低头俯视着我，光照在他的鼻梁上，在眼窝形成深深的阴影，使他的眼神看起来非常可怕，我丝毫不怀疑下一刻他会掏出手枪崩了我。

我想起他的警告，不由得十分胆寒，攥紧了被褥，脸上却故作轻松："嘿，伙计，怎么一脸便秘的表情，你吃坏肚子了？"

话音未落，我的领子就被他一把拎住了，身体被拽了起来。莱茵恶狠狠地瞪着我，一副恨不得将吞我入腹中的表情，喘息的气流喷到我的脸上，我甚至能从里面嗅到极力压制的怒意。睡意顿时烟消云散，我吊着脖颈不甘示弱地回瞪着莱茵，不愿表现出一丝胆怯而被他有机可乘。

"你这家伙发什么疯？我还没睡醒！"我恼怒地骂道。我掰着他的手指试图挣开桎梏，而莱茵倒也没有继续用力，惯性使我一下子跌回床上，本来就受伤的头撞在硬硬的床板上，疼痛使我像虾子一样蜷缩起了身体，嗷嗷惨叫。

莱茵则抓住了我的手腕，迫使我正面仰视着他："我警告过你，德赫罗，别接近那条人鱼。"

我扯着嗓子和他对吼："你冷静一点！你到底怎么了？为什么我接近人鱼就像要了你的命？"

"你想不起来你和达文希干了什么吗？你们差点把那条人鱼放了出来！你不知道那是多危险的举动！"莱茵咬着牙关一字一句地说，"德赫罗，你现在应该意识到这不仅仅是一个研究项目，我是在尝试保护你！你这个不知好歹的家伙！你这个性格，还真是跟他一模一样！"

我愣住，保护我？他竟然是想保护我？他口中的"他"又是谁？

"嘭嘭嘭——"

门忽然被敲响了。

我竟然因此感到如释重负，长出了一口气。

门后走出来的是一名年轻的、看起来很干练的陌生女人，她穿着研究员的白色长褂，胸前却别着一枚银色的军官徽章，几位军人打扮的高大男人紧随其后。这样的阵仗不由得令我愣了一下，莱茵似乎也感到有些意外："莎卡拉尔上校！您怎么……"

"在这儿请称呼我为博士，亲爱的莱茵。"那个女人微笑起来，朝我伸出了手，眼睛里却透着一种不怒自威的光彩，"这位应该就是圣彼德堡的那位小华莱士了。您好，我是莎卡拉尔，是圣彼得堡神秘生物研究院的院长，同时兼任俄罗斯第七海军部上校，见到你很高兴。"

多么了不起的女人啊！我在心里由衷地佩服。

"您好……"我握住莎卡拉尔的手，方从她十分具有震慑力的身份介绍里反应过来，吞吞吐吐地回答道，"您好，我是德赫罗，是圣彼德堡航海学院生物系大四的学生，莎、莎卡拉尔博士，您好！"

莎卡拉尔点了点头，神情里透出几分急切，语气却波澜不惊："德赫罗先生，我需要向你了解一些事情。昨晚我们的研究人员在接近人鱼时遭到非常严重的袭击，而达文希先生现在处在昏迷状态，这里没有任何一个人可以靠近人鱼。"她从衣兜里取出一个小小的黑匣子，"所以，我想知道，达文希先生在昏迷前说过，只有你能与人鱼进行沟通，这些话是否是真的？如果是，我希望你能协助我们对人鱼进行配种。"

我的神经突突一跳，立刻猜到了什么："配种？难道你们捕到了雌性人鱼？"

莎卡拉尔摇摇头："是克隆种，这所研究院曾经得到过一条雌性人鱼，不过那条人鱼的生命力非常脆弱，仅仅存活了几天就死去了。这条克隆种预期也只能存活一年左右的时间，到今天为止，已经剩下不到一周的存活时间了。"

"我愿意！"我下意识地答道，并掩饰着心中的激动，能亲眼看见并协助完成人鱼的繁殖过程是多么有意义的一件事！

　　莱茵紧紧地抓着我的胳膊，低声而严肃地说道："莎卡拉尔上校，作为导师，我反对德赫罗单独去协助人鱼配种，我建议等待达文希醒来。"

　　我唰的一下从他的手臂中弹开来："不，我可不想错过这个机会！"

　　"不行！"莱茵坚决地提高声音，他克制地攥紧拳头，胳膊上的肌肉青筋凸起，我知道假如现在没有人，他一定已经用武力来压迫我了。

　　可惜这个莎卡拉尔上校似乎是他的顶头上司，他没有办法违抗她的命令。

　　我躲到莎卡拉尔上校的背后，朝莱茵挑衅地竖了个中指，用口型道：该死的。一边拾起床边的风衣外套穿上："莎卡拉尔博士，我愿意协助人鱼完成配种。"

Chapter 08

独守

　　当我再次走进深海实验室，闻到那股潮湿的异香时，我不由得下意识地用衣服捂住口鼻，深吸了一口带着消毒水味道的空气，才勉强缓解了那种莫名袭来的眩晕感，甚至不知道为什么，我连抬头望向环形玻璃后的水底世界，寻找那只人鱼的身影也不敢。

　　我竟然有点害怕见到他。

　　在经由达文希的猜测提醒后，我实在没有办法将人鱼当作一个普通的兽类来看，从生物学上来讲，他的进化也许远远地超于人类，我必须谨慎行事。

　　我低着头，跟随莎卡拉尔的脚步走上旋梯，来到了舱门上方的楼层，这是一个位于环形水库上方的实验室，地面是全透明的玻璃，站在其中，便犹如双脚虚浮在深蓝色的海面之上，身下一片一片的鱼群仿佛变幻的、漂过的云翳，叫人感到心旷神怡。

　　我眼角的余光忍不住在鱼群中寻觅人鱼的身影，所幸并没有看到他的踪迹，我心里竟然不由得放松了几分。

　　"看啊，德赫罗，这就是我们的杰作！"

　　莎卡拉尔在前面叫道，我随之抬起头看去，只见实验室中心一根黑色圆柱的内壁向下降低，露出里面透明的玻璃外壁，当里面的景象完完全全地呈现在眼前时，我忍不住立刻由衷地发出了一声惊叹。

那是一只雌性人鱼！天啊！

我的目光被牢牢地吸引着，脚不由自主地朝圆柱迈过去，靠在玻璃外壁边，有点不敢相信自己的双眼。

"她的名字是莉莉丝，很美丽，对吧。这是研究院的一位老博士二十年前在澳大利亚海岸带回来的人鱼细胞制造出来的产物，她被冰封很久了，所以，看起来非常虚弱。"莎卡拉尔在我身后解说道。

是的，她看起来那样脆弱，而这种脆弱却使这条雌性人鱼具有着一种剔透绝尘的美。我注视着她的时候，丝毫没有联想到莱茵的形容词，因为她看上去不像个女妖，更像个纯净的天使。

那是一只热带红尾人鱼，我猜想她的寿命短也许跟这儿寒冷的水温相关。她生着一头银白色的头发，漂浮在波光中像一片圣洁的雪，使得本来就白得泛蓝的皮肤散发着一层晶莹的雾气，一双浅绿色的眼睛水光蒙眬，仿佛是在哭泣。

人鱼很悲伤。

我的心绪莫名地被人鱼的眼神拨动了一下，竟然觉得这条被人类克隆出来的人鱼的眼中蕴藏着那样深切的悲伤，仿佛在为自己的孤独而无力地叹息着。

"对不起……别害怕，你很快就能和你的同类在一块了，好吗？"

我将手放在玻璃壁上，看着她用嘴形诚恳地诉说。男人的保护欲使我徒生出一种想要安抚这只脆弱的、美丽的生物的冲动。一阵透不过气的罪孽感压在胸腔上，尽管我与莎卡拉尔同样希望能探究人鱼的一切，并了解它们，可是我同时感到这种克隆出人鱼，却无法使她存活多久，将她作为配种的实验体的行为，有多么冒犯这种神奇的生灵。

　　研究和培育是两码事，我们没有权利主宰它们的命运。

　　"嘿，莎卡拉尔，这样做真的合适吗？"尽管清楚除了配种，没有更好的办法安抚暴躁的那只人鱼以便使研究继续下去，可人鱼的悲伤使我忽然变得犹豫起来，"假如配种成功……我的意思是，假如雌性人鱼成功受孕，我们是否能成功地保证人鱼胚胎存活，使它们顺利成长？并且这两条人鱼是不同水域的品种，假如生下来的人鱼成长到一定年龄，我们怎样判断将它们放生到哪里？"

　　"很抱歉，我的小学士。"莎卡拉尔走近我的身边，倚靠在玻璃外壁上，冷漠地耸了耸肩，如同冰雕一样漂亮的面孔毫无表情，"我们并没有计划那么长远，也并没有将培育出来的人鱼幼苗放生的准备。你需要明白，我们和你并不是同一种人，德赫罗。"

　　"同一种人？"我为这几个字困惑不已，可当我想继续追问下去的时候，莎卡拉尔抬手做了个简单的示意，我便听到耳旁传来扑通一声，"等等！"

　　我叫道，而已经来不及阻止莉莉丝掉进了水库，她白色的长发在水中晕染开，像一层融化的冰。

　　一阵不祥的预感突然从内心蔓延上来，我感到心跳在加速，莫名的慌张感使我攥紧了拳头，目光紧紧地跟随着莉莉丝的身影向下沉去。我看着她缓慢而优雅地摇曳着鱼尾，逐渐自由地游弋起来，似乎感应到了人鱼释放的雄性激素，而寻找起他的踪迹。

　　人鱼，你在哪里？你的同类，你的配偶已经出现了啊！

　　我默默地在心中念着，既焦急又不安地期待着他的出现，当那片黑压压的雾气终于在深蓝色的海水中透出他的轮廓时，我忍不住神经猛地一跳，一股战栗感由内至外，双腿打了个哆嗦，差点顺着玻璃柱滑跪下去。

"德赫罗！别看了！"莱茵一把挽住了我的手臂，我不耐烦地挣脱了一下，径直走到莎卡拉尔身边，"嘿，博士，我想我需要一根电子香烟，您有，对吗？"

我指了指她胸前的衣兜里露出的盒子的一角，莎卡拉尔笑了一下，抽出一根细白的烟递到了我的手里。

我做了个道谢的手势，蹲坐下来观察着水库里的情景，将香烟咬在嘴里，深深地吸了一口。烟叶的气味流过鼻腔，有效地缓解了我不太对劲的精神状态，使我立刻平静了下来。

我看到阿迦勒斯和莉莉丝正在缓慢地靠近彼此，这是个好的开始，希望他们能顺利地完成交配。莉莉丝似乎比阿迦勒斯显得更有热情，她轻盈地围绕着阿迦勒斯游弋，仿佛在翩翩起舞，而暴躁不安的阿迦勒斯却出人意料地异常冷静。他只是颇为倨傲地伸开双臂，好像在等待莉莉丝主动投入怀抱，就像一个拥有无数嫔妃的帝王。

这与许多兽类交配期间的表现截然不同，无论是陆上还是水里，普遍都是几只雄性争夺雌性，雄性争奇斗艳只为获得雌性的青睐是通常存在的表现，可现在……

阿迦勒斯，你在刻意卖弄吗？快上啊，伙计！

我攥着拳头默默地捏了一把汗，夹着电子香烟吐出了一口水雾，在莉莉丝投向阿迦勒斯的臂弯的那一刻，连下一口空气也忘了吸入。

阿迦勒斯拥住了莉莉丝，并低头在她颈项前嗅着她的气味。我感到越来越莫名地紧张起来，整个人几乎要伏在玻璃地板上，然而下一刻我却看见了更令人震惊的景象——

"啊！"莎卡拉尔在我的身后猛地惊叫起来，而我则吓得差点跌倒在地，香烟掉在了地上，手却僵硬得一根指头也动不了。只见一大片紫红色的血雾从莉莉丝的周身扩散开来，同时裹挟着支离破碎的肉体与残肢，她白色的长发漂浮着，牵连着底下一枚曾经如蔷薇花苞一样美丽的头颅和暴露在外面的喉部血管，缓慢地浮上了水面，那双美丽的绿宝石般的双眼绝望地看着另一个世界的我们，如泣如诉。

而阿迦勒斯，正抱着那具无头的鱼身，像一条真正的虎鲨一样，野蛮地撕咬着莉莉丝的皮肉，深色的瞳仁里闪烁着饕餮般的食欲，英俊的面孔此时在浓雾般的血色中显得狰狞如鬼。

他的的确确，是一只凶猛而恐怖的野兽，我真不该被他的外表迷惑！

"不，不！我的天啊，莉莉丝！"

我狠狠地锤了一拳玻璃地板，感到无比惊骇和心痛，身体比头脑的反应更快速，我冲下了三楼的实验室，疯狂地砸着舱门，大喊道："阿迦勒斯，阿迦勒斯！你给我停下，那是你的同类，你的同类啊！"

阿迦勒斯像是听到了我的呼喊，吞咽的动作竟戛然而止，转头朝我的方向看了过来。他脸上的凶恶、残暴霎时间消失了，取而代之的，是另一种截然不同的神情。

那被血雾缭绕的薄唇若有似无地勾了起来，他深深地盯着我，舔尽了唇边残留的血肉，放开莉莉丝的尸身，朝我迅速地游了过来，快得跟离弦的箭一般，修长、高大的身躯转眼就笼罩在了我面前。

这个举动让我倒吸一口凉气，不由得捂住嘴巴，退后了一步，正撞上了身后的人。我立刻回过头去，便看见莎卡拉尔用一种非常异样的眼神打量着我，身后的莱茵则是一脸铁青。

"德赫罗先生，你命名这条人鱼为……阿迦勒斯？"莎卡拉尔诧异地睁大了金丝眼镜后面的眸子，不可思议地打量着玻璃舱门前的阿迦勒斯，"并且它居然能够回应你的呼唤，我的老天！它竟然听从你的训导？你是怎样做到的？"

"不，不不！您弄错了，博士！"我忽然意识到我竟然又重蹈覆辙，急忙快步从舱门前走开，直到离开阿迦勒斯的视线，才摆摆手向莎卡拉尔解释道，"那个单词不是人鱼的名字，仅仅是一个呼唤它最有效的代称，并且达文希与我讨论过，这个词的含义很可能……可能是……"

"可能是什么？"莎卡拉尔跟着走了过来，她扶了扶眼镜，满怀期待地看着我。

我的脑子飞快地转着。如果把这个单词可能代表的意思说出来，他们也许就会和达文希的异常举动联系在一起，很可能会将阿迦勒斯置于十分危险的境地。

我支吾着，莎卡拉尔耐心地看着我，并给我重新递了一支电子香烟。

我咬在嘴里，咽了口唾沫："是……表达我是你的同伴的含义。"我在心中发誓，我不是故意违背了科学求实的精神撒谎，嘴上却大放厥词，"也许正因为这样，人鱼才会立刻被这串单词吸引，这一定是人鱼种群中具有特殊含义的信号。至于具体是什么意思，我和达文希尚持保留意见，还需日后观察才行。"

莎卡拉尔对我的回答显然有些失望，她转头看向阿迦勒斯，遗憾地叹了口气："莉莉丝是我们千辛万苦培育出来的克隆种，没想到就这么付之一炬……真不知道，这条雄性人鱼怎么会突然发狂，竟然将她当作了食物……"

这句话让我的心脏也跟着缩紧，我甚至不敢侧头去看水库里莉莉丝的惨状，从刚才开始便隐隐作祟的负罪感在此时变得沉重起来，压抑着我的心跳。

我情不自禁地按了按胸口的一颗钮扣："我也搞不明白这点，达文希说人鱼自从来到这里一直是绝食状态，连同在一个水库里的海豚都与他相安无事……"

"所以，德赫罗，我们需要你全心全意的协助，只有你能与人鱼沟通。"莎卡拉尔打断了我的话，将一只手搭在了我的肩上，手指隔着衣服轻轻地掐着我的骨头，一字一句地说道，"你确实如达文希所说，是个生物学天才，我郑重地请求你，接受我们研究院的聘用，专程负责人鱼研究项目。我想，这个研究的成果也是你毕业考察的关键，对吗？而这个成果，对俄罗斯政府的一个生物技术研究项目，也同样重要。"

"您的意思是……让我为政府工作？"我深吸了一口气，感到压力从天而降，却无从拒绝她的请求。我直觉认为，莎卡拉尔与我说这句话的语气仿佛不像是以博士的身份说的，而是以上校的权威在要求，假如我拒绝，我可能会就此与研究人鱼的大好机会失之交臂，仅仅是考虑到这一点，就足以令我毫不犹豫地应承下来。我点了点头："我接受。"

"那么，作为导师，我将会全程辅导德赫罗完成这个项目研究。他没有经验，也不是研究院的人，博士。"

一旁的莱茵迅速接话道，他的语气透出些许掩饰不住的紧张，好像话中有话似的，我从未见过莱茵这样谨慎、小心的模样，不由得有些奇怪。

莎卡拉尔意味深长地扫了他一眼，轻描淡写地抱起双臂，背过身去："很可惜，我的意思是需要德赫罗独立完成研究，莱茵，你应该相信自己的学生，他如你所说过的一般出色，作为导师，你应尽的义务已经完成了。"

"不！独立完成？您了解这种人鱼是怎样的可怕生物吗？我必须对我的学生的安危负责！"

莱茵抗议道，他一只手挡住我的身体，仿佛莎卡拉尔会将我强行绑走似的，整个人散发出一种不寻常的戒备气息。这实在使我感到无法理解，莱茵并非我的监护人，有什么理由这样限制我的决定？还说什么保护我……

要说我们之间有什么交情，这几年的确是有的，可我不认为他有那么在乎我的死活。我也不可能因为领他的情就放弃对人鱼的研究，毕竟这是我毕生的追求。

"我想我能够完成独立自主的研究，莎卡拉尔博士！"我执意与莱茵唱反调，退到莎卡拉尔的身边，面朝着莱茵，他的眼神不知道什么时候变得非常复杂，我甚至从他的瞳仁里读出了浓浓的后悔的意味。

"回来，德赫罗，你现在还有选择的余地。"

他看着我，眼神如利剑一样，却说出了一句令人费解的话。我还来不及细细琢磨这几个字的含义，就看见身旁的莎卡拉尔忽然抬起手指摸了摸胸前的钢笔，似乎想将它抽出来写点什么，莱茵的表情却在此刻唰的一下变了，像是看见了什么极度可怕的东西，然后如同遭到电击一样猛地抽搐了一下，整个人扑倒在了地上。

我错愕地愣了一两秒钟，莎卡拉尔则惊叫了一声，蹲下去推搡着莱茵的身体："天啊，他晕过去了？我们快将他送到医院去！"

她这样叫着，外面很快冲进来几个跟随我们一同进来的穿军装的警卫，我还没来得及凑上去察看，莱茵就被他们迅速抬了出去。

"喂，等等，他怎么了？"我奇怪地跟上去，却被莎卡拉尔拽住了衣服，"没什么，不用担心。莱茵以前与我共事过，他患有癫痫，情绪激动时就容易这样，放心，他会得到及时的救治，实验室上面就是冰岛最好的医院。"

"噢，这真让人吃惊！"我放下心来，感到有些不可思议。莱茵看上去就像个军人一样健康，没想到居然患有癫痫症，难怪他有时候给我的感觉就像疯了一样善变。

当天晚上，在莎卡拉尔的安排下，三楼的观察室里布置好了我的书桌、床铺，甚至还有简易的沐浴室，俨然是我的起居室。我对此十分满意，这样我可以心无旁骛地进行记录和研究，从透明的玻璃地板往下看去便一目了然。

只是，尽管有高科技的阻隔设备，与人鱼共处一室还是不免让我有些惧怕，莎卡拉尔却告知我警卫就在门口，只要我在书桌上的电脑上呼叫，他们随时能够进来保护我的安全，并且她在临走前还留给了我一把能够连续发射的麻醉枪，这有效地打消了我的顾虑。

我想今夜，大概是一个难以入眠的夜晚。

因为我竟然拥有了一间完全属于自己的实验室，并且是在海面之下。而明天，我就可以开始进行这项令我期待多年的人鱼研究项目了。

真令人激动。

我合上双眼，努力使自己心情平静地入眠，不久就沉入了睡梦。

Chapter 09

异常

　　半夜，我从一阵强烈的不适感中醒了过来。我感到大脑昏昏沉沉的，浑身如同发烧一样热，周身像被重物压着一样，动弹不得，一种奇怪的噪音回荡在耳边。我意识到自己是被困在了梦魇状态，这是总是失眠的人经常出现的症状。

　　我一定是睡前太过兴奋了。

　　我在心中默念着自己的名字，用力攥紧拳头，强迫自己从这样的状态中脱离出来，然而，这种困囿之感却越发强烈了，之前若有似无的噪音也随之变得更加清晰起来。我能分辨出来，那是水流的声音包裹着一串我曾经听见过的音节——

　　"A...ga...ras...De...sah...row..."

　　我脊背上冒出来的冷汗霎时沁透了背心。

　　那是人鱼的声音，从哪里传来的？天啊！

　　我惊恐地睁大双眼，勉强指挥自己的脖颈转动，向四周寻找声音的来源。当确定声音来自书桌上一个电脑旁的声呐收录装置后，我不由得松了口气，为自己竟以为人鱼出来了的想法而感到荒唐。

一定是临睡前忘记关电脑了。人鱼不可能进得来的，他再厉害也只是一只有血有肉的生物，无法抵御高科技的防护设施。

我摸了摸被汗液濡湿的额头，将刘海撩上去，闭上双眼长长地出了一口气。德赫罗，你什么时候对人鱼产生了这样的心理恐惧？你必须克服这种心理，必须习惯它的存在，必须。

我试着在人鱼低沉的声波中平静下心情，可我的做法却似乎适得其反——

我的身体在逐渐发热，如同一名发烧的病人，全身的水分在被升高的热意迅速蒸干。迫使我在床上辗转反侧，忍无可忍地蹿了起来，想要冲过去关掉那个声呐。可我没料到自己的手脚如此酥软，竟然从床上直接滚倒在了玻璃地板上，像一只没有脊骨的水母。

人鱼低沉的呓语就响彻在我的头顶，声呐的音量并不算大，却像播放着立体声一般在我的耳膜间左右传递，就仿佛阿迦勒斯附在我的耳侧喃喃，诅咒似的蛊惑着我，连他游弋时的水流声都清晰可辨。

这种感觉令我不寒而栗。我不知道这是否就是真一先生警告过我的人鱼与生俱来的神秘力量，可我确实感觉身体已经不受控制地颤抖起来，就像患了癫痫一样，尤其是双腿，竟然不由自主地似垂死的鱼的尾部般上下拍击着地面。

我不知道自己到底怎么了。

见鬼！

我狠狠地骂出声来，猛地晃了晃头，感到呼吸困难。

我暴躁地扯开了几粒扣子，触摸到沾满汗液的胸膛，目光所及之处的皮肤都泛着高热引起的红晕，在苍白的底色上显得格外突兀。

怎么回事……身上这么红，像喝醉了酒一样……

我闭上眼睛晃了晃脑袋，试图使自己清醒一些。

德赫罗，快起来，把声音关掉！是这个声音的问题！

我摇摇晃晃地跪起来，一把按下了电脑的关机键，人鱼连绵的沉吟戛然而止。双腿的强烈异样感顿时也尽然消失，我像断线的木偶一般又瘫软下去，玻璃地板上被我五指的汗液留下了几道划拉的轨迹，和头发丝坠落下来的汗珠晕在一处。

我掀开潮湿的刘海，地板上一小片湿润的反光映照出我有些迷乱的眼神。

天啊，竟然短时间内出了这么多汗，简直有悖常理。

我揪起衣服前襟擦了擦脸，感到睫毛上都沾满了汗水，像刚刚经过一场剧烈运动。

我深深地吐气，仰起脖颈靠在椅背上，解开全部的衣扣使身上的热度散去，然后站起身来，打算去洗个澡。然而当我身体的阴影挡住玻璃地板，使它由镜子的状态变得透明起来，这种距离使我突然注意到了底下水库里黑暗中的异状。

一双散发着淡淡荧光的狭长眼睛正在我身下的水面中盯着我，长长的黑影藏在一大团幽深的水草中，依附在玻璃地板之下。

我着实吓了一大跳，忍不住吼了一声，用拳头堵住嘴巴，瞪大眼睛望着身下的黑影，逐渐分辨出他的身体的轮廓和动作。

我看着地板下面逗留不去的阿迦勒斯，挪步走向了床旁边的小型淋浴房，可是我眼角的余光瞥见脚底的人鱼随着我的步伐一起游动起来，如影随形，像个挥之不去的鬼魅。

"嘿，别跟着我！"我感到毛骨悚然，又有些愤怒自己会被一条困住的人鱼而吓到，便跺了跺脚底的玻璃，企图用噪音将他赶走。然而人鱼丝毫没有离开的意思，他紧贴着玻璃，幽幽地在底下窥视着我，半边脸蛰伏在阴影里，显得阴森无比。

可恶。

这条人鱼为什么盯着我？在思考如何猎食我吗？

我的脑海中刚刚闪现出这个念头，忽然看见人鱼松开了按着玻璃地板的手，一摆尾向下面游去，在彻底隐没在幽暗的水里前，扭头深深地看了我一眼。

我看不清阿迦勒斯游去了哪里，只好蹲下来看了看周围，确信他没有再继续窥视我，不由得长舒了一口气。我打开花洒，任热水浇在头上，冷静地思考起来。

然而我才刚刚将遍身淋湿，便听到房间里响起了一阵刺耳的警报声，我吓了一跳，立刻抓起浴巾冲了出去。那是墙上与外界的通信设备发出的警报声，液晶屏幕上的波纹显示着海面上的天气——一场暴风雨即将来临了。

我的心中一沉。

"喂，喂，德赫罗先生，您醒着吗？"

通信仪器上的对讲机自动亮起了绿灯，随之响起了莎卡拉尔的呼叫。

我急忙拿起对讲机，回答道："我在，博士，是暴风雨来袭吗？我们该怎么办？"

"您不需要担心，暴风雨威胁不到我们的海下实验室，您只需要安心地待在原地继续研究。但是我必须告知您，我和莱茵等其他人必须暂时撤回陆地上，德赫罗先生，您恐怕要独自待在那儿几天，实验室的稳固性能够保证您不受到海浪的冲击，而且我们将很快回到您的身边。"

我捏了捏话筒，心想这里食物、水源充足，独自过几天应该不成问题："明白，你们小心，注意安全，我等你们尽快归来。"

"好的，"莎卡拉尔道，"您手上的对讲机依旧可以联系陆地上的我们，假如有任何问题，请即时呼叫……"

"嘶——嘶——"

信号忽然被一阵聒噪的电流扰乱了，我"喂"了两声，猜想这也许是暴风雨来临前夕的海浪对通信设施造成的影响。我等待了一会儿，而对讲机只是响着嘟嘟的忙音。

我心神不宁挂断了对讲机，转身朝书桌走去，目光不经意地掠过玻璃地板，却发现地上多了一团黑色的东西。

那是一团潮湿的海草，一道长长的水痕以它为终点，引着我的目光沿着水的痕迹延伸向了楼梯下二楼的压力舱门处。

——舱门不知道什么时候打开了一道一人宽的缝隙，水位已经下降到了一半的高度。

一阵悚然的寒意从脚底板上攀爬而上，冲击得我的脑门发麻。

我的目光缓慢地聚向脚下玻璃地板上映出的景象，一条巨大蟒蛇般的阴影不知什么时候，正笼罩在我的身后，我的脊背接触到了那长而潮湿的发丝，耳畔传来了低沉的呼吸声。

无处可逃。

我第一次从实际意义上体会到了这个词的含义。

阶梯使人鱼的行动变得缓慢了，我趁着这个时机，匍匐着挪动身体，在他的影子覆盖在我身上时，我终于将那柄麻醉枪握在了手中。

"A...garas...A...garas..."

人鱼的声音充满了急躁的欲念，听上去就像一个饥饿到了极致的野狼在低吼，仿佛下一刻就会将我撕成碎片。

我知道再不自救就什么也来不及了。

我胆战心惊地仰面举起麻醉枪瞄准人鱼，不远处那双逆光的阴影里幽亮的双眼使我打了个寒战，毫不犹豫地扣动了扳机。麻醉枪发出咔的一声，然而，却什么也没有发射出来。枪筒里空了。

　　该死的，这支麻醉枪里为什么没装子弹？不！

　　来不及容我察看麻醉枪到底发生了什么故障，人鱼已经来到了台阶下，蜿蜒着尾部直立起来，俯视着我逼近而来，嘴角咧着一抹狞邪的弧度。

　　我奋力将手里的麻醉枪朝他砸了过去，一伸手猛地将身旁落地窗上的遮光帘扯下来，卷在了身上，像一只搁浅的海豚一样挣扎着往门口爬，那儿有一只灭火器，尽管这里不那么需要，但我多么感谢有人备用了这个玩意，这是我现在唯一的希望！

　　啪的一声，我从反光里看见人鱼将那支枪稳稳地接在了蹼爪中，他打量了它一两秒钟，双爪抓住了枪，用手如同折一根胶棒般将枪柄拧成了畸形的弯度，扔破烂似的扔在了一边："It...Can...not...hurt...me..."

　　他提高了声音，喉头里发出一阵呵呵的低笑，我不敢回头，只是拼命地往前爬，无比的毛骨悚然感充斥全身，不仅因为人鱼可怕、野蛮的怪力，更因为他会用人类的语言进行挑衅，只要稍加分辨就能听出他在说"这玩意儿伤不了我分毫"！

　　我感到自己先前的认知于他来说就像一个小鬼对长辈的卖弄，难道这就是我犯错的代价？

　　不，我还有机会自救，我还有机会！

　　灭火器离我只有一步之遥，我屈起剧痛的双膝奋力扑去，脚踝却骤然一紧，整个人原地跌落在地板上。

　　"该死的！"我喊了一声，一瞬间犹如跌落悬崖似的绝望，紧接着如料想中袭来的怪力将我生生地往后拖了几米。

　　然后，我的双眼就对上了那双幽深无比的眼睛。

　　我颤抖着大叫起来，被他尖锐的蹼爪擒住双肩，眼睁睁地看着他俯下身，低头凑近我的颈侧，一阵尖锐的刺痛袭入皮肤表面。这条人鱼真的要吃了我吗？

我惊恐地想着，眼前陷入一片黑暗。

Chapter 10
回 忆

"德尔——"

"德尔，我的孩子，你在哪里？"

半梦半醒之间，传来凄厉的声声呼喊。

我睁开眼睛，恍惚间，看见眼前雾气弥漫，这是一片海，海面上漂浮着许多冰块。

我迷茫地举目四望，不远处的水面上翻倒着一艘快艇，底部朝上，马达还在苟延残喘地运转着，搅动着层层水波，断裂的船桨则浮在一边。

而我，则抱着一个漏了气的，逐渐失去作用的救生圈，在寒冷的冰水中浸泡着。

这是在哪儿呢？

这样熟悉的情景。我颤抖着心想。我看见自己的手是一个小孩子的模样，软弱、稚嫩的十指肿胀着，指甲透着濒死的青蓝色。死亡的温度正在一点点侵蚀我的躯体，我很快就会因寒冷比溺水而更快死去。

"德尔……德尔……我的儿子，你在哪儿？"

"上帝啊，求您保佑他还活着！我的德尔！我的德尔才六岁大……万能的主啊，告诉我他在哪儿！"

几个声音从遥远的地方传来，呼唤着我的乳名。那是我的家人。他们来救我了，我立刻意识到。

"嘿……爸爸，妈妈！我在这儿！我在这儿……"

我虚弱地回应着，喉头只是发出了几不可闻的喃喃，没有人会听到我的呼救。

不，我不想死！

我本能地在水中扑腾起来，可身体却似乎已经僵硬成了一尊冰雕，只有手指能勉强动弹。

"我没死！我在这儿！"我竭尽全力地呼喊着，那束象征生命和温暖的灯光透过迷雾照射在离我不远的冰面上，又挪移开来，朝另一个方向照去。

最后一线希望近在咫尺，我却无法抓住，巨大的惶恐、绝望宛如迷雾与寒冷一样渗入了骨髓。

然而我能做的，却只是在逐渐漫过脖颈的海水中，奋力地仰起脸看向那已经接近黎明的灰蓝色穹庐，企图再多获得一点点氧气。

我就要死了……爸爸妈妈，求求你们快发现我……

这个意识在我凝固、迟缓的大脑中无限地放大着，时间流逝得异常缓慢。

好像过了几个世纪一样漫长，我绝望地等待自己慢慢死去，可是，突然，水面下有什么东西触碰到了我的脚。

我在接近昏死的状态中被忽然惊醒，身体随之被托了起来，浮出了水面。

我最先看到是一条有力而苍白的手臂横托着我短小的双腿，我的头颅靠在了一个宽阔、坚硬的胸膛上，脸颊触碰到了湿淋淋的，宛如海藻一样的头发。

啊！这是一个人，我被发现了，我被救了！

我的心里突然明亮起来，可惜沉重、僵硬的身体却不允许我抬起头，去看我的救命恩人的脸，只看见水面上被分开一道细长的波纹，带动我的身体向灯光之处游去。

近了……更近了……啊，我获救了。

当温暖的灯光照射在我的身上时，我的视线和意识一并变得模糊起来，只听到有熟悉的声音惊叫起来：“天啊，感谢上帝，是德尔，他活着，他向我们游过来了！真是个奇迹！”

“不，不，有个人托着他，老天，那，那是只……”

我的身体突然被松开了，一双手将我朝灯光的方向推去，我感到身体在水波里漂浮了几米，便被几只手抓住了手脚，“哗啦”一声拽离了冰冷的水面，接着立刻落入一个柔软而温暖的怀抱里。

“噢，我的儿子……”

母亲的声音使我一下子有了力气，我紧紧地拥住她，虚弱地哭泣起来。

透过蒙眬的泪眼，我看向远处那雾气弥漫的晦暗的海面上，若隐若现地浮现着一个男人修长的上半身的影子。

啊，那是救我的那个人，他为什么不上船来呢？那么冷的水，他会冻死的！

我眨着眼睛，努力想要辨清他的模样，可我仅仅在夜雾中看到一双阴森、狭长的幽蓝色的双眼，这使我忽然感到害怕起来，甚至连呼喊他上船的勇气也消失了，将头埋在了母亲的怀抱中。

救我的人，他最终没有上来。

他是什么人呢？他是人类吗……

"A...garas..."

耳膜深处突兀地响起了一串低鸣，一双幽蓝色的瞳仁从眼前浮现出来，与那记忆深处的眼睛重叠在了一起。

那是……

我猛地惊叫了出来，一下子睁开了双眼，从梦魇中逃脱出来，一切消失得无影无踪。

可是寒冷却如附骨之蛆，依旧残留在身体里，我的背后冷汗涔涔，浑身发抖。

我感到自己躺在柔软的床垫上，四周一片漆黑，让人不知道此时海面上是昼是夜，脑子迷迷糊糊的，犹在梦中。

——啊，是了，我竟然梦见了很小很小的时候，几乎被我完全遗忘的一段记忆。

没错，那是在挪威的海岸……祖父的捕鱼船撞上冰山，同行的所有人都丧了命，只有我奇迹般地获救。

我被人救了，可是救我的那个人却没有上船，而是消失在了海里。

正常的人类是不可能突然出现在那样寒冷的水域里的。这也许就是我为什么一直相信有人鱼的存在，并且偏执地寻找人鱼的原因吧。

多么久远的事情啊！怎么会突然想了起来……

等等，那双眼睛……

多年前，在海里救起年幼的我的那个神秘的黑影……是阿迦勒斯，是阿迦勒斯！

他也许在我的潜意识里埋下了一个诱饵，他也许预见到了我会痴迷上研究人鱼，他也许早就知道我终有一天会回到他所赖以生存的海域！他也许一直在等待着我……阿迦勒斯，是来索要回报的吗？

"De...sharow..."

越害怕的事情总在越害怕的时候发生，正在我的大脑一片混乱的时候，耳畔忽然传来了阿迦勒斯的一声低鸣。

我一坐而起，才发现自己居然在床上。我不知道自己是怎么到床上来的，也无暇思考，只是下意识地胡乱在枕头边摸索起来。我的枕头底下藏着一个带有防身的电击功能的手电筒，而我成功地将它抓在了手里，整个人蜷缩在墙角，将灯的开关打开。

我当下被吓了一大跳，阿迦勒斯就匍匐在我床尾的地面上，似乎刚从水里出来，浑身滴滴答答地淌着水，一对阴沉的暗瞳深深地注视着我，仿若咒语：“Do...not...be...afraid of me.”

“离我远点！”我抓紧手电筒，使晃动的灯光刺激他的眼睛以阻止他靠近我，可是这根本无济于事。阿迦勒斯只是撇开头，犹如遭到猎物挑衅的狮子般，咧开嘴亮了亮犬牙，双手撑着身体，一下子就爬到了我的近前，用身体将我完全堵死在墙角里，低下头俯视着我。

自卫的本能使我立刻按开了手电筒上的电击开关，直直地抵在了他的胸口。顿时我听到“嘶”的一声，阿迦勒斯的身体猛地抽搐了一下，一股皮肉烧焦的气味直冲鼻腔。可他连半分也未退缩，手爪反而一下子擒住了我的双臂。

我浑身的肌肉紧绷起来，立时感到颈侧隐隐疼痛。我摸了一把疼痛处，可那儿什么也没有，皮肤光滑平整。

——可我记得，在我昏迷前，阿迦勒斯似乎……咬了我的脖子？

他为什么这么做？

想吃了我吗？

可如果是那样，我怎么会还活着？

我深吸了几口气，鼓起勇气注视着阿迦勒斯："当年……是你救了我吗？阿迦勒斯？你来找上我，是……是来索取回报的吗？有，有什么……我可以为你做的？"

"NO。"阿迦勒斯的回应徘徊在我的耳畔，声音暗哑、沉重，字字像砸在我的耳膜上，"I...wan...t...you。"

我打了个哆嗦。

我？

他想要我？我的性命吗？还是……我的灵魂？

我联想到他几次三番要将我带入海中的行为，心中的寒意更深，不禁往后缩了一缩。

可阿迦勒斯的身躯如蛇一般跟随着我，他的嘴唇在我的耳边，语速很慢地持续着低鸣。他的发音断续而生涩，却说得异常用力："I...want...you...know...me。"（我允许你知道我。）

那种语气竟近似利诱一般，人鱼似乎想与我商量什么。我一下子没有反应过来他的意思，却至少能肯定他并没有发怒，便从巨大的恐慌中稍稍安定下了心神。

耳旁的呼吸使我浑身毛骨悚然，我却连脖子也不敢挪动半寸："你到底……在说什么？你允许我怎么样？"

"Know...my...everything。"（知道我的所有。）

他断断续续地拼凑着音节，竭力想让我明白他的意思，甚至捡起了扔在一边的手电筒，将灯光聚拢在自己的身体上，盯着我的眼睛，唇角若有似无地勾了一勾，"You...want...know...all...about...me。"（你想知道的我的所有。）

我莫名其妙地看着他的动作，在一两秒钟后，忽然间意识到他说的话意味着什么，呼吸突然间变得急促起来，心里某种被恐惧暂时压抑的不安因子，又隐隐地躁动起来。我无法不承认这件事于我而言是个巨大的诱惑。

　　阿迦勒斯的意思分明是……他允许我研究他，他允许我知道关于人鱼的任何信息。

　　为什么？他的目的是什么？

Chapter 11

选 择

　　我困惑地盯着他，不可否认，这对我来说是一种巨大的诱惑。

　　而阿迦勒斯盯着我的脸，好像窥透了我的心思，长睫毛下的眼瞳暗沉无底，像是噬人不留痕迹的一片沼泽。我不喜欢这种感觉，仿佛被一条人鱼拿捏在掌心，不知道会被他引入一条通往何方的路。

　　"为什么？"我问道，"为什么允许我……研究你？"

　　阿迦勒斯松开了我，一派慵懒地倚靠着墙壁，粗长、柔韧的鱼尾又漫不经心地轻扫着我的小腿，眯着眼睛在我的脸上逡巡。那种神态就像是一个运筹帷幄的商人在与合作方进行谈判。他低声的，一个音节一个音节地吐出："I...need...you."（我需要你。）

　　"你需要我？需要我……帮你什么忙吗？"我试图理解他的意思。

　　阿迦勒斯意味深长地笑了："Soon...you...will...kown..."（很快，你就会知道。）

　　很快……就知道？知道他需要我做什么吗？

　　我尝试追问，可嘴唇一凉，被人鱼冰冷尖锐的指尖压住了。我吃了一惊，他是不希望让我再问下去吗？我的心仿佛被一个钩子勾住，好奇而惴惴不安。

这条对我放下饵钩的人鱼也显然清楚他的引诱有多么高明。他知道我的弱点是什么，更了解我最需要什么。他知道我无法拒绝。我为人鱼的城府感到难以置信，这种生物的心机简直足以成为一个高智商罪犯！

"我答应你。"我盯着阿迦勒斯，用英语说道，以便他更明确地听懂我说的话，并立刻强调道，"我要研究你，作为交换……我会……尽我所能地报答你。"

我停顿了一下："你懂我的意思吗？"

"Y...es."

两片薄如锋芒的嘴唇吐出一个清晰的音节。他脸上的笑意似乎加深了，在我看来显得更加的阴险、狡诈，像是筹谋已久的计划得逞了一般。

"那么，躺下来。"我毫不客气地命令道，指了指玻璃地板。我不敢肯定这只兽类是否会顺从我，毕竟他不是水族馆里那些训练有素的海豹，也不是人类，他全然不受任何道德、法律、原则的约束，即使他像个诈骗犯一样玩弄我，我也束手无策。

可出乎我意料的是，人鱼竟然真的顺从我的发令，蜿蜒着从床上滑了下去，仰面躺在地板上，那条黑长得骇人的鱼尾舒展开，从床脚一直延伸到桌子底下，像一只巨大的蜥蜴横陈在地面上。然后他就那样眯着双眼，将头枕在自己的一边手臂上，饶有兴味地盯着我。

我故作镇定转过身去，背对着他，将抽屉里一支麻醉针剂塞入了袖口。这是为了以防万一，毕竟我不能完全信任一个野生的，不可预测其行为的非人生物。整理好记录人鱼生理数值所需的所有工具，我把工具抱到了他的身边，半跪了下来。

按照测量生物身体状况的程序，我首先需要记录的是人鱼的血压数值。

我这样在心里告诉自己，拿起了血压仪，手心却在不停地冒汗。极力维持着如同研究一个普通野生生物的科学态度，可仅仅是直视着他精壮的男性上半身，我便已经感觉几欲窒息。我一把抓住人鱼骨节凸出的手腕，将血压仪快速地套在了他的小臂上，按开了开关。

我强迫自己将注意力集中在那小小的液晶屏幕上闪烁的数值，我看见它在 200 ~ 300mmHg 之间变化着，最终停留在 261 这个数字上。

我头也不抬，迅速将这个数值输入在了记录专用的平板电脑里，并强迫自己思考判断。

人鱼的血液收缩压几乎高出人类水平一半，即使是情绪激动的老人也达不到这样的数值，除非是服用了大量的成瘾型兴奋剂。假设人鱼的身体机能与一名极限运动员一样强，那么他一定处在极度亢奋的状态。这是人鱼血压的正常数值吗？还是他的确处在非常亢奋的状态？譬如——生物的捕猎状态？

我摸了摸袖内的麻醉针，刚抬起眼皮，却正与那双探究意味的深瞳撞在一处，手不禁一抽，有种做贼被逮了个正着的慌乱。

他勾起一边唇角，那神态就像是在嘲弄一个胆小鬼。我的心头莫名涌起一股怒意。为了掩饰方才的慌乱，我拿起一边的针管，深深地扎进了他的手臂肌肉，瞪着他冷冷地道："抱歉，我需要你的血液进行下一项试验。"

我恶狠狠地说道，满以为他对我突然抽取他的血液感到介意而恼怒，这样他也许也能体验到被人冒犯的感觉，我至少能讨回一点点男性的尊严。我宁可这只狡猾的野兽向我发火，也不愿被他这样嘲弄。

出乎我意料的是，人鱼对我的反击没有表现出任何怒意，他只是收敛了笑意，甚至主动将手臂放松了，任由我紧紧地攥着他的腕部，异常安静地看着我将一大管蓝色的液体从他的血管里抽出来。

在我拔出针头的瞬间，他忽然反手擒住了我的手腕，将我几乎一下子拽倒在他的身上，好在我眼疾手快地用手肘撑住了地板，头堪堪悬在距他的脸一个指头的距离，心脏几乎跳出了喉咙。

阿迦勒斯半眯起眼睛，像在玩味地打量我的情绪，汲取着我的惊慌作为他快意的养分。

我竭力抗衡着手臂上钳子般的怪力，几近窒息地盯着他。而他则好整以暇地伸出一根修长的、带着尖锐指甲的手指，轻轻地拭掉了针尖上摇摇欲坠的一滴蓝色的血液，竟然将它抹到了我的额头上，咒语般地沉吟："I...give...my...everything...to...you,cause,I...chose...you."（我给你我的所有东西，因为我选择了你。）

人鱼的声波仿佛具有精神毒药的污染力，直直地穿透了我的耳膜抵达脑海深处。

选择？他选择了我？什么意思？

我站起身来，用力蹭了一把额头。

这个举动，简直像什么非洲或者印第安巫医在给某个被神灵选中做宿主的人做标记一般！我心中的不安越发深重。被人鱼选中，到底意味着什么？

会像传说中被海妖塞壬选中的那些水手的命运一样吗？

不，我不能被他牵着鼻子走。

一个声音在脑海深处呐喊着。

我定了定心神，将工具中的一个头盔式测量仪拿了起来。将它挪到阿迦勒斯的头顶上，我有点紧张，尽管他只是静静地盯着我，却更加剧了我的紧张程度。

"呃，这是个测量脑电波的仪器。"为了掩盖我另外的意图，我下意识地解释道，可立刻又感到自己蠢极了。我为什么跟一条人鱼解释这个！

与我的紧张形成鲜明对比的是，阿迦勒斯居然轻笑了起来。

我咬了一下嘴唇，这个家伙在取笑我吗？可恶。我迅速将头盔套在他的头上，阿迦勒斯的双眼被遮住，只露出锐利、俊美的下半张脸孔。他的嘴唇微勾着，就像沉浸在与小孩玩耍的快乐之中，丝毫没有察觉到我的意图。我的心中不禁冒出了一种负罪感，就仿佛——就仿佛自己要背叛他似的——啊，一个忘恩负义的人类……

该死的！我的牙关一紧，将手里的针管一下子深深地扎进他的颈侧，推到了底！

"咚！"

头盔滚落到地上，发出一声钝响。

我盯着倒在地上的阿迦勒斯，他颀长的鱼尾只抖动了一下，便柔软下来。麻醉药见效很快，我长出了一口气，可心底的负罪感依然挥之不去。

"对不起……"

说我自私也好，忘恩负义也好，我实在无法忍受自己一直处于这种未知的困境里，受一个高智商的非人生物的控制。

我一步一步地，强迫自己迈动沉重的步伐走过去，奋力将他拖到了莉莉丝之前所待的圆柱水仓内，关上了舱门，并将电子锁重新设置了一遍。

做完这一切之后，我精疲力竭地倒在床上，用最后的精力向莎卡拉尔他们发出了紧急呼救信息，大脑便犹如一锅沸汤慢慢冷却，浓重的睡意向我袭来。

"德赫罗，德赫罗先生？"

浑沌中我依稀听见一个轻柔的女声在急切地呼叫着我，我分辨出那是莎卡拉尔的声音，她就在我的身边。啊，我终于熬到了救援到来，我得救了，我不用再与那只野兽共处一室！我感到无比的如释重负，紧绷的肌肉和神经全都放松下来，又禁不住在昏睡状态中徘徊了一会儿。慢慢地，我感到眼缝里出现了一丝光亮，眼皮也不那么沉重了，获救的希望使我终于缓缓地抬起了眼皮。

当视线完全清晰起来后，头顶的玻璃天花板便映入了我的眼帘，接着是莎卡拉尔放大的脸，一双金丝眼镜后面的眼睛注视着我。

"嘿，德赫罗先生，你还好吗？"

"我……"我忽然意识到自己还在深海实验室里，连忙用麻软的手臂支撑着身体坐了起来，立刻，我的目光便不可抑制地聚集在了莎卡拉尔身后不远处的，那个圆形水柱里。阿迦勒斯隔着一层玻璃墙壁，瞳仁幽幽闪烁着，似乎在凝视着我。

他生气了吗……会因为我欺骗他，又将他弄到那个水舱中去而恼恨于我吗？

我收回目光，不知为什么，竟不敢与他对视。

"我很好，没什么事。"

"是吗？您的脸色看上去有些苍白。这两天我们担心极了，真怕您在底下会出什么事，幸好老天保佑，您一切平安。"莎卡拉尔拍了拍我的肩膀，侧头望向了阿迦勒斯的方向，脸上露出了赞叹的神色，"不过，我不得不惊叹您的沟通能力。这条人鱼跟两天前相比简直温顺得不可置信，您是怎样让他乖乖地待在这儿的？要知道两天以前，他暴躁得也许将会将这层钢化玻璃撞到裂开！"

"不，不，您过奖了，这不是我的功劳！"我心中的负罪感更重了，不自在地搓着手心。阿迦勒斯本来已经获得了自由，是我……使他再一次受困于这里。

而我的目光却情不自禁地滑向了阿迦勒斯，他低垂了眼睑，冷静、倨傲地俯视着莎卡拉尔，仿佛对她不屑一顾，只是在目光扫过我时，意义不明地眯起了眼睛。

那种眼神，是一种恶魔一般阴沉的，极其危险的眼神。

我想我真的惹恼了他。而昨晚的一切，使我对这种高智商生物拥有的能力已有领教，不敢想象，他会对一个忘恩负义的人类采取什么报复手段。

我咽了口唾沫，在短暂的几秒钟时间里，我已经做出了一个决定。

抓起床边的衣服披上，我转头就走。

"德赫罗先生，您这是要去哪儿？"莎卡拉尔的声音忽然沉了下来，不知道是不是我的错觉，竟然感到她的语气是一种质问。

我的心里阵阵发虚，脊背一阵阵地冒着冷汗，连推开玻璃门的动作都显得迟钝起来，我飞快地在脑海中编织着借口："……莎卡拉尔博士，因为一些家里的问题，我得即刻回莫斯科一趟，飞机票我已经在网上预订了，今晚就得启程。"

我胡乱编着借口，因为我只想立刻离开这儿，一分钟也不想逗留。

然而我刚刚踏出台阶第一步，便听到莎卡拉尔在身后提高了音量，她的声音尖锐得扎入我的耳膜："德赫罗学士，我们需要你。在接下来的行程里，我希望你能跟着我们的科考船一起出发，并在船上继续研究人鱼的项目。当然，你有选择回莫斯科的权利，如果你不惧怕自己背上一个叛国罪的罪名，以间谍的身份蹲一辈子大牢的话。"

我有好几分钟都无法确定自己听到了什么，我实在无法相信莎卡拉尔说的话，整个人傻掉一样愣在那儿。

——莎卡拉尔在说什么？她作为一个如此有身份和名望的学者

及军官以及一个政府派遣的研究人员，怎么会对我发出这种威胁？

"叛国罪？"我回过头，瞠目结舌地看着她，"莎卡拉尔博士，你在开什么玩笑？"

她面无表情地与我对视着："我认为我说得很清楚，德赫罗先生。"

不，也许……也许他们根本就不是，不是什么政府派遣的研究人员，军官，学者！

我忽然想起了莱茵在昏倒前的话，他的警告意味那么明显，而我当时竟然没有听出来。这一切是……

是早有蓄谋的！早有蓄谋的！

我早该察觉那么多的异样端倪，是我想得太过单纯，是我太过愚蠢！我在极度的震惊中缓缓地回过神来，眼前一阵阵发黑。天啊！我到底被卷入了一个什么样的阴谋中！

我的嘴唇颤抖着，齿缝里挤出几个支离破碎的字眼："你们……到底……是什么人？到底……怀着什么目的？要启程去什么地方？"

"你将会知道的，德赫罗先生，因为，你是我们不可或缺的研究人员啊！"

莎卡拉尔有意强调了末尾几个字，她的语气轻描淡写，如同在陈述着一件无关紧要的事，然而每个字都好像在刮削我的耳骨，使我的脑仁震痛。

我的手指紧抓着楼梯扶手，手背上的青筋像即刻要爆裂。另一个可怕的猜想从脑海里钻出来——我低低地问道："昨晚的故障是你们人为制造的吧？你们把人鱼放出来和我共处一室，是故意的吗？你们把我当成配合研究的另一个实验对象，是不是？"

莎卡拉尔沉默了一瞬间，很快笑了起来："怎么会呢？德赫罗先生，您想得太多了。"

　　我盯着她虚伪、做作的神色，心中已经肯定了这个猜想。刹那间，我感到怒不可遏："真卑鄙……你们……我要离开这儿，今晚就走，我绝不会受你们的要挟！"

　　我飞快地从三楼冲了下去，在冲出门口前，我的背后却阴魂不散地飘来了莎卡拉尔淡淡的回应："尽管离开吧！德赫罗先生，你需要时间接受，但我相信你将很快归来。你是个聪明人。"

PART 3
海上历险

那渐渐平静的、无垠的暗色海水中，

一个个人形的轮廓，

自黑暗中剥离而出。

那是，

无数只……人鱼。

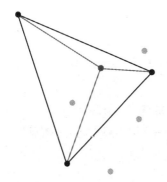

Chapter 12

崩塌

我跌跌撞撞地跑出了升回陆地上的电梯，外面正下着倾盆大雨，头顶的天空乌云密布，恰似我此刻的心情。我在雨中狂奔着，竟不知不觉地来到了海边。

我跪倒在一片裸露的礁岩海滩上，撑着发抖的双臂，望着无边无际的大海，远处海天的界限模糊在一片灰色的阴霾里，将我的视线也困在这个恐怖的陷阱里。我忽然想起《楚门的世界》，此时此刻我多么像那个主人公一样可悲，我一心一意地扑在研究上，却没发现自己早已陷入了一个巨大的圈套！

True world...

这世界何谓真？何谓假？我相信的一切，却如此彻底地戏弄了我。

我仰着头任雨丝冲刷在脸上，一个荒谬的念头自心底深处升腾起来，犹如漩涡一样要将我拖入海底——大海的那头是不是跟楚门的世界里一样，是一个截然不同的新世界？我是不是生活在一个虚假的摄影棚里？

是不是只要像楚门一样游到海的那边，撕破那被一层幕布伪造的阴霾，我就能从这个阴谋里彻底脱离？

鬼使神差地，我迈开双腿，踏进了及胯深的水里，一步一步向冰冷刺骨的海中挪去。

海水浸透了我的衣衫，随着我的深入慢慢没过我的腰腹，这时我的脑海深处忽然响起了一个声音：Desharow...come...back,Come...back...to...me...（回来，回到我身边来。）

那是阿迦勒斯的呼唤，我的身体如同骤然僵住了一样。就在这时，我听到身后传来几声蹚水的脚步声，回头就看见一个熟悉的人影狂奔而来，一把抓住了我的胳膊。

是莱茵。

"你疯了，你想自杀吗，德赫罗？"

我猛地甩开他的手："你早就知道，你也是其中的一员，对吗？莱茵！"

"我警告过你的，德赫罗。"莱茵的声音强压着悔恨与不甘，"在那时候，也许你能……"

"能有什么用？"我像被针狠狠地扎了一下，猛地站了起来，揪住他的衣领，"在那个时候怎么来得及，是的，我是愚蠢不堪，愚蠢到没意识到这是个阴谋！莱茵，这次航行压根不是为了我的毕业考察项目是不是？一切……一切都是早有蓄谋的，当初你从数十个选择你作导师的学生中，偏偏选定我时，就计划好了，是不是？为什么，为什么要把我卷进这场阴谋里？你们是在拿我当捕捉人鱼的诱饵，是吗？恶心的骗子，学术界的败类！"

"不！"莱茵忽然激动起来，"我的确是想让你参与政府的人鱼研究计划，那是因为你的成绩出众，还有我的私心，我不知道莎卡拉尔为什么会突然做出那样的决定，将你……"

我闭上双眼，无力地向后退去，嘴里胡言乱语地喃喃着："莱茵，莱茵，你要是有一丁点的愧疚，就帮助我离开这儿，我想回莫斯科，我想家了……"

莱茵抓住了我的前襟，使我倒下去的身体悬在了半空，他带着血丝的双眼望着我的脸，目光又像是透过我的脸望着别的什么，他的目光是涣散的。

"我曾经有一个弟弟……瑞德，他跟你像极了，长相，还有性格。一样的偏执，敏感，天真……就是这该死的天真害死了他！我没能救得了他，命运把你送到我的身边来，一定是为了让我弥补我的过错，德赫罗……我会保护你，相信我！"

莱茵令我感到莫名其妙的举动终于有了解释，原来我是他赎罪的替代品。我摇摇头，推开他，莱茵却一把将我的胳膊抓住："只要你听我的话，我会保证你的安全……"

"滚开！"我爆发出一股野蛮的力气，从莱茵的手臂里猛地挣脱出来，然而跑了没两步，腰间便突然一紧，整个人被莱茵拦腰扛在了肩上，无论我如何狂踢乱踹，他也毫不松懈，一路将我扛到了研究所泊船的高台上。

身旁传来了嘈杂的人声，我不由得闭上了嘴，不敢再大声呼喊，以免丢人现眼："莱茵，莱茵，将我放下来！"

他置若罔闻地扛着我向高台上快步走去，我挣扎着抬起头来，看见一艘小型的三层科考船正停在附近的海面上，甲板搭在不远处的码头上，三五个健壮的水手正抬着一个圆柱形状的大型物体向船上运去，那个圆柱外面罩着一层金属的防鲨网，我辨认出来那正是装着阿迦勒斯的水仓。他们的身后还跟着五六个持着枪械的武装人员，整个阵势就像运钞的押运警队一样戒备森严。

"这艘船到底去哪儿？该死的，回答我！"

我狠狠地用胳膊肘击打着莱茵的脊背，他闷哼了一声，手臂却收得更紧了，径直扛着我跟上了那几个武装人员，与阿迦勒斯的水仓擦边而过。

刹那间，我从铁网斑驳的缝隙里瞥见了一双幽暗、阴沉的眼睛，心里猛地一悸，就听见"嘭"的一声撞击玻璃的闷响，水仓忽然猛烈地震动起来，水手们东倒西歪得几乎稳不住脚步，眼看水仓就要滚落到地上。后面的几个人大喝着急忙冲上前来将它扶住，莱茵也吓得不禁松开了手臂，我得以腾出身体一把将他推了开来。

水仓底部重重地接触到了甲板，好在因为金属外壳的原因完好无损，几个人拦腰稳住了它的重心，然后，阿迦勒斯苍白的脸缓缓地从防鲨笼上唯一的一道窗子后面浮了起来。

他的一只蹼爪按在玻璃上收紧，头微微低着，眯着眼睛梭巡着我和莱茵，眼皮下是深深的暗影，斑驳的水光从下方映照上来，更让他的神情显得晦暗、恐怖。

我无法确定这只深海生物的脑子里在想些什么，却无比肯定，他发怒了，而且怒不可遏，他的脸上充斥着浓重的杀意与戾气，就好像自己的什么所有物被别人占据了一样。

"这只兽类，还妄想报复我呢！"莱茵冷笑了一声，朝阿迦勒斯比了个轻蔑的手势。

我的心里升起一种极度不祥的预感，玻璃后面，阿迦勒斯的脸色彻底变了，他咧开嘴露出白森森的犬齿，蜷起拳头对准了玻璃——

"Let him go！"（放开他！）

那是一声堪比爆裂般的可怕巨响，所有人在刹那间都不约而同地惊叫起来，因为那层坚固无比的钢化玻璃竟然从中破开了一个豁口，阿迦勒斯的手臂从中破壁而出，他满手蓝色的鲜血和豁口里涌出来的水一齐淌落到在甲板上。

低沉暗哑的嘶鸣从豁口中溢了出来，他死死地盯着我和莱茵，示威性地缓缓地将手臂收了回去，第二拳将窗子内的玻璃打得稀烂，水流从里面狂涌了出来。

所有人面面相觑，其中有几个认识我的水手一齐向我投来了异样的目光，我不自禁腿脚一软，倒退了几步撞在墙壁，身体失衡一般地扶着墙，慌乱地大声道："别看着我，他说的不是我！莱茵，你这个无知的蠢货，别激怒他，你不知道这只野兽具有的力量！他会跑出来的！"

几个武装人员闻言一怔，一齐上前用枪械瞄准了水仓里的阿迦勒斯，却没有一个人敢接近那扇窗子，显然对他十分忌惮，好像他像侏罗纪公园里的霸王龙那么恐怖。

而他杀戮的时候，的确如此。

"您是这条人鱼的饲养员吗？"一个武装人员紧张地发问道，"他看上去非常依赖您，我想我们需要您的协助，他实在太难控制了，我们有几个倒霉的家伙被他活生生地开膛破腹！"

"我不是……别求助我！"我回绝道，紧紧地关上了门，把追上来的莱茵一并关在了门外。

"德赫罗先生！德赫罗先生！我们需要您的协助！"

"德赫罗，你让我进去！"

门在身后被猛烈地拍击着，莱茵和武装人员的呐喊交织在一起，我烦躁地扑在舱房里狭窄的床上，用枕头捂住了耳朵，闭上了眼睛。脑子里一片混乱，再加上一夜的惊吓，我的意识很快就被浓重的睡意席卷而去。

再次醒来时，我看见窗外苍茫的海面正在移动着，海面被船身划开一道道长长的轨迹，最终消失在起伏的浪涛之中。

这艘船……要驶向什么地方？

我暗自发问着，感觉脑袋很沉、很热，甚至没有力气去痛苦、愤怒,我似乎发烧了。

无论驶向什么地方,德赫罗,你也注定没有后路可退了。

这样想着,我颓丧地一头栽倒在了床板上,任由脑袋烧得浑浑噩噩,人事不省。

Chapter 13

给予

随着时间的流逝，灼烧般的热度开始在我的身体上发作，脊背下的床板仿佛不再是床板，而是烙红的烤箱底板，我感到自己体内的水分被一点一滴地蒸干着，毛孔向外冒着烟。

"水……"我迷糊地念叨着，然而干燥的喉咙如同龟裂一样，只能发出嘶哑的嘶嘶声。我快要死了。

混乱的大脑中一个念头冒了出来，因为我真的有这样的感觉，如果没人发现，我可能会就这样烧得越发厉害，也许不至于死，但神经也会因此受到损害。

我颤抖着摸索身下的床板，妄图撑起身体来，可连手指也变得沉重无比，连抬动一下的力气也没有。

后脑勺忽然传来湿凉的触感，似乎是一只手将我的头抬了起来。这只手有着很长的指甲，指甲尖轻柔地掠过我的头皮，就像在帮我梳头一样，很是惬意。

随之，几滴冰冷的液体渗入我的唇间，是甘甜的，并带着一股腥味。

我焦渴至极，实在顾不上这是什么，凭着本能大口地吮吸起来。

清凉之意从喉头蔓延开来，似乎沁入我的全身血管，及至每个细胞深处。不一会儿，一种奇异的能量似乎自我的血液中涌出，犹如浪潮般在血管中徘徊。

我的身体似乎变得轻盈起来，仿佛在海水中漂浮。有股难以名状的冲动隐隐激荡着每一根神经，令我很想舒展四肢，畅游一番。这种冲动越发强烈，使我心跳加速，呼吸急促。我张大嘴，深吸了几口气，一下子睁开了眼睛。

眼前是一大团暗银色的，交织如蛛网的丝线，我的脸正埋在其中。我迷茫地将它们从脸上拨拉开，抬起眼睛向上看，猝不及防地对上了一双长睫毛的阴影下掩着的深色眼睛，正用审视的目光瞧着我。

我的脑子爆炸一样轰然作响，整个人立刻僵在了那里。

——阿迦勒斯，在我的床上。而我，正趴在他的尾巴上。

"Desharow...you...are...wake."（德赫罗，你醒了。）他咧开嘴，喉头颤动着，发出一阵低沉、含糊的低鸣。

我猛地跳起来，直接从床上滚到了地上，一把抓起旁边的椅子充当自卫武器："你，你怎么会在我的房间里？"

难道又是莎卡拉尔放他进来的吗？

亲眼见到他之前暴怒着砸碎玻璃，此时与他独处，真是令我头皮发麻。

可似乎，阿迦勒斯并没有要伤害我的意图。

他漫不经心地挑起眉头，呵呵笑出了声。那副神情，就如同看见一个孩子同他较劲。

我的心底一阵发怵，可又感到男人的自尊受挫，怒视着他道："你笑什么？"

"No..."阿迦勒斯忽然收起了笑容，蜷起长长的尾巴，从床上弓着背爬了下来。我抓牢手里的椅子，像盾牌一样护紧自己的身体，却丝毫无法抗衡阿迦勒斯手臂的可怕怪力，被他一把抓住了椅子腿，轻而易举地甩在了一边。

我紧紧地靠在门板上，缩成一团。见他伸出尖利的蹼爪，爪尖拂过我的头皮："Desharow...my...Desharow,obey...me."（德赫罗，听从我。）

"听……从你？"我皱起眉头，这条人鱼真的想控制我吗？

我别开头，躲避着他的爪尖，却被他一把握住了后脑勺，迫使我不得不直视着他的眼睛。他的唇角微微绷起，似乎感到一丝愠怒。我的全身立刻绷紧，就他可以轻易撕碎一个人的野兽力量而言，我实在不敢激怒他。

"Look..."（看着。）

他握着我的后脑勺，又握住我的一只手，将每根手指嵌入我的指缝间，像大人要教授孩童写字一般，掌控着我的手握住那把椅子的腿。

随即他的指节稍微一用力，合金制成的椅子腿在我的手心立时弯折！

一阵钝痛也同时从我的手心袭来，仿佛筋骨折裂，我"啊"的一声缩回手，吸着凉气，惊疑不已地看着阿迦勒斯。这条人鱼到底想表达什么？为什么要握着我的手捏合金？想让我亲身体验一下他的力量吗？

阿迦勒斯垂下眼睫毛，一根指头按在我的手心中，冰凉的触感使痛感立刻减轻了。

"I...will...give....you..."（我将要给予你。）

我困惑地缩回手，给予我，给予我什么？

"看啊！你们快来！那是一艘救生艇！"

此时，一阵骚乱从门外传来。

我循声朝窗外望去，看到不远处的雾气中果然有一艘轮船的影子，它的顶上正冒着一股红烟，正是求救的信号。那大概是遭到暴风雨的袭击而发生故障的船只。

一个水手喊起来："救生艇划过来了，我们快将绳子放下去！"

"可是莎卡拉尔博士叮嘱过让咱们别耽误行程，她还没睡醒，要不等我上去问问她？"另一个人疑惑地说道。

"别，蠢货！这是十几条人命！那个女人是多么无情的人，她绝对不会让他们上船的！"

这一点我无比同意，不由得用力敲了敲门板："嘿，哥们，趁那个女人没醒，快将那些人救上来，我支持你们！"

"明白，德赫罗先生！"

一个水手立刻答道，很快我听到一阵此起彼伏的呼救声接近了我们的船，接着，甲板上的人声也陆续多了起来，哭泣、道谢、祷告一下子充满在甲板上。

我忽然想起幼时我曾经遭遇的海上事故——我的父母在见到活着的我的一刹那，也如同这些获得新生的人一样激动吧。

可逝去的亡者，却只能与亲人诀别，葬入在这片浩渺的大海之中，他们不像这些人幸运地遇见了我们，就如同我的爷爷和我的几个叔叔。

我一下子有种很想出去看看的冲动，即使能为这些人倒上一杯热茶也是好的。可阿迦勒斯显然没有放我走的意思，我仅仅是刚动了动腿，就被他的手按回了原地。

他的眉头忽然皱了起来，用鼻子凑在门缝间浅浅地嗅了一口，嘴角、眼梢染上了一层警惕的神色，好像遇到了什么天敌一般。

我的心中立刻涌上来一种不祥的预感，什么东西能让凶猛的人鱼这么紧张？

"Do...not...go...out."（别出去。）阿迦勒斯的手按在门板上，眼睛探寻地眯了起来："Some thing..."（有东西。）

我奇怪地随他撇过头去，目光透过门缝间看向甲板上，正好落在一个佝偻着背的人的身上，那似乎是一名普通的老者，可是，当我的目光挪到他垂在大衣下面的手时，忽然发现了什么不对劲的地方，心里猛地一惊！

他掩在衣服下摆里的手里，分明捏着一把枪！

一个遭遇海难的老人拿什么枪？这伙人也许是……

我突然想起报纸上曾经报道过的某些悚人听闻的新闻，那些遭到恐怖遭遇的船只与我们现在的经历何其相似！我立刻出了一身的冷汗。

我们被骗了，这些人九成是伪装成海难幸存者的海盗！

该死的！

我唰的一下站起身来，用力锤了一下门板，试图吸引门附近的水手过来，好悄悄地提醒他们这个可怕的事实，并见机行事。我绝不能轻举妄动，否则只会让事态变得更糟："嘿，你能过来一下吗？亨利。"

我冲着最近的那个水手轻声叫道，提心吊胆地望着周围的那些假难民，希望他们没有察觉到我已经发现了他们的身份。

"德赫罗先生？"他疑惑地向我靠近过来，然而就在这要命的时刻，我突然看见其中一个老人直起身子来，手中抓着什么东西往地上一砸。

我惊叫的同时地上腾起了一大片白色的烟雾，刹那间甲板上所有的人影都被蒙蔽其中，一股刺鼻的气味扑面而来。阿迦勒斯将我的身体一把拽离了门前扔在了床上，我的双目却还是被灼得一片刺痛，眼泪被刺激得一下子流了出来。

"该死的！是瓦斯弹！"我胡乱地揉着眼睛，心慌慌不安地狂跳起来，知道大事不妙。门外，我们船上的人恐怕已经遭到了袭击。我紧张无比地从床上坐起来，阿迦勒斯却一把抓住了我的手腕，将手掌覆在我犹如着火了的眼皮上，凉润的皮肤表面擦过我受到刺激的眼睛。

我吃了一惊。阿迦勒斯，他是在保护我吗？

"嘭，嘭，嘭——"

门突然被猛踹了几脚，发出几声地震般的巨响，接着一阵震耳欲聋的子弹扫射声在金属的舱面上炸了起来。我霎时间被这种猛烈的枪声吓得浑身一抖，立刻捂住了耳朵，大脑里却还是激荡起嗡嗡的耳鸣声，头痛欲裂。阿迦勒斯也因此愣了一下，半身直立起来，喉腔里发出了一阵类似野兽咆哮似的粗沉的低鸣。

"里面的家伙，快点出来，我数十声，给你们十分钟的时间，多一分钟，哈哈，外边这些蠢驴就多一个去见上帝的！"

一个粗犷的男人的声音透过门板传了过来，硝烟的气味从缝隙里钻进了我所在的小小舱室里。

我一下子推开阿迦勒斯，攥紧了拳头。我万分相信他不是开玩笑，因为武装海盗都是亡命之徒，没有什么是他们干不出来的。当下我所能做的只能是乖乖地出去，假意顺从，否则再过十分钟，也许这些好心的水手就要被抛尸海上！

尽管我怎么也没想到救生艇上会是乔装的海盗，可我负有不可推卸的责任！

"阿迦勒斯，你聪明的话就别出去。"说完，我火速捡起一件外套穿上，立刻跳下床去，却还没接近门口，就被阿迦勒斯横扫过来的鱼尾绊了一跤，跌倒在他的怀中。

腰部立刻被铁箍似的一只手臂收紧。一片阴沉沉的影子笼罩在我的上方，那双狭长、幽亮的眼睛带着恐吓意味俯视着我："Do...not...go...out."（别出去。）

Chapter 14

海盗

我被阿迦勒斯十分具有威慑力的神情吓得一愣，门外的吼叫却立即夺去了我全部的注意力："嘿，里面的蠢驴，我数十声，你不出来，我就只好在门缝里塞炸药了，或者，我崩一个人的脑袋。"

说着，那个人大声地狞笑起来，一阵扣动扳机的咔哒声随之响起，我听见亨利大声地惨呼起来："不，不！德赫罗先生，求您！"

亨利的声音像刀片刮削在耳膜上，令我无比清醒地意识到自己的决定关乎外边所有人的性命，我必须想出一个保全他们和自己性命的计策，而此刻求助阿迦勒斯无疑是最好的办法。身为一名男子汉的责任感使我一把攥住了阿迦勒斯箍着我的手臂，侧过身去。

这是我第一次这么近距离地面对阿迦勒斯，额头就挨着他线条锋利的下巴。我抑制住翻涌上来的窒息般的压迫感，一字一句地低声道："听着，阿迦……不，我需要你的帮助……我要出去，但我希望你能找个地方藏起来，伺机对付那些拿枪的家伙，你能办到吗？"

说完我有些担心地抬眼盯着阿迦勒斯，生怕他没有理解，而他的眉毛果然微微皱了一皱，似乎意味深长地琢磨着什么，薄唇微微咧开一条缝："Call...me...Agaras..."

这只兽类居然在这种紧要的关头要挟我！他是想让我像那些海豚一样认他为主人吗？

"八——七——！"

外面的倒数声使我的神经越发紧绷起来，我把脸撇到一边，躲开他的眼神，当机立断地吐出那几个令我的自尊受挫的音节："阿……阿……迦勒斯……"

完整的音节还未发完，眼前修长高大的身影几乎一闪而过，就如一只突然发动攻击的响尾蛇转瞬蹿出了那扇圆形的舱窗，伴随着碎裂的玻璃，化作一道黑色的弧线，一下子隐没在了窗外海上浓重的雾气之中，消失得无影无踪。

我此时才见识到人鱼的移动速度有多快，它们根本是一种水陆双栖的生物，海中如鲨，岸上似蛇。

但我没有时间惊叹这件事，我深吸了一口气，将门打开的一瞬间，我的脑子中只有一个念头：阿迦勒斯会回来帮我的。

尽管我明明清楚他是一个极其危险的存在，尽管我如此惧怕他，但不知道为什么，我就是相信。

"嗨，举起双手，细皮嫩肉的小家伙。"门后面是一个绑着头巾的粗悍的黑人，他咧着一口烂掉的黄牙，手里 AK47 的黑洞洞的枪口正如死人的眼睛一样瞄准着我的头。

没有人面对枪口不感到畏惧，我汗毛耸立，乖乖地举起双手示意我没有任何武器以及反抗的意愿，小心翼翼地走出去："冷静点，哥们。"

甲板上围着那些撕去伪装的海盗，一个个五大三粗的，原来他们老人一般佝偻的身形都是藏在雨披下伪装的，我们才没看出来。

我们的水手被反绑了双手跪成一片，可我却发现其中不见莱茵的那几个武装军人，他们一定藏起来了伺机反击。我顿时心头一松，迅速用目光梭巡了船上一圈，猜想莱茵他们藏在二层的船舱里，可以从上自下狙击。这时我的衣襟却猛地一紧，被那个黑人扯着衣领差点勒得窒息。

"德赫罗先生！"周围的人惊叫起来，刹那间我的肚子上冷不丁地狠狠挨了一下，整个人便猝不及防地扑倒在了甲板上，头顶传来一阵狂妄的蔑笑。接着，一只穿着靴子的脚重重地踏在了我的背上：
"喂喂，上头的哥们，你们以为我没看见你们吗，识相点就乖乖地放下武器，否则我就只好叫这个小家伙吃点苦头了。"

莱茵他们被发现了？不！这样我们就完全处在了劣势！二层船舱传来的一阵保险栓的咔哒声使我的呼吸骤然收紧，他们在与这些海盗僵持着，而我也无比希望他们别立即放弃抵抗，因为至少海盗的人并不多，而莱茵他们也持有家伙！

只是我不知道在海盗的挟制与折磨下，我能够挺多久。背部的脚在持续碾着我的脊骨，疼痛使我的额头已经滴下汗来。我拼命地抬起头，想看看莱茵他们，并下意识地寻找着阿迦勒斯的身影，头一次无比强烈地希望他立即出现。可海面上雾气茫茫，他的身影根本无迹可寻。

我的心里刹那间生出一股巨大的失落和慌乱：也许阿迦勒斯回到海中便回归本性，寻找自由和猎物去了，他不想来搅合人类的冲突了！

终归是只兽类……达到了目的就离开，也没什么不合理的。

我攥起拳头，手指情不自禁地一下子抠进甲板缝隙里，然而，就在我的心坠到谷底的那一瞬间，我突然听到一股浪头击打在船身上的巨大轰鸣声，甲板上立刻涌上来一大股海水，船身刹那间猛烈地摇晃了起来。

踩着我的黑人重心不稳地滑了个趔趄，我趁机爬起身来，一抬头便看见阿迦勒斯正如一只黑色的巨蜥一样盘踞在船桅上，咧开嘴冲他嘶鸣了一声。闪电般的纵身一跃，阿迦勒斯便将那个黑人轻而易举地扑倒在地，长长鱼尾更是顺势掀倒了周围好几个试图开枪的人，而下一秒钟，他尖利的手爪就如一把锋利的刀刃一样，在众目睽睽之下，径直从那个黑人的脊背后穿胸而过，从上至下将整片胸腹生生剖了开来！

——暗红的血雾泉涌似的笼罩着阿迦勒斯的身影，我已经被此情此景吓得说不出话，呆若木鸡地跌坐在甲板上，随后不住地干呕，身体里每个细胞都在战栗着。

比起之前一次亲眼看到莉莉丝的死亡，这是我第一次面对发生在人类身上如此血腥的杀戮场面，也是第一次真正见识到人鱼的力量有多么恐怖！

我的大脑一片混乱，眼睛却无法从阿迦勒斯的方向挪开，只见他浑身浴血地从黑人的尸体上立起身子，尾巴支撑着身体足有两米多高，以俯视的姿态看着船上每一个人。那染红的长长发丝后面一双深瞳散发着夺魂摄魄的幽光，张开的双爪上滴落着残余不断的血线，就宛如东方传说里从地底爬上来索命的阿修罗，足以令最肆无忌惮的亡命之徒也吓得丧胆。

"Do...not...touch...him..."（别碰他。）

阿迦勒斯的目光扫过我的脸，又盯着那群海盗，唇角露出了一个恐吓意味的狞笑，喉头里滚动着阵阵低鸣。那些海盗虽然无恶不作，可是绝没见过这样恐怖的怪物，无一不惊恐万状地向后退着，手里的枪都快拿不稳了。

老天！我的头上冷汗直冒。这种情况下我断然不会去阻止阿迦勒斯，因为这种海盗本来就是为了钱财连船上的老弱妇孺都可以杀害的恶徒，可直视这样的场面对精神的刺激太大了，我甚至有种我会如同真一先生一样疯掉的感觉。

"德赫罗，离人鱼和海盗远一点，到船舱里去！"

恰好，在这时传来了莱茵的呼喊，我立即循声望去，便看见他和那几个武装人员瞄准了那些海盗，海盗们这下腹背受敌，几十个人背靠着背，一部分人用枪指着阿迦勒斯，另一部分人则与莱茵他们对峙，谁也不敢轻举妄动。

一旦开起火来，甲板上的这些水手首先就要遭殃，我不能自己先躲进去！这个念头在脑海中一闪而过，我立即趁这个千钧一发的时刻蹲下来去解救最近的人，解绳子已经来不及了，我干脆抱住一个人的腿就把他拖离了射击范围，接着身侧一个人忽然哀嚎起来："德赫罗先生，救救我，我快要死了……我的心脏病发作了！"

那是亨利的声音。我慌忙扭过头去，果然看见他抓着胸口，十分痛苦的模样。

"你撑一撑！"我将他快速拖到最近的一堆可充当遮蔽物的木板后，便俯下身为他做急救。然而，就在我按压他的胸口的时候，他的手不知道什么时候抵在了我的胸口上，一把冰冷的枪筒，顶在了我的下巴上。而他满面痛苦的脸色，更不知道什么时候换上了一副因紧张而异常狠毒的表情。

我的大脑嗡了一声，有一个念头在脑海里轰然炸开：亨利……竟然是海盗们的奸细！

不，不，这是怎么回事？亨利明明是一路跟我和莱茵过来的水手，怎么会是海盗？这群海盗难道从我们启航开始就盯上了我们，一路跟到冰岛？

"亨利！"莱茵惊怒交加地大喝了一声，调转枪口瞄准了我和亨利的方向，我的脑袋里更是乱作一团。

亨利的枪筒将我的头向上顶着，使我被迫机械地站了起来，被他用手钳制着脖颈，用枪顶住了脑门。他的手在微微颤抖着，显然他的情绪因为见到了阿迦勒斯的凶残而受到了极大刺激："你们必须放下枪，否则我就杀了德赫罗，他对你们很重要，不是吗？莱茵！还有……那只野兽，你听着，你的驯养员在我手上！你听得懂人话，对吗？不想你的驯养员死掉的话，就立刻待在那儿别乱动！"

亨利大声地吼叫着，阿迦勒斯的注意力立即从海盗身上被吸引了过来，在看到我的瞬间，他的神情立刻就变了。几秒钟前那种像是在折磨猪猡般残忍玩味的笑容从他的脸上消失得无影无踪，取而代之的是一种极度狠戾的杀意："Do...not...touch...him...You...will...die."（别碰他，否则你会死。）

阿迦勒斯目光森寒地盯着我身后的亨利，一字一句地吐出低沉的警告。

亨利的手抖得更厉害了，连带着身体都在摇晃。我的神经紧绷到了极点，打算用点什么心理战术给他来上致命一击，却听到"嘭"的一声，不知道哪头蠢驴朝甲板上开了一枪，正好打在阿迦勒斯的身前，惹得他立刻如同一条巨蟒发动攻击前曲立起了鱼尾。亨利的身体猛地一震，枪竟然从他手里滑脱了出去！

老天保佑！我暗叹道，掐准时机就给他的腹部来上一拳，拔腿想跑，身后的亨利竟没有去拾枪，反而直接一把拖住了我的腰，将我一下子掀翻在甲板，扭打间我隐约看见他手中的寒光一闪，抬起手，将什么东西噗的一下扎进了我的左肋部。

一阵剧烈的疼痛立刻闪电般地蔓延遍了全身，而与此同时，一阵混乱的枪声在甲板那边狂风骤雨般地响了起来！

我捂着左肋，一个字也喊不出声，浑身止不住地颤抖起来，烂泥一样瘫在了地上，艰难地抬头朝甲板那边望去。透过因为疼痛而阵阵发黑的双眼，我看见甲板上炸开的硝烟里阿迦勒斯的身影如幽灵一样闪避着，可明显因为受到了枪弹的袭击而渐渐迟缓，又或者说，他似乎根本没有攻击的意图，眼睛一直盯着我的方向，仅仅，是在躲避。

他在忌惮我所受到的威胁。

该死的，这样怎么能躲得过子弹，这个家伙会死的！

心脏像被尖利的手爪攥紧，尽管我痛恨阿迦勒斯的某些野兽行径，可我此时万分不希望他的生命受到威胁。更准确地说，我强烈地为他担心着，甚至连身体的疼痛也好像不那么剧烈了。

"我没事，攻击他们，阿迦勒斯！"我咬牙忍着肋部的疼痛，下意识地大喊道。可下一秒，那把匕首就被亨利唰的一下拔了出来，我一下子看清那是一把特制的军用匕首，我的鲜血一下子顺着匕首的凹槽激射在地上。大量的失血立刻抽空了我的力气，我整个人如同一只虾子一样，蜷缩着倒在了地上，同时听见那群海盗叫了起来："快把绑船桅的锁链拉上来，绑住这只怪物，他放弃攻击了！"

Chapter 15

朋友

　　我立刻朝阿迦勒斯望去，就看见三五个人拿着那根极粗的锁链将他的身体从各个方向拴住，绑得他全身上下只有尾部还能活动。他的双爪用力地抓着锁链与那几个人相持着，嘴里不住地发出压抑的低声嘶吼。

　　他明显已被子弹打中了，蓝色的血液顺着鱼尾在甲板上汇成了一滩，却只是与海盗们僵持着，一点发动攻击的意思也没有。连本来无风起浪的海面也逐渐平静了下来，笼罩着船身的迷雾顷刻间散了开来。

　　我一下子看到，不远处那艘被我们误以为是遇难船只的大船，露出了它的真面目——

　　它的船身上挂着许多破破烂烂的帆布条和横七竖八的废旧船壳，看起来就像被风暴损毁了一样，可它的三层船舱上却赫然有一个火箭炮筒，甲板上则站着数十个拿着机枪的海盗，他们的火力足足是我们的两倍有余。

　　刹那间我有如被一道霹雳击中，差点儿昏厥过去，做梦也没想到我们会遭遇这种厄运。可恶……

"莱茵，放下枪，乖乖束手就擒吧！做人质总好过被扔到海里去！看看，德赫罗他就快要不行了！"亨利用匕首抵了抵我的脖子，疼痛使我的视线模糊不清，我无法辨认出来莱茵是否放下了武器，但我知道，他必然不会继续射击。在这种敌我悬殊的情况下，抵抗也只是徒然带来伤亡而已，被海盗们绑架已经成了不可避免的定局。况且，他们需要我和阿迦勒斯活着。而这群海盗似乎目的并不是打劫这么简单，否则怎么会有亨利这种长期潜伏在我们船上的内奸存在。所以我们至少会被留着活口，能活着，就有反击的机会。

剧痛与失血正在逐渐夺去我的思考能力，而我的身体被亨利拖着一步步地往甲板边缘靠近，那艘大船已经近得只有咫尺之隔，一块钢制的搭桥被那边的海盗放了下来，嘭的一下砸在我们的甲板上，发出一声刺耳的撞击声。

一股浓重的血腥味扑面而来，身后传来锁链拖过地面的哐啷哐啷的响声。我下意识地扭头望去，疼痛使我的双眼充血，视网膜上仿佛蒙着一层红雾。我只能隐约看见阿迦勒斯的身影被几道锁链拴着缓慢地蜿蜒前行，好几个海盗吆喝着，合力才将他沉重硕长的鱼尾一并拖上了搭桥，就像对待一只被即将被关押在马戏团里的兽类那样。

这种本性高傲而凶猛的生物，此刻却任由铁链将他如奴隶一样束缚着，他也许原本有能力轻易挣脱，可现在也落得了一个困兽之斗的境地。

我感到一种沉重的难受感向心头压来——我本来就不应该冲动地向阿迦勒斯求助，无论他跟人类的某些习性有多么相似，可他毕竟是只野兽，和我们是两个世界的种群，我怎么能把他卷到人类的争端里来！我真是昏头了！这哪里是一个合格的生物学家会做的事！

可也许……即使有重来一次的机会，我依然会选择这么干，因为人在危难关头总是本能地依靠强大的存在，即使是男人。

我自嘲地心想，心情矛盾地攥紧了拳头，大脑里如遭到暴风雨一样混乱不堪，身体上的痛楚却使我无暇他顾，连顺畅呼吸都成了一种困难的奢望。

我开始无意识地眼球上翻，意识变得支离破碎，整个人像踩在一层虚浮的云雾之上，周遭的一切都变得失真了，听觉仿佛远离身体而去，而我则成了一部长长的黑白默片的观众。

我知道自己已经处在濒死的状态。忽然间，船身剧烈地晃荡起来，我的身体似乎被亨利放开了。我整个人失去重心，倒在甲板上，头部撞击的剧痛使我勉强睁开双眼，模模糊糊地看见几个人拔河似的往一个方向拖拽着阿迦勒斯，他长长的鱼尾却穿梭过无数双脚抵达了我的面前。

也许是受着本能的驱使，我凭着最后一丝残余的力气伸出手去，攥紧了他的尾鳍。

"把这个怪物扔进底舱里，快！"我突然又能听到声音了，那些海盗们大声吆喝着，我看见阿迦勒斯的身影突然间消失在了甲板之上，下一秒钟我的身体突然被猛地拖动起来，猝不及防地就栽进了一个黑黑的洞口里，重重地摔在了一片齐腰深的水中。身体撞击的剧痛使我觉得头晕目眩，激荡出的水浪则将我的身体一下子推到了墙角。

冰冷的水刺激着伤口，引起一阵阵撕心裂肺的剧痛，可这种刺激却使我一下子从濒死的混沌状态中脱离出来。我摸索着扶住墙壁，勉强靠住身体，朝上面望去，已经涣散的目光里隐约映着几个人居高临下的影子。

"喂，将他们关在一起，没问题吧！"

"当然。这个小子是那头怪物的驯养员，有他在，这头怪物就不会发疯，反正看这模样，他在水牢里也活不了几个小时，再不济还能给怪物当食物。"

"嘿嘿，走，我们去对付船上其他几头不要命的蠢驴！"

底舱的舱板嘭的一下落了下来，四周立刻陷入一片昏暗，只有甲板间的缝隙里透下一丝丝斑驳的光线。我的目光好半天才适应过来，隐约看见另一团黑乎乎的活动的影子，锁链撞击甲板的声音喔啷啷地激荡在水中。

我意识到那是阿迦勒斯，这群海盗居然把我们关在了一起。

"De...sharow..."不算陌生的低沉鸣叫幽幽地飘了过来，黑暗中长长的尾影在水面翻腾了一道，涟漪随之朝我袭来。

我甚至还没来得及眨眼，就看见身前的水面下泛起一大团海藻般的暗影，阿迦勒斯的头颅从一圈涟漪的暗光里浮出水面，随之整个上半身便幽灵似的从水中升腾起来。

他的胸腹上横亘着不少触目惊心的深深勒痕，可束缚着他的几道铁链已经被挣脱了，只有腰间还拴着一道儿臂粗的铁链，上面挂着一个铁锁，却已经形同虚设，完全限制不了他的行动。

我虚弱地动了动身体，却连胳膊也无力抬起，只能任由他伸出湿淋淋的蹼爪扶住了我摇摇欲坠的身体，然后伏下身子，目光梭巡着我受伤的肋部。

我立刻明白他要做什么，在濒死的恐惧与剧痛面前，羞耻似乎变得微不足道，我此时此刻唯一的念头只是，他可以让我活下去，阿迦勒斯有能力救治我。

于是在他的唇齿咬住我的衣服撕扯的同时，我配合地用颤抖的双手扯开了自己的衣襟，将鲜血染红的胸膛暴露出来。那一瞬间我甚至萌生了一种将自己献祭给了恶魔，以求获得重生的错觉。

"嗯……"我不由得闷哼了一声，痛得浑身痉挛，咬住双唇才没惨叫出声。可很快，人鱼唾液里含有的奇妙成分就起了作用，尖锐的刺痛在渐渐消退，取而代之的是一种麻麻的痒意，就像伤口结痂时才会有的感觉，不仅不难受，简直可以形容为舒服。

我的身体逐渐放松下来，眼皮不由自主地变得沉重，意识好像沉浸入一片静谧的海洋里，任由波浪轻轻拍打着身体，慢慢地，我竟然就这样睡了过去。

好像过了一个世纪那么漫长，我才从沉眠中苏醒过来。阿迦勒斯竟然还在埋头处理我的伤口。我意识到是自己产生了时间错觉，身体却的确犹如休养了几天一样恢复了气力，连精神也清醒了不少，我不由得暗自惊叹人鱼的神奇治愈力。

我低头看向自己的伤口，却只能看见阿迦勒斯棱角分明的眉骨与鼻梁，从这样的角度看下去，他长长的睫毛掩住了那双幽光慑人的眼睛，在眼睑下晕开一片云翳似的阴影，模糊了锋利冷峻的轮廓，那神态竟然是……关切的。

为什么？我这会儿感觉他没有那么危险，那么令人惧怕了呢？

而他却在此时忽然抬起头来，我的目光猝然与他的撞在一块，不由得有些尴尬。

也许是他的外表使我对他产生了误解……人鱼是一种善良的生物，即便他是黑尾的"恶煞"；否则多年前我落水的时候，他也不会将我救起来。

我干咳了一声："谢谢你。"

"Call...me...agaras..."（叫我阿迦勒斯。）他抬起眼皮，盯着我，低吟出声，同时一只蹼爪抓住我的手腕。

"A...agaras..."虽然知道这个称呼大概有承认我是他的奴仆的含义，但此时的我，简直无法拒绝阿迦勒斯的要求——在他又一次救了我的性命之后。"我好多了，请松开我，我想去四下看看有没有可以脱困的工具或出口。"

用这个称呼好像比"喂"似乎有效得多，我的手腕被他的蹼爪一下子松开。

我趔趄了一下，在他盘踞成一团的鱼尾中终于找到了落脚的缝隙。

阿迦勒斯伏下身来，如释重负地呼出了一口潮湿的气息。

我这才注意到他的背后上有几个凹陷的窟窿，能看见里面弹头隐约的金属光泽，而伤口外面已经凝结了一层半透明的薄膜。子弹虽然打不穿他坚韧的皮肤，却卡了一半在这里面，一定妨碍了阿迦勒斯自身的愈合能力。

也许因为疼痛难忍，阿迦勒斯忽然伸出锋利的手爪，抓挠背后弹洞上的薄膜，蓝色的血液一下子从被抓破的口子里流了出来。我的胸口一阵发紧，立即抓住他的手臂，厉声喝止："停下，你这样只会使伤口裂开！我……"

我没有把握能够在这种没有手术器械的条件下不给他造成二次伤害。

就在我犹豫的时刻，阿迦勒斯忽然抬起头，用那双深瞳锁着我的目光，眉头紧锁，低沉地发出恳求："Help me...Desharow..."（帮帮我，德赫罗。）

我咬咬牙，四下扫视，试图找到可以代替手术器械的锐物。

旁边小型的圆形舱窗立刻引起了我的注意。

"阿迦勒斯！"我指了指舱窗，"把那个打碎！"

阿迦勒斯支起长尾，一跃而起，"嘭"的一声，碎玻璃四分五裂地落了下来。

我按着阿迦勒斯肌肉发达的脊背，小心翼翼地划开他背上的伤处。人鱼的皮肤异常坚韧，切割并不算容易，我能感觉到他轻微的颤抖——那一定很疼。

"忍耐一下，很快就好了。"我胡言乱语着，下手迅速地剜出了那几颗子弹。

阿迦勒斯在这个过程中未吭一声，只是撑在墙壁上沉重地喘息着。

"嘿，"我轻轻地拍了一下他的肩，"你觉得好些了吗？"

他侧过脸来，狭长的眼眸扫向我，唇角似笑非笑地勾起来。我这才意识到自己竟情不自禁地把他当成了一个人类，甚至用一种对待朋友的方式在安慰他。

"Are...you...worried...about...me?"（你是在担心我？）他眯着眼睛，硕大的鱼尾在我的脚踝间轻轻拍击，"I...am...your...friend?"（我是你的朋友？）

天哪！这条人鱼是在问我们是否是朋友吗？

"呃……"我愣住，不知所措地点了点头，"算，算是吧。"

他若有所思地挑起眉，似乎对这个答案并不满意。

"And...that...man...is...your...friend...too?"（那个人，也是你的朋友？）

随着交流变多，阿迦勒斯说话似乎变得越来越连贯了。他还学会了用"也"这个词。

我在心底暗叹："那个人？"

"You...call...him...Lion."（你叫他莱茵。）阿迦勒斯的脸微微撤开了几寸，借着微光，我看见他眯着眼睛，深瞳中涌动着一种异样的神色，眼睛直勾勾地盯着我，一字一句地开口，"I...saw...you...two...having...a...good...time...,when...I...under...the...boat."（我在船底下看见你们相处得很愉快。）

他压低了声音，用交杂的英语与俄语吃力地表达着自己的意思，嘴唇犹如锋刃一样咧开，着力强调着最后一个单词，尖利的犬齿甚至露出了唇角，显得有些凶恶。

我瞠目结舌，一时间哑口无言。当我和莱茵努力在用水下探测器寻找人鱼的踪迹的同时，阿迦勒斯也在船下如影随形地窥视着我们吗？

几秒钟时间里，我的思维压根不在他的问题上，而他带着探究的意味盯着我，呼吸的气流喷在我的脸上，脸一下子凑得极近："Are...you...my...friend...or...his...friend?"（你是我的朋友，还是他的？）

我咽了一口唾沫，感到神经犹如小提琴弦一样唰的一下被他咄咄相逼的问题锯过去，发出一阵阵颤抖的声音。

我突然意识到阿迦勒斯或许智商远超于人类，可在人类错综复杂的情感面前，他就像个孩子。因为只有孩子会问这种幼稚的问题。

我感到有点啼笑皆非："都是，你们都是我的朋友。"

"No!"他的喉头突然溢出一串嘶鸣，一爪重击在舱壁上，将我吓了一大跳，"He...is...not...your...friend!"（他不是你的朋友！）

他抓起地面上散落的从他体内取出来的子弹，递到我的面前。另一只蹼爪握住我的后脑勺，低下头，双眼盯着我，就像教导一个孩童般一字一句地道："Stay...away...from...him!"（远离他！）

我的心脏怦怦乱跳，目光努力从阿迦勒斯的森森犬齿处挪开，不去回想那个黑人被剖开的腹部和阿迦勒斯浑身浴血的模样。我又感到一阵强烈的反胃，身体不寒而栗地打了个战。

"I'll...eat...you...if...you're...his...friend."（如果你做他的朋友，我就吃了你。）恰好阿迦勒斯加重了语气，喉头里发出阵阵嘶鸣，作势张开嘴要朝我的咽喉处咬下去，寒光闪烁的犬齿全然露出了嘴角！

我顿时害怕地大叫起来："我不是他的朋友，我是你的朋友，阿迦勒斯！请别吃了我……我听你的！"

我不知道自己在恐慌中一连串喊了多少个"我听你的"，好像这是比"救命"还要有效的呼救，而阿迦勒斯却置若罔闻地用犬齿试探着我的颈动脉，好像在决定从哪下口，喉腔里却忽然发出了"呵呵"的低沉的颤音。

我一下子反应过来那是他的笑声，不禁低头望去，一眼就瞥见他的嘴巴都快咧到耳根来了。阿迦勒斯，这条人鱼居然在耍我！我就像一个蠢蛋！

我火冒三丈地踹了一脚他的尾巴，负气走到了一边。

目光落到那扇碎裂的舱窗处，我才突然注意到，窗外海面的异样。

周围的海鸥乌云压顶似的飞得很低，低得贴着海面，成群地一致地顺着船航行的方向飞行，就像一队队训练有素的飞机一样。

海盗船绝无理由跟着鸟群航行，而鸟类迁徙是依靠磁场来确定方向。出现这种不可思议的现象唯一的解释是，这艘船上有着比自然磁场更强大的磁场力，不仅影响了鸟类的飞行，更改变了船的航向。

是什么？……难道是？我转头看向阿迦勒斯，却见他不知何时已经悄无声息地来到我的身后，也遥望着海面，眼神深邃莫测。

"阿迦勒斯……"我迟疑地开口，"是你吗？这些海鸥，是受你的影响吗？"

阿迦勒斯勾起唇角："Yes..."

我惊讶地道："你难道……能影响船的航向？"

他点了一下头。

　　我震惊难言，阿迦勒斯的能力居然强大到这种地步，他到底是个什么样的存在？我抓住他的胳膊："你有办法让我们脱困吗？是不是？你要带这条船去哪里？"

Chapter 16

袭击

　　阿迦勒斯没有立刻回应我，他长长的睫毛低垂，目光像消逝在难以测量的云深不知处，抵达了遥远的大海之末，又深深地沉入无尽的海底深渊，好像沉浸在过去的回忆里。良久，他才低沉地呢喃着："Lemegeton..."

　　我浑身一震，整个人忽然间变得激动起来。

　　我曾经听见过这个单词，甚至可以说十分熟悉。这是一个传说中并不存在的岛屿，而我始终相信着它的存在，并且就此查阅过很多资料。

　　我猜想它是沉入海底的亚特兰蒂斯遗留在海面上的那一部分古迹之岛，可是我未曾到过那个地方，无从找到证据印证我的想法，猜想也仅仅止于猜想。

　　这一切始于在刚刚着手人鱼研究项目的初步阶段时，我拜访了一位多年前随苏联探测船执行核弹搜寻任务的科学家——维诺格雷德博士。

　　他曾在报纸上发表过一篇回忆录，述说他们在核弹搜寻任务期间，碰巧在一个岛屿附近的海面下捕到过一条人鱼，并设法采访了它，通过特殊的沟通方式得到了这条人鱼的语言文明源于那个消失的亚特兰蒂斯的结论。

我清楚地记得维诺格雷德博士告诉我，这座人鱼栖息的岛屿被它们称为"Lemegeton"。

它是一座浮岛，只有在特殊的时期才会在海面上出现，仅仅是几天的折返时间，这座岛屿就在海面上犹如海市蜃楼般消失得无影无踪。而那条人鱼也带着他们珍贵的录像，还有船上的一位船员，一并神秘蒸发，好像从未出现过一样。

维诺格雷德博士因为这件事一蹶不振，这篇回忆录也更是沦为了不实报道。

那时候采访他的几个学生里，只有我，无比坚定地相信他所讲述的回忆，并根据他的指示研究追踪人鱼的方法，这也是后来我得到莱茵认可的前提之一。

"Lemegeton...Lemegeton!"我低声地念着，整个人被一阵巨大的狂喜笼罩，感到自己像受了上天的眷顾一样幸运，一时间都忘了自己身处何种境地，直到阿迦勒斯的脸凑到近处，我才猛地醒过神来。

他的眼底闪烁着一种紧张又兴奋的混杂的暗光，魔咒般的低语从他口中溢出："你会喜欢 lemegeton 的，但注意……别离开我。"

在我理解了这句话的意思后，我的脊背上骤然升起一股毛骨悚然之意。阿迦勒斯叫我在抵达 Lemegeton 后一步也别离开他，这难道意味着，那个岛屿上除了他还有其他的人鱼存在？

我突然意识到我光沉浸在得知这个未知岛屿真实存在的狂喜中，而忽略了事情的负面。Lemegeton 既然是人鱼的栖息地，那上面当然有人鱼存在，而且是如同阿迦勒斯这样的猛兽。那一定是个……极其危险的岛屿。

我越发感到忐忑不安，阿迦勒斯盯着我，目光梭巡着我随心理活动而变幻的神情，似乎是因为捕捉到我的一丝丝恐惧而满意地咧大了嘴角："别……害怕……我……会……保护……我的朋友……"

他的声音徘徊在我的耳畔，语气简直像在低声诱哄一个孩子似的，但这种安慰根本无济于事。就在这个时候，底舱的顶板上突然传来了一阵凌乱的脚步声。

阿迦勒斯的动作停顿了一下，和我同时望了上去，突然间头顶的舱门被轰然抬起，一个身上五花大绑的倒霉蛋被扔沙包一样掷了下来，嘭的一下砸进了水里。舱门落下来的同时，角落里一阵水花四溅，接着一个人的上半身便从水面下蹿了起来。

我的神经一跳：那是莱茵，他还活着！

我下意识地想呼唤莱茵一声，可还没发出声音，嘴巴就被阿迦勒斯的蹼爪捂得严严实实，他用宽阔的脊背将我完全遮挡在黑暗里，好像生怕莱茵会伤害我似的。

该死的！我的眼皮剧烈地跳动起来：这群无知的海盗，他们不知道将我们三个关在同一间船舱里会引发什么后果！我的老天，莱茵之前就用枪打伤过阿迦勒斯，我无法想象莱茵和人鱼接下来会发生什么样的冲突，我只祈祷我们就这样在黑暗中看不见对方！

而莱茵似乎的确还没看见黑暗中的我们，他只是自顾自地低下头去，娴熟地用嘴撕咬着身上的麻绳，显现出一名军人特有的素质。他的咬合力相当惊人，没几下就弄开了身上的绳子，在水里站直了身体，然后观察起四周的环境来。

终于，我最担心的情况不可避免地发生了。

莱茵的目光掠过角落里我们的位置时，他的眼睛突然睁大了。

"德赫罗！你还活着！"

不！我挣扎着晃动仅可能活动的脖子，余光却忽然瞥见莱茵蹲下身去，手从腿侧摸出了什么，一跃而起便抓住了墙上的一块凸起，猛地朝我和阿迦勒斯扑了过来，手里明晃晃地握着一把军用匕首！不，他一定误会了，他以为阿迦勒斯在袭击我！

更准确的是，他扑向了阿迦勒斯露出水面的那一部分鱼尾。一刹那间我看见那长长的深色尾巴闪电般地掀起一道水浪，猛地击向了莱茵的身体，而他竟然敏捷地闪避开来，翻身使自己摔入水中，双臂箍住了尾巴的末端，手里的匕首狠狠地斜刺进了尾鳍的缝隙里！

阿迦勒斯立刻弹起身来，喉头里发出一声低沉的嘶鸣，鱼尾反方向袭卷而去，立刻把莱茵拍得整个人摔在了墙上，发出了一声骇人的巨大撞击声，惨呼都来不及发出，就直接栽进了水里。我以为莱茵命在旦夕，却没想到他一下子又从水里跃了起来，靠在墙上，气喘吁吁、满面是血地抓着匕首，死死地盯着阿迦勒斯，一场恶战眼看就要一触即发。

Chapter 17
天敌

　　这短短几秒钟时间里发生的事情快得令人措手不及，这时我才猛地反应过来，一把抓住阿迦勒斯的手臂，冲他们两个喊道："Stop!Stop!"

　　该死的，这两个家伙疯了吗？在这种陷于囹圄的情况下争个你死我活！

　　额头的青筋都在暴跳，可我努力使自己保持一点点的冷静，因为我是唯一能阻止这场厮杀爆发的中和剂。我摆着手，故作轻松地劝解道："嘿，嘿，伙计们……听、听我说，我们现在应该是一边的，有什么账以后再算，先解决头顶上的那些家伙好吗？"

　　回应我的是一片可怕的沉默。

　　我的心理素质并不算多好，此刻简直有种在高空坠落突然停止的提心吊胆之感。我干咽了一口唾沫，扫了一眼莱茵，他没有动静，仅仅是蛰伏在那儿，带着一种极度不甘的挫败者的神态。

　　莱茵伤得不轻，他是个聪明人，他一定认识到了自己冲动地与人鱼的力量对抗是个莽撞的错误。我相信他不会轻易发动第二次攻击，可是换作阿迦勒斯，就不一定了。这种高智商的兽类一定是一种相当记仇的生物。

一旦他们打起来，只会让海盗渔翁得利，等会儿他们听见动静下来放个几枪，谁也讨不着好。

就在我不安地思考自己该怎么劝解他们之时，阿迦勒斯的鱼尾突然从水中掀起一道水柱，那锋利的尾鳍宛如镰刀一样向莱茵的头顶闪电般地劈了下去。莱茵闪身一避，却还是被震荡的水波撞到了一边，鱼尾却不依不饶地直逼而去，眼看莱茵就要即刻丧命！

等等！大惊之下我本能地扑上前去，从背后一把抱住了阿迦勒斯劲韧的腰，爆发出一声大吼："停下，阿迦勒斯！我求你！"

水中的动静骤然一停。他的身体如一张骤然绷紧的弦，将千钧之力在这一瞬间压抑住。

我愣了一下，因为实际上我并没有料到这只野性难驯的猛兽会听从我的阻拦。我如勒悬崖之马一样心惊胆战，只顾着拼命搂紧阿迦勒斯那随时会爆发出可怕杀伤力的硕健身躯，只怕一松手他就会大开杀戒。

不知道是不是因为激动，血液涌到脑中引发的眩晕，四周似乎开始天旋地转地摇晃起来。直到我的身体随着阿迦勒斯的鱼尾一起斜倾进水里，骤然激起的水花才使我一下子反应过来，是船体在震荡——海上起了非常大的风浪，也许是暴风雨来临了。

"是你干的吗？"我胡乱扑腾着，身体随即被阿迦勒斯捞出水面，却看见他露出了一种异常警惕的神情，抬起头，望着那扇小小的圆窗，收紧了瞳孔。

船晃荡得更厉害了，我不得不紧紧地攀住阿迦勒斯的脊背，才使头浮出水面，被他托着身体，再次接近了那扇小小的圆窗前。外面的天色已经尽黑，我惊讶地发现外面并没有什么暴风雨，海面上是一片犹如乌云密布的海鸥群，海水则泛着诡异的幽绿色光晕，让我得以看清海水中的异象，不由得大吃一惊。

——船头附近的海面上浮现出来一个巨大的漩涡，那个漩涡之中若隐若现地出现了两盏犹如车灯一样的发光物体。我起初以为那是某种大型水母，可是随着那个发光物体逐渐从海面下显露出轮廓，我很快发现我的判断错了。

那是一个……庞然大物，那足有人的脑袋那么大的两个发亮的物体仅仅是它的眼睛！我的天，即使是鲸鲨的体型也没有这么巨大的双眼。按照这样的比例，这个漩涡之下的鬼东西可能跟我们的船一样大！

我的呼吸发紧，额头的神经突突狂跳起来，一把抓住阿迦勒斯的胳膊："这……这是什么玩意？"

"我们的……天敌。"阿迦勒斯的眼神像夜里的海底一样暗沉，微微咧开嘴吐出一串字眼，语气被獠牙削出了凌厉的锋芒。

人鱼的大敌……

我瞪大眼睛死死地盯着逐渐浮出漩涡中的巨大暗影，感到浑身的每一寸肌肉都犹如拉高音的琴弦一样绷紧。作为人鱼这种凶猛超群的野兽的天敌，到底是种怎样可怕的生物？这样大体型的家伙是不可能时常浮到海面上来的，它是一只来自海底深渊的怪兽，因为感知到了人鱼的出现而特地上来觅食的！

我们的的确确……在接近一个充满如同人鱼一样的未知生命的古老世界。

而此时我也终于看清了漩涡中那只怪物的样子，它生着一张巨大无比、利齿密布的嘴，嘴的大小占据了整个身体的二分之一，尾巴却如同电鳗一样又细又长，拖着数根长长的发光触须，在半空中蓄势待发地摇曳着。

我想我曾经在研究院最珍贵的深海生物照片中见过与眼前这个

家伙极为相似的生物——这也许是一只"吞鳗"。但吞鳗没有那样可怕的利齿，它的体型也足足比照片中记录的模样大了十倍有余，说这是一只吞鳗的远古祖先更为恰当！

就在此时，巨大的黑影终于完全浮出水面，忽然直直地朝船身游弋过来，我们脚下的甲板发出一阵震耳欲聋的撞击声，船身犹如遭受海啸一样剧烈地左右倾斜起来，连阿迦勒斯也重心不稳地向后栽去，连带着我一同扑进了水中。

接踵而至的是越发猛烈的撞击，我呛了好几口水才被阿迦勒斯拽起来，可脚还未站稳就听见身后的玻璃窗猝然炸开一阵裂响，回头的一瞬间就见一道长长如蛇的黑影闪电般地扑面而来。我的身体立刻被脚下的鱼尾掀得翻出了好几米，和黑影擦肩而过，却见它犹如发动攻击的毒蛇一样直朝阿迦勒斯的面部飞袭而去！

我的神经悬在高处，连呼吸也仿佛卡在鼻腔里。

那个蛇形物体被阿迦勒斯的利爪牢牢地抓在了手中，"喀咔"一声，便把它的一截骨头捏得烂碎，它软沓沓地垂了下来，活像一枚淋浴花洒。我一下子看清那个东西不是什么海蛇，它甚至没有头颅，圆形横截面一般的嘴中，里里外外藏着异形的三层利齿，正一张一合地垂死挣扎着，距离阿迦勒斯的鼻梁仅有一指之遥，假如它真的咬上去，他这张长得颇为考究的脸大抵也就报废了。

我盯着那个奇怪的玩意儿，职业病不禁犯了，脑子里快速搜寻着能跟它的外形对上号的生物。

这看上去分明是一只锯齿鳗，可它长得实在不可思议，身体蹿进来足有三米多长，末端却依然留在窗外，凭空甩动着身体，好像被什么怪力牵扯着，活动的方式……就好像一只乌贼的……触手。

该死的！

我忽然想起在水中看到的怪物尾部的形态，立即意识到这种锯齿鳗一样的玩意儿是那条大家伙的触须，否则就是寄生物种！

就在我这样想的时候，几道黑影接二连三地蹿了起来，我猝不及防地差点被咬个正着，好在阿迦勒斯眼疾手快地用坚韧的鱼尾当空拍在了墙上，其中两只触须几乎就贴着我的肚皮滑了过去。也许是阿迦勒斯的反击令那条大吞鳗感到疼痛，船身此时震荡得更加剧烈了，头顶传来凌乱的脚步和枪弹射击交织的嘈杂声，一个男人惊恐的大吼传来："快，快，把底舱里那条人鱼放出来，放他离开这艘船，这只怪物一定是冲着他来的，它在拼命地撕咬底舱，马达会损坏的！"

"明白！快，麦可，杰瑞，快，你们去开舱门！"

一个人大声答应着，头顶立刻传来了沉重的舱门开启的动静。

"德赫罗……"阿迦勒斯发出一声低鸣，忽然松手放开了手里抓住的几只触须，我还没反应过来就被他一把拎了起来，整个人随着他的鱼尾支撑着腾空一跃，嘭的一下将刚刚开启了一条缝的舱门猛地撞了开来。

刹那间撞入视线的是船上混乱、恐怖的景象，数十根蟒蛇般的触须徘徊在船的边缘，正张着它那布满环状锯齿的吸盘口不断地发动着袭击。这些穷凶极恶的海盗们此时犹如惊弓之鸟一样四散躲避，他们手上都握着火力充足的火枪，可惜子弹显然难以击退这些并非独立生命体的触须的要害。几个倒霉的家伙更因为子弹用尽而被其趁机咬住了身体，惨叫着被拖下了船，眨眼间便消失在那潜伏在海面下的血盆大口之中！

我的老天，我可不想那么死！

目睹这样的惨景足以令任何一个正常人肝胆欲裂，我惊恐地瞪着海中起伏的暗影，浑身僵硬，直到被阿迦勒斯一路拖进了一个黑漆漆的船舱内，被他松开了身体，才回过神来。阿迦勒斯长长的鱼尾在夜色中从我身边穿梭而过，身影悬在船桅边缘，回头盯着我，目光幽亮慑人。我忽然感到灵魂被钉在原地动弹不得，只听见黑暗中他的声音低沉地飘至耳边："待在这儿……等我。"

Chapter 18
受伤

阿迦勒斯打算下海和那么大的怪物单挑吗？

"喂，等等！"我反应过来后，一个箭步冲了过去，可阿迦勒斯却已经一纵身跃下了船，上身扎进了海水之中，长长的鱼尾却顺势一扫，将我面前的舱门掀得嘭的一声关上，挡住了我的去路。

可我的脚步却没及时刹住，头结结实实地迎面撞在了面前的金属门板上，霎时间脑壳像炸开一样，眼冒金星，整个人天旋地转着栽倒在了地板上。

该死的阿迦勒斯……我在心头恶狠狠地咒骂着，勉强支撑着自己坐起身来，扶着沉重的脑袋晃了晃，好半天才从晕眩的状态中缓和过来，焦距涣散的目光在漂浮中掠过了墙壁上几把黑色的长形物体，精神忽然一振。那是几把 AK47! 我跌跌撞撞地立即站起身来，取下一把握在了手里，枪身冰冷的触感沁入掌心，使我的慌乱感减轻了几分。

尽管我只有使用麻醉枪的经验，也并不打算拿着枪跑出去跟那些可怕的触手对抗，我甚至不知道自己为什么要抓着这把枪，可它的确神奇地使我一下子变得冷静了下来。我想这也许是我体内流淌的血液在起作用，俄罗斯的男人天生就是应该为火枪和打猎而生的。

　　然而就在我检查这把枪是否上了膛的时候，我意外地发现枪身上打着一串非常清晰的字母—— U.S. Army Springfield Armory. 音译为"斯普林菲尔德"。

　　我的心头猛地一震，整个人愣在当场。因为我曾经见过这串单词，在大学的军事理论课程上。而不巧的是我的记忆力超群，对每堂课的每个细节都记得一清二楚，并且在课堂上做了详细的笔记。这串单词，是美国二战时著名的军用枪械制造工厂的名称。

　　老天，谁能告诉我一艘海盗船上的军火为什么产自美国的部队军工厂？难道他们打劫过美国军舰不成？还是……

　　我不禁联想到现在正值俄罗斯和美国的冷战期间，一个猜想闪电般地掠过我的脑海，将我自己也吓了一跳。

　　也许这群看上去像海盗的人并不是真正的海盗，他们也许是出于某种军事目的，隐瞒了身份的美国海军部队。对了，这样亨利为什么一早就潜伏在我们当中也就能说通了。我到底一脚蹚进了一个多深的军事阴谋的漩涡里，莱茵和莎卡拉尔他们以及这些所谓的海盗，又是各自抱着什么目的？难道跟人鱼和人鱼岛有关？

　　我皱起眉头，思绪乱作一团，手紧紧地握住了枪。就在这时，我眼角的余光突然瞥见一个影子从舱门的玻璃后面掠了过去，我顺势望去，一眼便看见满身挂彩的莱茵竟然从刚才的底舱舱门里翻了出来。他敏捷地避开那些与吞鳗的触手混战的海盗，径直顺着通向二层船舱的楼梯往上疾奔，一定是打算趁机解救被困住的其他人。

　　天知道他是怎么爬上来的！

　　我下意识地抓起枪便想跟上去帮忙，可临到门口却又不由得停住了脚步。我的枪法和身手都不算好，眼下没什么是我力所能及的，这种情形出去非但帮不上莱茵，反而可能不小心丢了小命——亨利的事就是血的教训，我可不想在头上多两个枪眼，或者被那些触手拖下海去。

不行，先静观其变。

我默默地劝诫着自己，深吸了一口气，极力地按捺着身体里那些冲动因子。达文希曾经戏言过我是个矛盾体，平时看起来是个专心搞研究的书呆子，可骨子里却是个十足的俄罗斯战士，遇到要动武的时候比谁都拼命。尽管以我的身板来看有点不自量力，但是，他说得一点儿也没错。

冷静，德赫罗。

"嘭！"

突然船身发出一声震耳欲聋的撞击，周围猛烈的晃荡使我跌了几个趔趄，一下子撞在身后的墙上。该死的！我勉强扶住墙壁，立即向身侧的舱窗外望去，只见一片巨大的黑影贴着船下的水面擦了过去，掀开一道幽绿光幕般的巨浪，布满锯齿的血盆大口从海面之下裂开，吞噬下一股海水，如同在海面上撕开了一道通往地狱的深渊！

阿迦勒斯呢？

我的胸口一紧，目光在翻涌的惊涛骇浪中搜寻着他的身影，正在此时，一道黑色的修长身影从水中一跃而出，鳞光闪烁的鱼尾犹如一柄锋芒毕露的利刃一样劈开了浪脊，化作一道闪电似的弧光掠过了那条巨大吞鳗的上方，尾鳍恰如镰刀似的在那大如灯笼的鱼眼上直削而过，一股充满荧光的液体顷刻间犹如被破开的注水气球一样从鱼眼的晶体里爆了开来。

刹那间，那条吞鳗疼得从水里翻腾而起，巨大的身躯竟跃得超过了船身的高度，在半空一摆尾，大大地裂开嘴，发了疯似的向海里阿迦勒斯的身影撕咬而去。一时间巨浪滔天，水雾四溅，面前的玻璃上全是斗大的水滴。我只隐隐约约地看见海面上翻搅着大大小小的骇人的漩涡，吞鳗那仅存一只眼睛的头颅时不时地从海面中浮起，却始终看不清阿迦勒斯与它缠斗的情形，可只是想想便能知道他的处境有多凶险。

这可不是什么虎鲨，吞鳗的体型比阿迦勒斯大了足足十倍有余，他还不够它塞牙缝的！

我咬了咬牙，抡起枪托两三下将面前舱窗的玻璃砸了个粉碎，用不那么标准的姿势扛着枪，追踪着吞鳗的另一只眼睛。

老天保佑我只会发射麻醉弹的烂枪法能起作用！

我眯起眼睛将瞄准镜瞄准了那只灯泡般的眼睛，拉开了保险栓，等吞鳗的头颅刚露出水面便连放了几枪，AK47 的火力名副其实，子弹在那个巨大的黑色头颅上炸起一片水花。尽管我无法确定射中它的眼睛没有，但看黑影翻腾的幅度便知道一定给它造成了不小的伤害。这时，我发现阿迦勒斯似乎是趁机配合着我的射击浮了起来，敏捷地绕到了吞鳗的后方，箭矢一样刺破了水面，又回身直扑而下，用尖利的蹼爪徒手抓住了它尾巴上生着的长长的触手，竟犹如驾驶一匹烈马一般伏在了吞鳗的背上，有力的右臂深深地扎进了它仅存的一只眼睛里，将那玻璃似的透明晶体硬生生地整个挖了出来！

剧烈的疼痛使吞鳗的半个身体因为挣扎而从海面下浮现出来，暴露出了鱼类脆弱的腹部。

趁着这个难得的机会，我立刻伏下瞄准着它的腹部，惊险连连的境地使我的胳膊都在颤抖，手却不可抑制地连连扣动扳机射击起来。吞鳗很快潜入了海面，波浪中晕染开了 大片浑浊的血水，水中的情形犹如被龙卷风翻搅着混沌不堪。

我无法分辨出阿迦勒斯在哪儿，不禁担心我的烂枪法连他一并击伤，只好停止射击，屏息趴在窗边察看海中的情况。

　　我探头朝下望去，刹那间一道黑影唰的一下从侧面袭了过来，将我吓了一大跳。我下意识地举枪挡去，窗户里迎面扑进来一张三层锯齿的恐怖大嘴，一口咬住了我的枪。突如其来的袭击使我竟一时忘了松开手里的枪，身体被一股怪力向窗外猛地拖去，还未来得及惊叫就随着它坠向了海面！

　　霎时间冰冷吞噬了我的周身，我呛了好几口咸涩的海水，扑腾着手脚将头伸出海面。

　　混乱的波浪将我席卷到半空中又扔进水里，转眼间，我已经被掀得离船身已有几十米远。惊涛骇浪中我彻底失去了方向感，浪头更是扰乱了我的视线，使我看不清鱼怪以及阿迦勒斯在哪儿。

　　可恶！糟糕了……

　　我甩了甩脸上的水珠，刚刚在海浪的壁垒中找到了船的方向，却突然感到一股水流朝我的背后直逼而来——我甚至不需要回头就能猜到是刚才拽我下海的那根触手！

　　"Shit!"

　　我被巨大的恐惧刺激得大吼了一声，手脚并用地向前游起来，身体被掀起来的波浪立刻推进了一段距离。我惊讶地发现原本水性不好的自己不知道什么时候具备了游泳健将的技能，竟然游得灵活而娴熟，我的双腿竟然像鱼尾一样并拢，全然不受控制地在海浪中上下摆动着，我敢肯定我此刻游泳的速度比自由泳的世界冠军还要惊人！

　　老天……这是怎么回事？怎么会这样？

　　我在心中暗暗震惊，可没有任何空暇容我思考原因，此刻求生欲已经最大程度占据了我的大脑神经。我只是凭着本能摆动着身躯，在接近船身的那一刻模仿着阿迦勒斯那样奋力从海中一跃而起，伸出手臂想要抓住那近在咫尺的船栏杆。

　　然而，就在我的手指触到船身的那一瞬间，我的后背骤然一紧，一阵深入骨髓的剧烈疼痛刺入神经，使我像野兽般惨嗥了一声，手中一滑，整个人被咬住我脊背的怪力拖了下去！

　　冰冷的海水霎时间从四面淹没了我的身体，在头颅即将被淹没的关头，死亡的压迫使我脱口而出地嘶声高喊："阿迦勒斯……阿迦勒斯！"

　　话音未落，我的声音就被涌入口鼻的海水吞没，身体被怪力朝深水里拖去，溺水的窒息感使我拼命地摇晃着脑袋，海水的压力使我目眦欲裂。就在这个时刻，忽然一道修长的黑影从我的右侧方掠了过去，那极长的鱼尾甩了个弯，宛如一颗深水鱼雷一般迅速地朝我逼近。我在浑浊的海水中仅仅能看见一双幽暗的狭长瞳仁，几乎是眨眼间，那道熟悉的身影就靠近了我的身边，蹼爪闪电般地撕破黑暗，朝我背上的鬼东西袭去。

　　阿迦勒斯的袭击快得令我看不清他是怎样出手解决这个咬着我的可怕玩意的，我仅仅是感到脊背骤然一松，身体便被长长的鱼尾卷住，一下子掀出了水面。

　　重新呼吸到失而复得的氧气使我的大脑霎时间一片空白，我的眼前一阵阵地发黑，仿佛还置身在海面下一样天旋地转，耳朵嗡嗡作响。我知道自己应该是出现了过度潜水的压力症，这个时候如果大口喘息容易造成猝死，我只好拼命地克制着呼吸频率，不敢乱动，使自己犹如浮木一样任由海浪托着漂浮，双眼望着深蓝色的夜空，试图使自己缓和过来。

　　不知道过了多久，我才逐渐恢复了意识。透过模糊的视线，我看见海盗船已经驶离了很远，而阿迦勒斯和鱼怪缠斗的身影也从海面上消失了，不远处的巨大漩涡正向深处翻涌着，隐隐约约能看见一团黑影在漩涡中心翻腾。

　　我不知道此时阿迦勒斯在海中是否占据着优势，尽管我惧怕他，可我此时此刻一点也不希望他成为那只鱼怪的果腹之物。这种担心甚至超过了我此时的恐惧感，即使我明明清楚自己应该赶快远离那个漩涡游回船上，可我的目光竟然像被漩涡卷住了一样无法挪开。

　　然而我的脊背在火辣辣地疼着，越发强烈的痛感迫使我不得不行动起来，朝船的方向游去，可是就在我的目光扫向前方的海面的那一刻，我的身体不由得猛地僵住了。

　　——那渐渐平静的，无垠的暗色海水中，隐隐约约地浮现出了数个幽亮的光点，随之，一个一个人形的轮廓，自黑暗中剥离而出，朝我缓慢地包围过来。

　　那是，无数只……人鱼。

Chapter 19
挑 战

一股毛骨悚然之感刹那间犹如低气压当头压下，几乎令我喘不上气来。呆了一两秒后，我下意识地转身想要逃开，可一回头便被陆续从海面下冒出的人形黑影挡住了去路。

我窒息般地僵在那儿，借着寒冽的月光，那些渐渐围拢过来的人鱼藏匿在夜色里的轮廓清晰了起来。

我惊讶地瞪大了眼睛。这是一群如同莉莉丝一般绝美的雌性人鱼，她们海藻般的头发披散在光裸如玉的肩膀上，身躯丰满妖娆，眼睛映着水光，比剔透的宝石更加迷人。我想任何一个男人都难以抗拒被这样一群女妖包围，而我也不例外地被她们的美貌震撼得傻在当场。

很快这些雌性人鱼便游得离我近到咫尺，当她们的目光聚拢在我的身上时，我却感到了一阵阵森寒之意。

她们在微笑，看起来对我并没有什么歹意，可眼神却非常异样。我说不清那是怎样的一种感觉，假如一定要形容，我会说她们看我的神情就如同在看一个躺在手术台上将死的病患，又或者是一个即将牺牲的祭品。

"嘿……你们……"我颤抖着挤出几个字,她们却不约而同地突然消失在了海面上,下一刻我的身体忽然一轻,被海面伸出的数只雪白的手臂托了起来。假如此时此地是在陆地上被一群美女抬着,我的感觉一定像当明星一样好,可此时我只感到神经高悬,一种极度不祥的预感从心底升腾起来。我下意识地挣扎起来,并想向阿迦勒斯呼救,可我的嘴巴立刻被一只从底下伸上来的蹼爪捂住,双手双脚也被牢牢地擒举着,就好像是一只待宰的羔羊!

天,她们想要干什么?

我紧张得几欲窒息,瞪大眼睛努力抬起脖子望向四周。凛冽的海风化作一股莫大的恐惧袭遍全身,我不由得浑身发起抖来,眼睁睁地看见我的右面卷起了一圈不大的漩涡,漩涡中心有一道影子从深处浮上海面,在波浪中犹如一个幽灵露出了头颅。

我先看见了一大团红色的发丝从水波中散开,底下透出来的是一张苍白的面孔,发丝的缝隙里透出的湛蓝色的眼睛激滟着渴望的光芒,正朝我缓慢地逼近而来。我吓了一大跳,下巴几乎当场掉下来。

因为这只人鱼跟死去的莉莉丝长得太像了,除了头发的颜色,那张脸几乎是宛如天工巧作般的相似!

就在我以为见到了莉莉丝的双生姐妹的那一刻,海面上"哗啦"一声,那条人鱼的整个上半身露出了水面,我立刻意识到我大错特错,因为这竟然是一条健壮的雄性人鱼,尽管他长着一张堪比美女一般妖艳的脸孔!

我瞠目结舌地瞪着那张脸,而这条红发人鱼的身影已经笼罩在了我的上方,目光在我的周身上下梭巡着,好像我是一盘被这些雌性人鱼敬献给他的菜肴,而他则如一名宾客般小心翼翼地进行用餐前的试尝。他是想吃了我吗?就像传说中他们对待那些被他们诱惑溺水的水手们一样?

当我注意到红发人鱼的神情时，心更是一瞬间紧到了嗓子眼。他的嘴角微微翘起来，眼睛紧紧地锁着我的目光，露出了一种可以称之为满意的笑意。我不得不承认他的笑容如此优雅而迷惑人心，可他的喉头分明在上下吞咽着，似乎感到十分饥饿。他的一只蹼爪更是轻轻地搭在了我的腰上，缓缓低下头在我的胸腔上嗅闻。

该死的！

我奋力挣扎着，可身体却动弹不得。他真的把我当成了食物！谁来救救我！阿迦勒斯，你在哪里？救救我——

一个念头在脑子中炸开，我愕然地意识到，我竟然在期待阿迦勒斯回来救我！假如我能够发出声音，我一定已经在大声呼唤阿迦勒斯，可此时我除了喉头里溢出唔唔的闷哼，什么也喊不出来。

此刻我多么希望能看见一条黑色的鱼尾划开海面，立刻出现在这儿！

可是，没有，海面上甚至连一道波浪也没有出现。阿迦勒斯也许被那条鱼怪吞入了腹中从而彻底消失了。我恐惧地紧闭双眼，牙关咬得咯咯作响，整个人陷入了绝望的泥沼之中。可突然之间，我听到了一阵破浪而来的水声，携带着一股凛冽的寒风。我睁开眼睛的瞬间，一道硕长的黑影自海面中突然腾起，闯入我的视线。一只蹼爪闪电般地将伏在我身上的红发人鱼掀得足足翻出了十几米，化作一道弧线栽进了海中！

托着我的雌性人鱼刹那间发出了海豚似的尖鸣，几乎是瞬间便一哄而散，逃得无影无踪。我跌回海里时还未来得及反应过来，惊魂未定地仰视着上方的阿迦勒斯，月光被他的身影遮挡着，使我仅仅能看清他暗银色的长发垂至海面，如金属制的刀鞘，光线沿着边缘一路削下去，与黑色刀锋似的鱼尾浑然一体，凌厉地深深扎进海里，像一把横亘在海面与月轮间的锐器。

然而，他在剧烈地喘息着，似乎处在极度的愤怒之中，周身散发着阴霾一样浓烈的戾气，与此同时，我更是嗅到了一股极重的血腥味。

阿迦勒斯受伤了，而且不轻。在与那条巨大的鱼怪的搏斗中，他一定占不了多少优势。

我发誓我不是在担心他，可生物学家的职业习惯使我眯起眼睛，下意识地分辨着这只猛兽的伤势。而仿佛是感知到了我的想法一样，阿迦勒斯俯下了身体，他湿淋淋的长发上的水珠流泄而下，使我的视线更加模糊。潮湿而有力的蹼爪抚摸了一下我的头，接着探下去将我的身体一把捞起来，他宽阔的脊背将我托出了水面。

刹那间，阿迦勒斯的举动竟然使我想起了我那亡故多年的父亲。

为什么会有这种错觉？因为他对我的保护实在太像一个父辈对待一个孩童吗？

"嘿，哥们，你伤着哪儿了？"扑面而来的血腥味使我忍不住低声问道。

回应我的是一阵从胸腔传至耳膜的低鸣，可是我还未来得及辨清阿迦勒斯说了什么，不远处便响起了一声我从未听过的高亢嘶鸣。

阿迦勒斯警惕地抬起头来，咧开嘴发出了一声同样的鸣叫，只是他的声音更加沉重，听上去就像是放大了数倍重音提琴的拉弦声。听到这个声音的那一瞬间，我甚至错以为那是暴风雨前的雷鸣，同时感到一阵眩晕。这让我不禁猜想人鱼声波的频率足以造成非同一般的破坏力，甚至能够损害被攻击者的脑神经。

那高亢的鸣叫声离得更近了，我立即捂住耳朵扭头望去，发现那条红发人鱼竟然没有就此逃走，反而挑衅一般地用鱼尾高高支撑着自己。他直立在水中，双爪张在身体两侧，一副不肯善罢甘休的样子，仿佛随时会发动进攻的架势，似乎是因发现了阿迦勒斯的伤势而势在必得，神态甚至有些狂傲，眼睛妖光灼灼地盯着我的方向。

阿迦勒斯则立起身躯放开了我，没有半点避战的意思，鱼尾从海面下甩过一道长长的轨迹后露出了水面，横亘在我的身前，形成了一道隔开我和那条红发人鱼的坚固屏障。

我立刻注意到，这条人鱼的鱼尾与阿迦勒斯鱼尾出奇的长度相较要短了不少，这也许跟人鱼的年龄有关，阿迦勒斯可能是一名非常年长的人鱼。假如人鱼的种群制度跟狮子有某种程度的相似，我完全相信阿迦勒斯可能是人鱼种群中首领一类的存在。假如他被打败，很可能便会沦为被放逐的对象，下场会非常凄惨。

我觉得我一定是犯了强迫症而在这样紧张的情况下思考这些，事实上我的心跳剧烈无比，因为我压根没法阻止这场一触即发的、野兽种群内的争斗！

"等等，阿迦勒斯！你的伤！"

尽管知道阻止他的可能性微乎其微，我依然下意识地抓住了他的胳膊。这时我才发现被阿迦勒斯长发掩盖的脊背上染满了蓝色的血液，甚至浸透了半截发尾，可想而知那是一个怎样的伤口。我不由得一愣，背上本来因为惊险状况而几乎被神经遗忘的疼痛，霎时间又作起祟来。一种极度尖锐的刺痛在脊椎上蔓延，使我疼得弯下腰去，手指抠进了肩上的皮肉。

可恶，怎么会这样疼？

我咬着牙，知道自己必须忍耐，我不能此时向阿迦勒斯求助，否则他有可能会因为我而败北。于是在阿迦勒斯回头的瞬间我下意识地将自己埋进了水里，仅仅露出一个头颅，伤口重新被海水浸透的感觉就像在伤口上抹盐。我在海面下的身体因为这种刺激而剧烈地发着抖，可我依然紧抿着双唇直视着阿迦勒斯幽亮的双眼，深吸了口气，努力沉着地说道："嘿，你伤得不轻……能不能和那个不男不女的家伙……和平谈判？”

我知道我的话非常荒谬。谈判这种人类的章法在野兽种群中压根就不存在，可我依然企盼此时能有其他更好的方式来解决，因为我不希望、至少是不希望阿迦勒斯因为我而失去他首领的地位。天知道人类介入并影响野兽的种群关系是一件多么违背自然界规律的事情！

阿迦勒斯盯着我，睫羽下的眼底像藏着变幻莫测的波流，他的蹼爪轻轻地按在我的后脑勺上，像捧着自己初生的幼子。我惴惴不安地将目光投向我们之间流晃的波光上，猜测他的想法就如同妄图用手抓住这些海水一样徒劳。他像是在仔细考虑我的建议，又像是在用眼神暗示我的想法于他而言有多么幼稚。

我无法与他对视下去，我担心下一刻我的表情就因为疼痛而扭曲起来，不小心露出破绽，我皱着眉头：“喂，你到底有没有听懂我的话？”

话音未落，红发人鱼挑衅的高鸣再次响起，而我抬起头发现他逼近了几米，尾鳍在海面上掀起一道道高高的浪脊。他的脸朝着阿迦勒斯，细长上翘的眼睛却斜睨着我。他抬起一只手臂，展开蹼爪，手指一根根收拢，那猩红的嘴唇微微咧开，伸出舌头，意味分明地舔着唇畔，仿佛是一个要将我的鲜血吸尽的吸血恶魔。

而阿迦勒斯只是倨傲地昂起下巴，一只蹼爪按在我的头顶，似是如同一名王者般无声地警告着虎视眈眈的侵略者——我是他的战利品，决不容许别人染指。

他侧脸的线条锋芒毕露，眼神阴沉沉的，森白的獠牙甚至从嘴角露出，充斥着令人不寒而栗的杀机。

“我……会……回来……德赫罗……”

潮湿的蹼爪掠过我的额头，留下一道残留着冰冷温度的水痕。

　　我的心脏不由得揪紧，竟然为阿迦勒斯而感到担忧起来。尽管他并不是人类，可也许这几天共同经历生死，我已经不自觉地将他当成了我的患难之交，我的朋友，我的兄弟了。

　　目光向阿迦勒斯游远的方向追去，我看见他矫健的身姿一下子潜入了海面下，长长的黑色尾巴如满弦的大弓在月轮上划过一道弧形的影，唰的一下劈开了一道巨浪，最终完全隐匿在了黑暗的大海之中。而那条红发人鱼朝我不怀好意地看了一眼，也不甘落后地如一道飞镖般朝海水里扎了进去。

　　顷刻间，海上无风起浪，宛如海啸来袭般，翻卷起了层层巨波，连月轮也被掩盖住了一半。

Chapter 20

阴谋

我紧张地搜寻着海面下的影子，可身体被海浪抛得上下起伏，无边无际的海面上仿佛只有我一个活物。疼痛与寒冷同时折磨着我的神经，令我一刻也难以忍耐地待在海水里，我觉得假如时间再长一点，我可能就会因为失血而休克过去，并且在此之前我血液里的气味可能会引来鲨鱼或者其他掠食者。

谁知道在阿迦勒斯解决掉那条人鱼前还会不会出现其他人鱼和那种吞鳗一样的怪物！想到这里我不禁打了个寒战，可船呢？船现在已经开走多远了？

我向四面远眺，正一筹莫展之际，竟然望见了夜雾后隐隐约约透过来几束灯光。我立刻出了一身冷汗，起初以为那是一只大型鱼类的眼睛，可很快辨认出那是照明灯的灯亮，否则不会有那么强的穿透力，并且那些光在四处扫射着，显然是在搜寻什么。

那是一艘救生船！

我大喜过望，立即动身朝那个方向游去，越游越确定自己的想法，而且我还听到了几个人的叫喊声远远地传来，使我的精神一下子振奋起来，甚至连疼痛也不那么剧烈了。那是莱茵他们！他们趁乱控制了局势，太好了!

"嘿! 我在这儿! 伙计们!"

我扑腾着手脚迅速朝那个方向游去，老天，我不敢相信自己的速度竟然像一艘游艇那么快，在我游到莱茵他们面前时几乎将他们吓了一跳!

"德赫罗!"莱茵在看到我的瞬间惊呼了一声，伸出胳膊将我从水里猛地拖了出来，其他几个人都过来将我紧紧抱住，纷纷道:"太好了，你还活着!"

"够了，兄弟们，我活着呢，你再用力点，我的骨头可就要被你们掰碎了。"

我虚弱地抱怨着，他们才将我松开。我的身体终于得以放松地坐下来。莱茵坐在船头调转船的方向，马达声轰鸣起来，快速朝另一个方向驶去。我头一次觉得坐在船上的感觉那么舒适，尽管长达几个月的航行本来已经让我感到足够厌倦。旁边的几个水手为我披上了一件雨披，并体贴地递上了暖身的香烟。

我颤抖得犹如一个瘾君子般猛吸着，感动得连话也说不出来。

"嘿，看见你没事真好，我们的小华莱士。"一个水手拍了拍我的肩膀，紧张兮兮地回头望向我的身后，"刚才我看见那边的海浪很大，不会是那条怪鱼吧! 你是怎么逃出来的?"

我的心头一紧，猛地想起阿迦勒斯潜下海去时的那句话，整个人不禁呆了几秒，心口闷闷的，好像被一团海绵堵着，喘不上气来。肩上又被拍了一下，我才连忙摇摇头:"没，没什么。不是那条怪鱼，只是……起风了而已。"

"那条人鱼……"

"在哪儿?"我下意识地回过头去，海面上雾蒙蒙的，除了海浪和月轮，什么也没有。

"我是说，那条人鱼是不是逃走了？"水手追问道。

我有些尴尬地回过头，吸了口烟，心中仿佛瞬间长满了荆棘一样杂乱："我不知道，回去再说吧。"

我努力保持自己的目光望向船前方的海面上，忍耐着想要回头看看的冲动。然而莱茵却在此时回过头来，眉头皱得紧紧的，眼神复杂地望着我。

我假作没发现，吐出一口烟雾，眼神顺势随着烟雾溜走的方向投向遥远的海平面。

当天夜里，我们回到了之前那艘船上，只是控制这艘船的不再是那些在与怪鱼搏斗中死伤惨重的海盗们，我们重新夺回了主动权。他们一定没有料到劫持了我们却反倒把自己变成了替罪羊，不得不说命运难测。用我们邻国的一句古语来说，就是"风水轮流转"。

我们将这群运气不好的海盗以牙还牙地扔进了底舱，然后各自占据了船上的舱位分头休息。我的伤势有些严重，好在莱茵在船上搜到了一只医药箱。我本来执意要自己上药，无奈伤口在背上，只好让同样伤得不轻的莱茵代劳。

"忍着点，你的衣服和伤口黏在了一块。"莱茵在我身后低声道。

我点点头，好像一只死狗般乖乖地趴在床上，用牙咬住了枕头，故作轻松地比了一个 OK 的手势。

可我还没做好准备，背上就袭来一阵撕心裂肺的疼痛。我的手指立刻深深地抠进了床单，满头大汗地说道："老天，你不能下手轻点吗！"

莱茵没有回应我，一鼓作气地将衣服从我的伤口上分离开来，用淡水清理过后，用浸透药液的绷带把我的半个上身包了起来。

"谢谢。"我叼着烟，向莱茵道谢。

疼痛使我的声音都有些颤抖，我咳嗽了一声，看向窗外："尽管你骗了我，但还是谢谢你尝试保护我。只是，莱茵，我……并不是你失去的弟弟，你得明白这一点。"

"你相信世界上有神的存在吗，德赫罗？"莱茵摇摇头，在烟雾中闭上眼，"原本我也不信。在失去瑞德之后的那一年，我曾经向撒旦发誓，如果能让瑞德回到我的身边，我愿意向他献祭我的灵魂。于是我听凭他的意旨，让自己的双手充满鲜血和罪孽，你想象不到我杀了多少人……瑞德，我的弟弟，"他重新睁开眼睛，注视着我，"当那一天你出现在图书馆，拿起瑞德最喜欢的那本《白鲸记》时，我就知道，我做这一切都是值得的，你终于回到了我的身边，你就是他。"

我愣了一下，努力回忆着我跟他的初遇，却一点印象也没有："那只是个巧合，莱茵，你不能因为一本《白鲸记》就把我当成你弟弟的……什么替身或灵魂宿主之类的。"

他摆摆手，表示不必再说。

我知道跟他这种性格偏执的人争论下去根本不会有什么结果，为了打破这种气氛古怪的局面，我连忙蹲下身来整理起箱子里的药品，迅速处理起他身上的一些伤口："莱茵，我想知道现在这艘船打算去哪儿？我既然被卷进了你们的计划里，就有权知道这一点，请你告诉我。"

莱茵吸了一口气，沉默了一会儿："一个叫 Lemegeton 的地方。"

我的手不禁一抖："什么？"

莱茵："传说那里是人鱼栖息的岛屿，你听说过吗，德赫罗？"

我皱起眉头，不可置信地盯着他："你们去那儿干什么？"我想起白天在枪支上发现的那串美国军工厂的标志，心中咯噔一下，"莱茵，人鱼研究难道是军事行动吗？为什么美国海军要假扮海盗袭击我们的船只？"

莱茵的脸色一变："你竟然发现了？"

我嗤之以鼻地冷笑起来："我可是军事理论的满分学员，怎么可能看不懂那些标志。告诉我，到底是怎么回事？休想将我一个人蒙在鼓里。"

莱茵像是因为我突然改变的态度而感到惊讶，他审视一般地盯着我，就好像我摇身一变成了一个他不认识的陌生人。良久，他才摇了摇头，面孔像冰雕一样寒冷："向核心行动人员以外的人保守秘密，这是军方的命令，德赫罗。"似乎不愿与我多谈，他转身便走了出去，并关上了门。

我把头埋在枕头里，试图使自己什么也不要想，快速沉入睡眠，可心中却有种担忧徘徊不散。不知道阿迦勒斯怎么样了？他会被那条红发人鱼杀死吗？

眼前是一缕晨曦的阳光，温和的海风柔柔地扫在我的面颊上。自从前往冰岛以来，我很久没有感受过这样温和的天气了，我仿佛一下子回到了刚刚开始这段旅程的时候。

我在浓重的睡意中探出手去，想要触碰阳光的温度，却忽然看见自己的手指间多出了一层半透明的薄膜，在光线下透着淡淡的银色，我的指甲长而锋利，就像是人鱼的蹼爪。

我猛然被吓得睡意顿消，大叫着从床上坐了起来，反复察看自己的双手。

然而，什么也没有。

刚刚好像只是我一瞬间的错觉，尽管它那样真实。

我揉了揉额头，一定是这几天与阿迦勒斯接触多了，才会产生这种奇怪的幻觉。

我推开门，走上甲板，一鼓作气爬到高高的瞭望台上，望向无边无际的海面，下意识地搜寻着那个从昨晚就失踪了的身影。然而，一无所获。海风吹拂在我的脸上，海水此时是如此碧蓝而平静，反射着天穹上一大片一大片的云翳，犹如一片天空之镜。

大海浩瀚，亘古如斯，仿佛从未存在过这样一个阿迦勒斯。

他消失了吗？就如同他突然出现一般就此离去？

我的心里，突然变得空落落的，说不出是一种什么滋味。

PART 4
惊魂人鱼岛

我的耳膜在鼓动，

神经在突突直跳：

这就是传说中人鱼的歌唱？

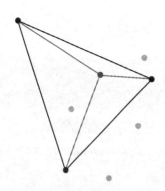

Chapter 21

上 岛

如果阿迦勒斯就此消失了的话，现在船又是在驶向何方呢？

我举目四望，却因为看见了那片云翳后若隐若现的一片轮廓而不禁愣住了。

我不由自主地站起身来，抓过瞭望台上的望远镜，朝镜头里望去。

海平面尽头的天空竟然是夜晚的颜色，好像被硬生生地分离出来的另一个世界。那片夜色中分明存在一座云雾缭绕的岛屿的轮廓，它的周遭散发着一层幽幽的青色雾霭，似乎是笼罩着水汽，仿佛海市蜃楼一般虚无缥缈。

我的心情骤然如海浪翻涌般激动起来，因为我知道，那并不是什么海市蜃楼，那是维诺格雷德博士口中的，人鱼栖息的浮岛，Lemegeton！

天哪！天哪！我们竟然抵达了！

片刻前想要逃走的念头顿时烟消云散，取而代之的是探索神秘之地的激动心情。

可同时，我又不禁想起在底舱里阿迦勒斯说的话，还有在海上遭遇的那条妖冶的红发人鱼，我雀跃的心不由得又落入胸腔，思绪变得复杂起来。

不知道登上人鱼岛会遭遇怎样的险境，希望我不会被除了阿迦勒斯以外的人鱼盯上。

看来，我必须得找莱茵练练防身术才行。我和他不能一直这么僵持下去，因为在登岛以后，他是我唯一可以作为队友的人。其他的人，都不可信。

我伸开自己的手掌看了看——我的手掌心只有一层薄而软的茧，是握笔磨出来的，看上去并不是善于搏斗的一双手。不过，我充分相信自己。

傍晚时分。

那座人鱼的浮岛已经不需要用望远镜就能辨清轮廓，它在海上茫茫的夜雾中散发着幽灵般的光亮。与白日里相比，它看起来更加神秘而诡异，令我的心里不禁冒出一股寒意。海风的温度此时也降了下来，使我汗毛耸立。

头顶的云压得很低，恐怕是又要刮风下雨了。

我连忙站起身来，沿着瞭望台的阶梯爬了下去。

在接下来的两三天时间里，所有人似乎都沉浸在即将抵达人鱼岛的紧张和激动里。我们的船只在与那只吞鳗交锋时受到了一些损伤，使得航行的速度变得很慢，水手需要在风平浪静的白日里进行抢修。

我得以在这段时间里休养生息，并且从莱茵那儿学了几招有效的防身术，并成功地搞到了一把锋利的军用匕首和一把轻巧的手枪。当然，这些都是瞒着莎卡拉尔的。显然莱茵是出于私心，他希望我能防备阿迦勒斯的突然出现。

只是，不知道为什么，阿迦勒斯似乎从那一天起，就消失了。

他回到人鱼的世界里去了吗？还是已经遭遇不测？

在我的笔尖在航海日志上写出最后一个句子的时候，我甚至有点难过，就像告别了一个生死相依的挚友。

我的脑海里不住地涌现着那双幽亮的瞳仁，低沉的鸣叫似乎萦绕在耳畔，还有他在生死之际挡在我面前的身影，以及顺着银发流淌下来的血滴。

我的手指一颤，笔尖长长的墨迹划开老长，染花了一大片的纸页。

在一周后的夜里，我们的船只终于接近了这座神秘的人鱼浮岛。可是当我们所有人都跑到甲板上打算欢呼时，却发现我们立刻就将面临严峻的处境。

——借着幽幽的浮光，我看见人鱼岛的海岸线周围遍布着奇形怪状的礁石，有不少礁石就跟刀锋一样锐利，又似乎是怪兽的利齿，只要有人胆敢踏足，便会将其撕成碎片。

可想而知，假如我们的船只从这儿过去一定会成为一堆破铜烂铁。

按照常理，我们应该等待白日登岛，可惜这座岛的周围并没有被阳光照射的机会，在我们一路前来的这几天里，它的周遭总是阴云密布，就像一只沉睡在黑夜里的巨大猛兽。

正在我们一筹莫展之时，一个拿着望远镜观望的水手忽然呼喊起来："嘿，嘿，你们看，那边有个天然的入口，我们可以从那儿进去！"

我顺着他手指的方向望去，果然望见远处若隐若现地呈现出一道类似海峡入口的构造，又或者说，它是一个露出海面的岩窟更加合适，只是不知道里面有多深。但是它的附近并没有露出海面的礁岩，尽管无法确定底下是否有致命的暗礁，可我们绝不可能一开始就贸然用救生艇划过去，或者下水游过去。

我们非常缓慢地驶近了那个海峡的入口。

幸运的是，在途中船只并没有磕碰到任何暗礁。可虽然海峡的入口足够容纳船身的体积，但它上部的岩壁上却有不少嶙峋的怪石，犹如犬牙交错。

假如我们将船开进去，不仅会损坏瞭望台，更会导致船身无法转向，进得去，出不来。

无奈之下，我们只好将救生艇放下了水，我们分作三组依次进入。不知道是出于什么用意，在莎卡拉尔的命令下，那些被关在底舱里的假海盗们也被五花大绑着押了出来，被塞到了我和莱茵他们几个的救生艇上。

马达被放缓到最慢的速度，当我们逐渐驶入这道海峡内部时，阴冷的幽风迎面袭来，沁入骨髓的凉意无孔不入地钻入毛孔内部，令我不由得裹紧了厚厚的救生衣。风灯照耀在深色的水面上，反射出一层粼粼的幽蓝波光，将每个人脸上微妙的恐惧都照得一清二楚。

随着越深入，我越觉得这道海峡的构造就像一只巨大鱼类的骨架内部，死气沉沉的，仿佛藏匿着数不尽的亡灵、恶鬼。我知道这里没有什么鬼，却存在着不知道多少只比恶鬼还可怕的人鱼，他们可能就藏身在这些岩壁与水面交接处的黑洞洞的暗窟里，静静地窥视着我们。

一种不寒而栗的毛骨悚然的感觉从脊背蔓延到大脑神经，我疑神疑鬼地握住了腰间的手枪，我总有一种错觉，仿佛那些在黑暗中忽明忽灭的微生物是人鱼的眼睛。

希望人鱼并没有发现我们这些不速之客，希望我们能顺利地通过海峡登上岸，至少在陆地上，我们是相对安全的。

"嘿，莎卡拉尔小姐，这儿真的像你父亲说的那样有人鱼的宝藏吗，遍地钻石，满山黄金？"

"是啊是啊，这里看上去……像个死人岛一样，真的有人鱼存在吗？至今为止，我们也只见过一条黑色的……"

"会不会来错了，莎卡拉尔小姐？

一个水手发问后，几个人七嘴八舌地接起了话茬。

"当然了，你们就放心吧，这次航行获得的酬劳多得你们这辈子也花不完。"一个笃定而冷酷的女声将讨论划上了句号。

我不禁一愣，疑惑地看向了莎卡拉尔，心想这不是政府搞得人鱼研究项目吗？什么时候又跟宝藏扯上联系了？

水光中莎卡拉尔的侧面异常冷静，似乎是因为感觉到我的目光，她微微撇头扫了我一眼，眼神里透露出了盘算意味。

我警惕起来，又侧头看向了莱茵，他却对我做了一个噤声的手势。

什么意思？

将我胁迫着同行，却又不让我知道真正的目的是什么，岂不是将我当作待宰的羔羊一样对待，到时候我连怎么死的都不知道？

这些水手看样子比我还要可怜，他们竟然以为这支队伍是支单纯的寻宝队。

真是……

我摸了摸腰间藏着的手枪，心想至少有一个莱茵是站在我这边的，不然他不会偷偷地将武器给我。

就在我这么想的时候，我突然注意到莱茵身后的水面下掠过了一道不同于船行水波的涟漪，接着一道泛光的弧形物体极快地闪了过去。

"有人鱼来了！"旁边的水手爆发出了一声大喊，我连忙一把捂住他的嘴，低声喝止，"蠢货！大叫会引来更多的，他们对声波非常敏感！"

说着，我的目光迅速在海面上扫过，心想，难道是阿迦勒斯跟来了？

这个念头冒出来的瞬间，我的心脏像擂鼓一样怦怦地乱跳起来，竟然隐隐升起一种不可名状的期待，我竟然希望在下一刻露出水面的是那张带着邪恶笑意的脸！

我窒息般地僵硬着身体，屏住呼吸，瞪大眼睛巡视着船附近泛起异样波痕的水面。

然而，一声"哗啦"的出水声后，浮出水面的头颅下是另一张陌生的苍白面孔。并且接着，两张，三张，四张，五张……

海峡两侧的水下暗窟里，涌现出了无数条人鱼的脸，苍白的手臂从黑暗深处探了出来，湿淋淋的蹼爪向我们张开，幽幽的眼珠散发着渴望的光芒，好像从地狱里爬出来的丧尸。

尽管，他们的面孔看上去都非常年轻，这样的情形却还是叫人如坠冰窖般胆寒。

他们渐渐地聚拢过来，而我此时更是一眼瞥见了曾经想对我下手的红发人鱼！

他在一波向我们聚拢的人鱼的簇拥下，从水面中升起了上半身，一双妖瞳噬人般地死死盯着我。

莱茵抓住了我的胳膊，将我向后拽了拽。我握住了腰间的枪，警惕地观察着周围的情况。说实在的，用真枪实弹与野生动物交锋绝对违反了我的个人原则，可在人身安全受到威胁的状况下，这也是无法避免的无奈之举。

　　莎卡拉尔拔出了背上扛着的长枪，全然显露出了一个女军官的锐利之态。她挥了挥手臂，朝另一艘押着那些假海盗的救生艇上的武装人员喊道："快，把他们扔下去！"

　　什么？我瞠目结舌，看见那些武装人员七手八脚，毫不犹豫地将那些昏迷的假海盗一个个扛了起来，像扔沙袋一样抛进了水中，并迅速和我们一同驶离了原地。顷刻间一波人鱼蜂拥而至，迅速朝那些人落水的地方潜了下去。

　　我看不见水面下的光景，也并不同情企图谋害我们的敌人，可一想象他们可能遭遇的下场便感到浑身发冷，更为莎卡拉尔的冷酷而毛骨悚然——试想一下这份冷酷用在我的身上……假使，莎卡拉尔认为我没有利用价值的话，会怎样对我？无非是一样的处置方式。

　　我吞咽了一口唾沫，抓牢了船沿。几大波的人鱼争夺着那些落入水中的倒霉蛋而停滞不前，却还有一小波尾随着我们紧追不舍，为首的就是那条红发人鱼。他的速度快得就像一枚飞梭，眨眼工夫距我们就只有咫尺之遥！

　　莎卡拉尔自言自语般地质疑道："怎么回事？"

　　我感到莱茵抓着我的胳膊一紧，似乎又感到莎卡拉尔的目光落在我的身上，使我如芒在背。我面无人色地瞥了莱茵一眼，却看见他也局促地望着莎卡拉尔的方向，紧紧地锁着眉头。

　　"是他……"莎卡拉尔的声音一沉，我的后脑勺猛地一阵发麻，"莱茵，动手。德赫罗现在已经不能留了。"

　　我的周身神经像炸了一下，身休的反应比大脑甚至更快，我一下子举起了枪，双手握牢了枪把，指着周围一圈人，从牙缝里挤出几个字："谁敢动我试试！"我盯着莎卡拉尔，恶狠狠地吼道，"我不会下这条船的，你凭什么决定别人的生死？要下去你下去，你这个歹毒的女人！"

　　莎卡拉尔蹙了蹙眉心，眼睛中目光闪烁："因为要达到目的，总是要付出一些代价的，只是你比较倒霉，恰好被选中成了诱饵而已。"说着，她梭巡了周围一圈，"你们几个还不动手，是想连宝藏的影子都没看到就死在这儿吗？"

　　船上的几个水手犹豫着面面相觑，却又最终不约而同地将目光投向了我。这些曾经朝夕相处的同伴的脸上，都露出了一种复杂情绪交织的神情，混杂着恐惧、痛苦、贪婪、渴求，最终呈现出来的样子，是那样的丑陋。

　　我的手腕发着抖，我的手里明明拿着可以保护自己的武器，却感到一阵阵彻骨的寒意："嘿，伙计们，别听她的，这个女人有一天也会这样对待你们！"

　　然而没有人回答我，回应我的只是一个个黑洞洞的枪口。我向后退了一步，撞在身后莱茵的身上，他牢牢地抓住了我的胳膊。莎卡拉尔大叫起来："莱茵，你在犹豫什么？你敢违抗命令？禁止情感左右我们的行动，在入伍第一天就是牢记的守则！还不动手？"

　　我机械地转动着头颅，看见莱茵的脸上血管暴突，他面色铁青地看着我，手臂的肌肉在止不住地发抖。我只能希望他仍然把我当作他弟弟的替身，可就在他迟疑、挣扎的关头，不知道是哪个混账将我猛地一推，我整个人就向船外坠去！

　　我的身体一下子沉进咸涩的海水里，双腿被一双恶魔般的蹼爪攥紧，向下拖去！

　　莱茵撕心裂肺地吼起来："德赫罗，德赫罗！瑞德！瑞德！"

　　莱茵的声音随着光亮迅速一起逝去，深入骨髓的恐惧和绝望像四面八方涌入口鼻的海水一样要将我溺毙。

　　阿迦勒斯……阿迦勒斯……

　　我在极度的恐慌和无助中，拼命地在心底呼喊着这个名字。

　　而下一刻，不知道是否是我的幻觉，我突然听见了一声宛如大提琴的拉弦声般低沉的鸣叫，遥遥地传了过来。

Chapter 22

争斗

阿迦勒斯！

远处传来的声音在海水中听起来混沌不堪，在我混乱的脑海中却宛如爆炸一样。我立刻挣扎着蹬开了那些企图抓住我脚踝的手臂，竭尽全力地向上游去。

露出水面的瞬间，我张大嘴猛吸了一口气，捂着喉部剧烈地咳嗽了几下，胡乱扒拉开黏附在脸上的发丝。头顶上隐隐地透出光亮，斑驳的光落在水面上，使我恍惚看见，那些阴影里若隐若现地藏着无数双虎视眈眈的幽瞳。

我惊恐万分地扑腾着水花，靠在了身后的岩壁上，大气也不敢出。

然而那些人鱼也似乎在忌惮着什么一样，并没有直接围拢过来，蠢蠢欲动地发出饥渴难耐的吞咽声，却陆陆续续地向我被拖拽进来的那个暗窟入口游去，宛如虔诚的臣子一样低下了头颅，仿佛在迎接一个君主的到来。

阿迦勒斯的低鸣声越来越近了，我的心跳也像被海浪颠簸着一样越发剧烈，摸索着身旁的岩壁开始向上爬，人鱼们的注意力似乎都被阿迦勒斯的鸣叫吸引，并没有注意到我的行为。然而，就在阿迦勒斯的声音渐渐接近了洞口的时候，我感到脚踝猛地一紧，低头时，只见底下掠过一道暗红色的影子。还没来得及惊叫，我整个人便一下子跌回了水中，紧接着腰间被一只蛛丝般柔韧有力的手臂紧紧地勒住，又将我从水中带了出来。

我因为这猝不及防的变故而大口喘息着，神经犹如被骤然拉紧又松开一般颤抖，目光掠到腰间一双湿淋淋的苍白蹼爪，我知道把我擒举在半空中的这个家伙一定是那条妖异的红发人鱼。

我这才发现，并不是所有的人鱼都做出了忌惮阿迦勒斯的姿态，还有一部分围绕在这条挟制着我的红发人鱼附近，众星拱月一般地簇拥着他，数量与聚拢在暗ान入口迎接阿迦勒斯的那一波不相上下。

我猛然意识到，我很可能被卷进了这个野兽族群里的首领之争中。这条红发人鱼想要争夺我的原因，也许并不是因为他真的想吃了我，而是他通过某种途径而得知我是阿迦勒斯的战利品，他要通过夺取我的这种方式挑战阿迦勒斯的地位和权威！

"该死的！放开我！"我努力地挣扎着，试图掰开勒着我的手臂，然而人鱼的蹼爪就像钢钳一般牢靠，并且似乎是为了压制我的反抗，那蹼爪上尖尖的指甲已经刺透了我的衣衫，划进了我的皮肉里。

血迹顺着我的腹部淌下一丝鲜红的细线，耳边传来一串我听不懂的诅咒式的低语。

我分辨得出那是一种警告的信号，这只人鱼并不在乎我的性命。

我丝毫不怀疑他会因为不耐烦而将我开膛破腹给阿迦勒斯看。而我此时更注意到这条红发人鱼露出水面的尾巴上有一道异常可怕的裂口，一大片鳞片不翼而飞，暴露出底下白森森的肌肉。可想而知，这是在与阿迦勒斯的激烈交锋中受的伤。

他想要复仇，他将我视作击败阿迦勒斯的破绽。

　　这时，暗窟里涌进来一大股海水，硕长的身影立刻从阴影里浮现了出来。

　　我心惊胆颤地盯着那个地方，恐惧同时犹如海水一般压迫着我的呼吸道，令我感到窒息。

　　我无法想象阿迦勒斯会有怎样的反应。即使他真的将我视为朋友，他会为了我而牺牲他在人鱼中的地位与权威。乃至自身的性命吗？

　　我这样想着，当阿迦勒斯从水里露出身体的时候，却令我大吃了一惊——

　　他的上半身上纵横着好几条大大小小的豁口，尽管已经凝结了一层白色的痂膜，却还是能看出这些伤口多深，而显然这些是人鱼的蹼爪划开的。这也许就是他这几天没有出现的原因。他在厮杀，在为首领的地位而战，也许是夺回，也许是在竞争。

　　他高高地擎立在水中，被红发人鱼的追随者围堵在几米开外，居高临下地俯视着我们。他的目光先是落在我的脸上，又停留在亵玩着我的蹼爪上，狭长的眼睛眯着，眼底一点幽光也没有，只是深不见底的暗色，眼神阴鸷狠戾到了极点，像一只剧毒的蝎子。

　　我深吸了一口气，被他看得浑身冰冷。阿迦勒斯的状态与他面对那些海盗的暴烈情绪截然不同，我甚至有一种错觉，他不是我接触过的那只野兽，好像他在这几天时间里，已经脱胎换骨化成了一名死神，一台无情无欲的杀戮机器。

　　他到底是赶来救我的，或者只是因为恰巧这里是争夺首领地位的必经之地？

　　我犹豫而恐慌地心想，因为我实在不敢相信或者奢望阿迦勒斯在意我这个异族存在胜于他的地位。可当咽喉被红发人鱼的蹼爪紧紧地扼住，我依然本能地从牙缝中挤出了几个嘶哑的音节："阿迦……勒斯！"

突然，面前掀起了一道水柱，阿迦勒斯的身躯从水中暴涨出了几米高度。他长而粗韧的鱼尾犹如致命的鞭子一样狠狠地扫过了面前十几个向他扑袭的人鱼，一眨眼就越过了面前的包围圈，却又在咫尺之遥悬停在空中，一副倾身而下蓄势待发的姿态。

他的目光落在我被扼住的颈部，又迅速滑到我已经血肉模糊的腰部，下颌的线条因为咬牙而像刀刃边缘一样锋利。高高举起的蹼爪就那么悬在半空中，攥成拳头收紧了，我甚至听到了骨节挤压的咯咯声，那苍白的手指间溢出了蓝色的血液，一滴一滴地落入水中，明明是轻微的响声，此时听来却让我觉得无比心悸。

我混乱又矛盾地大睁着眼睛看着他的神色，心里升腾起了一丝希望，这希望却又使我万箭穿心一样难受。我攥紧了拳头，突然看见阿迦勒斯露出尖尖的獠牙，目光扎向我的身后，发出了一声我全然听不懂的嘶吼："fa aren me sai miya..."

那一定是人鱼的语言，红发人鱼立刻做出了回应，他靠在我的耳边发出了一声令人不寒而栗的冷笑，极快地吐出了一串音节。下一刻，阿迦勒斯背后那些残兵败将顷刻间又卷土重来，一拥而上，压制住了阿迦勒斯的尾巴，数双蹼爪撕扯他的鳞片，纷纷将他们的指甲深深地刺进那条浑然一体的黑色兵器上的细小缝隙里，企图撕开他的鱼尾表皮。

"阿迦勒斯！"我从被挤压的喉部里发出破碎的叫喊。我看见阿迦勒斯手臂的肌肉因为吃疼而在微微抽搐，上半身却一动也未动、像一尊钢铁铸像。我无法想象被剥开鳞片的感觉有多疼，却感到那些蹼爪仿佛抓挠在我心脏上，胸腔的疼痛远远超过了腰腹皮肉撕裂的痛苦。这种心痛逼得我猛地一弯腰，任由腰间的蹼爪深深地刺进了我的肌肉里，我则得以一把拔出了别在小腿处的匕首，捅向了身后！

　　耳边爆发出了一声凄厉的大吼，我的身体被松了开来，扑通一下落进了水里。

　　一阵巨浪迎面袭来，将我整个人一下子拍得撞在了岩壁上。

　　透过被水模糊的视线，我看见阿迦勒斯的鱼尾从水面中翻腾而起，化作一道黑色的闪电迅速地劈开了那些蹼爪的桎梏，将企图扑袭他的身影重重地砸进了水里。

　　那条红发人鱼被我刺伤了左肋，却还不甘示弱地伺机从背后袭击阿迦勒斯，却被他的镰刀般的尾鳍直劈而下，刚刚掀出水面的鱼尾立刻被削掉了一大块鳞片，立刻惨叫着缩回了阴影的角落里，一双妖瞳却还不死心地盯着阿迦勒斯。

　　但我此刻再清楚不过，这条人鱼已经不是阿迦勒斯的对手了。

　　或者说，他从来就不是。

　　我捂着腰部，躲在黑暗处望着斑驳的光线下那个黑色的身影。阿迦勒斯很强，强得不可思议，我到底招惹了一条什么样的人鱼？我遇到的竟然是这个族群中的首领？

　　老天，德赫罗，该说你的运气是好还是坏？

Chapter 23

伙伴

"德赫罗……过来。"

就在我盯着阿迦勒斯的侧脸的时候，他也像感应到了一样撇过脸来，望着我，伸出了蹼爪，向我弯曲着手指。

我靠着墙壁，只是愣了一下，便看见黑暗处红光一闪，那条死不认输的挑衅者又气势汹汹地向阿迦勒斯杀了回去。一股巨浪翻涌，后边的残兵败更跟阿迦勒斯的拥护者缠斗在了一起，暗窟里响彻着令人胆战心惊的嘶吼。

我发誓人鱼之间的厮杀比我见过的任何一个猛兽种群都要让人感到触目惊心。

空气中弥漫出了一股浓烈的血腥味。

我紧紧地贴着墙壁，冰凉、颤抖的手捂住口鼻，几乎要吐了。我突然感觉自己置身于那个名叫恐怖蜡像馆的电影里，又或者回到了做某次实习报告时的医院的尸池里，目睹这一切让我的精神有点不堪重负，不由得无比希望能有条出路让我逃离这个混乱的修罗场。

就在这个时候，我竟突然在头顶听见了一个声音："德赫罗，德赫罗！快上来！"

那居然是达文希的声音！我还以为自己出现了幻觉，然而当我抬头望去的时候，我立刻看见一截绳索垂在我的头顶，上方的光亮里透出几个人模糊的轮廓。天哪！我抹了抹脸上的水，一把抓住了绳索，强忍着腰部的疼痛捆住了身体，被上方的力道拖拽上去。

我很快脱离了水面几米高，可神经仿佛还被牢牢地牵系在阿迦勒斯的身上，使我不得不竭力压抑着回头看他的冲动。

然而我清楚阿迦勒斯已经占了绝对优势，并且，假如我一个人类继续待在人鱼的巢穴里只会引起更大的混乱，我不可能靠阿迦勒斯一直保护，还是趁早离开的好。

在探出洞穴的一刹那，几双手臂将我纷纷扶住。我起抬头，便惊讶地看见了几张我再熟悉不过的面孔。他们竟然是我的同班同学，除了达文希以外，还有我的师兄拉法尔，师姐伊娃，还有一些身强力壮的武装人员，看上去应该是雇佣兵一类的人物。

在危难时刻与朋友们意外聚首的激动使我一下子鼻子酸了，跟他们在一起，我再也不用担心像被莱茵他们丢弃。我强忍住了抱住他们痛哭一场的冲动，低声道："嘿，伙计们，我们得赶快离开这儿，下面十分危险！"

"嘿，哥们，你看上去伤得不轻啊！"拉法尔盯着我的腰部皱起了眉，并招呼几个武装人员将我架了起来。

拉法尔是丛林生物学家，在陌生的野外环境里的生存经验十分丰富，在他的带领下，我们很快撤离了洞穴上方，在丛林里一片淡水湖泊的附近落了脚。为了防止夜里遭到野兽的袭击，队伍里的人员爬到树上搭建简易的休息所。

入夜后，我们生起了一堆篝火，分吃食物。在晚餐时与其他人的交谈中，我了解到达文希他们比我和莱茵一队的人更先抵达了这里。而且我更进一步得知，达文希原本受到莎卡拉尔的邀请参与研究人鱼项目，并且是要一起前往人鱼岛的，可那天在深海实验室里他突然晕倒，醒来后，却被医护人员软禁在了医院里。他察觉到了一些阴谋的端倪，设法通知了拉法尔他们，并逃了出来。

也许是因为我们的船遭遇了海盗的缘故，他们竟然比我们更早到了一步。

"为什么在深海实验室里晕倒以后，莎卡拉尔就不让你参与计划了？"我问道。

"我不知道。"达文希神色凝重地摇了摇头，无可奈何地叹了口气，"但我猜想兴许莎卡拉尔一开始就在利用我，却不希望我触碰到她所隐藏的核心秘密——也许就隐藏在这座人鱼岛上。我的电子地图被莎卡拉尔盗走了，备份也被销毁，还好拉法尔修复了所有数据，否则我们一辈子也到不了这里。"

我用袖子抹了抹汗，暗自松了一口气，重新坐了下来，努力使自己保持平静，向他们一五一十地讲述了这些天发生的事。当然，我避重就轻地省略了阿迦勒斯出现的所有片段，着重提到了在船舱里发现带有美军兵工厂标识的事。

听完这一切，一直沉默不语的伊娃蹙起了纤细的眉毛："看来我们猜测得没错，这个计划是军事性质的，但是，是不正当的。"她抬起头，那双漂亮的蓝眼睛里闪烁着复杂的光芒，"几天前我请求过一位在海军部的朋友秘密调查了这位莎卡拉尔上校的资料，她在三个月前就已经因犯间谍罪被撤职，后来逃走了，只是这件事是机密，没有什么人知道。我想莱茵要么是与她一伙的，要么就是被蒙骗了。"

间谍罪？

我的心重重地沉了下去，就像沉入了一个深不见底的沼泽里的石头，胸口感觉闷闷的，透不过气来。我沉声道："我想，这很可能是希望俄罗斯与美国的冷战发展成明火战争的第三个国家干的事，不管怎么样，我们必须跟进莎卡拉尔的计划，看看她到底想干什么。"

"嗯。"拉法尔点了点头，拿出一个黑色的仪器，指着上面闪烁的绿色光点道，"看，我在这个岛上已经搜索到了一个无线电信号，在西边，离我们大概有四五公里，我想一定是莎卡拉尔他们，明天一早，我们就出发跟踪他们。"

"明白。"达文希和我异口同声地回答道，他冲我笑了笑，"如果可以，我们就阻止这个间谍，并抓获她，押回俄罗斯。"

"没错，我们能办到的！我们是圣彼得堡航海学院最优秀的学生，我们为捍卫海军部而战，为捍卫俄罗斯而战。"

火光灼灼中，我们的手互相握在了一起，几张熟悉的脸不禁相视而笑。我们血液仿佛流淌在彼此的血管里，那样的热血，那样的富有力量，好像一瞬间又回到了当初严酷的军训结束后，我们昂头挺胸，一同踏入圣彼得堡航海学院门坎的岁月。这样的时刻，我想我直至年老，直至生命消逝，也无法忘怀。

不知不觉已近深夜，岛上起了浓雾，周遭的一切都像蒙在纱帐里，为无法揣测的危险提供了绝好的掩护。为了保证生命安全，我们搭了吊床用于休息。

我躺进简易的吊床里，身体终于得以完全放松下来，心中却久久不能平静下来。不仅是因为腰部经过缝合的伤口因为麻药散去而已经开始感到隐隐作痛，更因为，我的脑海中止不住地回想起今天在人鱼巢穴里的遭遇。我望着头顶的深蓝色的天穹，眼前却不住地浮现着阿迦勒斯在我受到威胁时，一动不动地承受着被剥开鳞片的痛楚的身影。

我甚至清晰地记得他那时的眼神，让我的整颗心脏都紧缩起来。我不住地猜想我离开人鱼巢以后，阿迦勒斯是否会像上次一样追来，然后躲在黑暗的某处，静静地窥视着我，伺机偷袭。我禁不住翻身坐了起来，神经质地望了望四周，然后，目光不由得停在了不远处的湖泊上漂浮的浓雾里。

不知道是否是心理作用而产生的幻觉，我似乎看见湖心中有一抹若隐若现的影子。

是阿迦勒斯吗……

我的心脏一下子提到了嗓子眼，暗自猜测着。

我想说服自己是看错了，心底却仿佛有个声音在蛊惑着我，它告诉我，那就是他。

我下意识地想拍醒身旁的拉法尔，然而手却悬在空中，停住了。

一种莫名的冲动从心底升腾而起，使我攥紧了拳头。我意识到我其实很想看看阿迦勒斯，至少确定他没有在那场斯杀中落下重伤，因为他是为救我而来的。这样想着，我蹑手蹑脚地绕过了拉法尔，顺手取走了手电筒、匕首，和一卷酒精纱布。我抓着树干，尽量不发出大动静，小心翼翼地滑下了树，慢慢地在夜雾中接近湖泊。

我打开了手电筒，一手握牢匕首，警惕地提防着周围，半蹲着身体前进，这样是以防突然有什么野兽扑出来，我可以立即蹲下滚出它的攻击范围并保护脆弱的腹部。

湖泊上激滟着一层幽绿色的光芒，一些类似于萤火虫的光点漂浮在水面上，似乎是某些会发光的小型虾鱼，在淡水湖里是很少见的。

我在湖泊的浅滩上向湖中心张望着，借着湖水本身的光晕，我看见湖中心一块露出水面的岩石上倚靠着一道硕长的身影，依稀可辨那长而粗的鱼尾盘踞在岩石底部，因为他黑色的表面在一片蓝绿的水光中看起来格外显眼。

那的的确确是阿迦勒斯，他一动也不动，静静的，宛如一座石雕。

他在休憩，也许是因为受伤了而休养生息。我突然意识到也许我们误打误撞地来到人鱼首领的地盘里，这里说不定是他的寝居！

我确信自己并不是在做梦，或者出现了幻觉，却如同中了魔障一般，情不自禁地迈开步子，向湖泊中一步一步走去。

当水接触到我的身体的那一刻，我不禁又有些想退缩，我拼命地劝阻自己不要去招惹这只猛兽，却依旧被相反的冲动占据了上风——只看一眼就悄悄地溜回去，阿迦勒斯经过白天的战斗一定疲累极了，只要小心一点儿……

毕竟，他受伤的主要原因在我，我怎么也该探望他一下的，不是吗？

我咽了口唾沫，将自己埋进水里，只露出一个头，缓慢地向那块岩石游去。

慢慢地，我终于游到了阿迦勒斯的近前。

他似乎一点儿也没有察觉到我的接近，呼吸声绵长悠远，古瓷般的胸膛有韵律地起伏着，深凹的眉骨下眼皮安静地合着，睫毛在脸颊下染开一大片浓如墨水的阴影。

湖面上的幽光流泻在他湿润的银灰色的头发和苍白的皮肤上，把他肌肉的轮廓与身体线条勾勒得雄浑凌厉，蕴藏着随时会爆发出来的原始野性，看上去就像一尊藏馆里由古老的艺术家雕塑的希腊雕像。

当尝试着用人类的美学来看时，尽管这种野兽与生俱来的邪戾让他看起来绝非善类，但他的确长得很帅气，或者说，异常英俊。

作为一个男人，我想不出什么其他矫情的词藻来形容他，我只能比较，假使他是一名人类，即使待在我的学校这种遍地俊男美女的地方，也绝对是一名惹眼的佼佼者。

我将目光从他的脸上挪开，却又不自禁地滑落到水面上露出来的那一截鱼尾上，那些鱼鳞流转着琉璃色的光泽，细细密密地紧紧连结，好像无缝可趁的锁子甲，看上去白天的袭击者们的爪子并没有给他造成什么实质伤害。

为了确定自己的想法，我不由自主地将手掌轻轻放了上去，顺着那些鳞片细细地抚过去，检查他的伤势。我很高兴，它们仍然完好如初。

就在我缩回手准备离开时，目光却猝不及防地撞进了一双幽亮的瞳仁里。

阿迦勒斯不知何时已经醒了过来。他低着头，正意味深长地俯视着我，嘴角若有似无地勾着。

Chapter 24

礼物

"对不起……打扰你休息了！"

我胡言乱语地挤出了几个字，拔腿就想溜，可被身下的鱼尾一绊，我便一个趔趄，一头栽进了水里。呛了口水，身下的鱼尾一动，将我卷住，托出了水面。

"哗啦——"

我一抬头，就正对上了阿迦勒斯的双眼。那双暗光涌动的瞳仁凝视着我，有种复杂难辨的危险意味，我直觉，那其中有恼怒的成分——或许，是因为我的失信。

我真的害怕与他这样对视。因为每当这样对视时，我便感觉到阿迦勒斯的眼睛似乎有种黑洞一般的力量，仿佛能够控制和吞噬人的灵魂，着实令人感到毛骨悚然。

我缩了缩脖子，没话找话地问道："阿迦勒斯，我……谢谢你救了我。你……好些了吗？"

一边说着，我一边向后退去，却被他横亘在身后的鱼尾挡住了去路。我的小腿与他的鱼尾紧贴，感到一阵奇怪的刺痒，便探手下去挠了挠。

　　一挠之下，我的指尖却触到了几片微硬的凸起——那触感，就像是……鳞。

　　我吓了一大跳，慌忙把小腿抬起来看，我立刻睁大了眼睛。

　　清冷的月光透过水面落在我的小腿上，那一片被我挠过的皮肤泛着半透明的银色光泽，赫然是数片细密如同阿迦勒斯的鱼尾上的鳞片。我打了个寒战，难以相信自己看到了什么，跟跄着后退了一步，几乎跌坐进水里，瞪着阿迦勒斯，喃喃地问道："我是怎么了？"

　　他盯着我，唇角又似笑非笑地勾起来，露出一抹神秘莫测的笑意。

　　"是你吗……"我的心中冒出一个不可思议的猜想，浑身汗毛耸立，"是你吗？阿迦勒斯，是你对我做了什么？"

　　他竖起一根手指，抵在唇上，宛如一个述说古老预言的先知，低头凑近我的脸，低声吟语："很快……你会……知道。"

　　恐惧从我的每个毛孔里钻了出来，与此同时，我的心里也涌起一股怒火。这条人鱼到底想对我干什么？他简直就像一个不可预测其行为的妖魔，将我把控在掌心！他难道对我施加了什么诅咒吗？也许这才是他救我性命的目的？

　　我扑上去，一把扼住他的脖颈，拔出了腰间别着的匕首，抵在他的颈间，用颤抖着的声音逼问："你对我做了什么？阿迦勒斯？"

　　他静静地俯视着我，似乎并未被抵在咽喉处的匕首触怒，深邃、幽暗的眼瞳倒映着我小小的影子，仿佛我只是一个无知的冒犯了他这个天神与长辈的孩童，他丝毫不以为意。

　　而我也明白，这柄匕首的确对他造成不了什么威胁——他轻而易举地就可以将我开膛剖腹，撕成碎片，又或者用鱼尾把我拍进水里溺毙……可他什么也没做，他甚至故意稍稍仰起了头，露出修长有力的脖子，将最脆弱的动脉暴露在我的刀刃下，一只蹼爪轻轻地攥住了我的手腕。

"德赫罗……别……害怕……这是个礼物。"

他用混杂的俄语与英语,一字一句地说道,语气温柔得几近蛊惑。

"礼物?"

我摇摇头,感到困惑而恐慌。

"Yes... 礼物。"他低沉地重复着。

见他的蹼爪向我伸来,我急忙后退,却被他的鱼尾紧紧卷住。

他的蹼爪径直探向我的腰腹,那一瞬间,我错以为自己会被他开膛剖腹,却没料到他全然是另一种举动——我怔怔地看着阿迦勒斯抬起蹼爪试图解开那些绷带,他皱起眉,明显是对这些难缠的专业的包扎方式感到不耐烦,却无比细致地,甚至是小心翼翼地用足以匹敌刀锋的指尖拨弄着。人鱼手指间生长着的半透明蹼膜其实让阿迦勒斯一点也不擅长十这种活计,他却好像生怕碰着我的伤口似的,神态笨拙而认真,简直像面对一个高级数学难题的小学生。不得不说此时的神态出现在这只强大的猛兽身上,着实有些滑稽。

"看吧。"

绷带被剥落下来,我惊讶地睁开眼睛,看见我那几道缝合的伤口上竟然都生出了一层白色的薄膜,就像阿迦勒斯的伤口上会生长的那种新生组织,而薄膜内里,伤口已经愈合得差不多了。

我张大嘴,颤抖着手想去触碰那里,却被阿迦勒斯抓住了手腕。

我抬起头,看见他正盯着我的伤处,眉头微微皱起来:"你太弱了……我该给你……更多。"

我也皱起眉头,有种不好的预感。给我更多什么?我的身体已经发生了奇怪的变化,绝不能再接受什么人鱼的礼物!

我下意识地甩开阿迦勒斯的蹼爪,却被他用强壮的手臂钳制得退无可退。他幽暗的双眸紧盯着我，将我推到身后的岩石上，俯下身来，凑近我的颈侧。我惊恐得浑身僵硬，他要做什么？想要咬我吗？

对了，他上次在深海实验室已经这么干过！

这个念头闪过脑海的一瞬间，颈侧已经传来被利齿刺穿的刺痛！

"啊啊啊啊啊啊——"

我惊叫着坐起身来，粗重地喘息着。

这居然是一个噩梦。可这个梦境真实极了……我的身上湿淋淋的不知道是水是汗，仿佛真的去了一趟湖中，颈侧似乎也还残留着被阿迦勒斯咬中的刺痛。我摸了一把颈侧，居然感到……那个地方真的有两个细小的齿痕，而与此同时，我也看到了——我的腰腹处，绷带已经裂开，而里面的伤口，正是梦境中的状况。

我不禁呆住了，目光向不远处的湖边缓缓挪去。弥漫的雾气里，一道身影若隐若现。

"嘿！德赫罗！"

肩头被猛地拍了一下，我吓得大叫一声，坐起身来，险些从吊床上翻下去。

伊娃一把扶住我，脸上满是紧张的神色："快起来，德赫罗，达文希不见了！"

"什么？"我连忙跳下吊床，穿好外套和鞋子，"怎么回事？"

"刚才达文希和我换岗值夜，说去方便一下，结果去了树林就没回来。我刚才听见了一些动静，他可能出了什么事！说不定是被什么野兽袭击了！"

"喂，看看我发现了什么！"拉法尔和几个人从另外一侧跑过来，将手心摊开给我们看——那赫然是几片闪闪发亮的深红色鳞片。

　　我立刻便想起了那只妖冶的红发人鱼，心底发寒："人鱼？"

　　我想起人鱼巢穴里的可怕情形，只要推测一下达文希可能的遭遇，我的心底立即升腾起一阵毛骨悚然之感，冒出了一背冷汗。

　　我攥紧了拳头抵在嘴边："老天啊……伊娃，我们必须快点将达文希救回来！"

　　就在这个时候，我突然听见了一阵滴滴滴的响声，一阵杂乱的电流声从伊娃的身上响了起来。她的脸色立刻就变了，立即从口袋里拿出了一只对讲机："喂，喂，达文希，是你吗？能听到我的声音吗？"

　　我紧张至极地盯着那只对讲机，里面发出了一阵断断续续的嘶嘶声："救……我，救我……"

　　那是达文希的声音！我一把抢过对讲机："喂，喂！达文希，你在哪儿？"

　　然而再也听不到任何他的回应，只是一段更为杂乱的声响，依稀可辨是对讲机落入水里后的那种声音。我的心沉沉一坠，宛如落入万丈深渊——如果是这样，我们和达文希唯一的联络会很快断掉，只能像没头苍蝇一样追寻他的踪迹。

　　也许依靠阿迦勒斯，能找到达文希……

　　我回头向湖泊的方向望去，可那道身影已经消失不见了。

　　"嘿！我刚刚看到了达文希的坐标！"

　　拉法尔朝我们急切地冲了过来，他举起手上的电子地图，指着右上角离莱茵他们的光标不远处的一个位置道："我刚刚看见这儿亮了一个点，是达文希的无线电信号！走，我们这就出发！"

　　我们简单地规划了一下路线，就收拾东西踏上了营救达文希的征途。因为无线电的信号是无法隐藏的，可以被相互搜索的，一旦我们与莎卡拉尔他们狭路相逢，就不可避免地会引发一场厮杀。为了有效地避开莱茵他们，我们选择了与他们的路线截然不同的另一条路，他们沿着海岸线行进，而我们则从岛中穿过去。

相比较而言，这样路线更短，但坏处是也更容易遭遇丛林里其他的危险，不过有拉法尔这样经验丰富的丛林生物学家和探险家带领，总比选择海岸线路线使我们陷入被人鱼袭击和与莎卡拉尔他们交锋那样腹背遭袭的境地要保险得多。

在电子地图上确定了行进线路后，我们便组织好了队形，小心翼翼地朝幽深的丛林里进发。

人鱼岛上好像永远没有真正意义上的白昼，有的仅仅是月光的亮度的区别。此时我们的手表上明明显示的是上午八点，然而这里的夜色却比昨晚更浓了，连唯一起照明作用的月光也隐没了踪影，四周雾蒙蒙的树影中漂浮着零零星星的幽蓝色的光团，就像坟墓里随处可见的鬼火。

我们保持着高度警惕，各自举着手上的枪，一边沿着路线行进，一边观察着周围的动静。

"嘿，你们看，那是什么东西？指南针一直指着它的方向晃动，好像有磁场存在。"

前面一个武装人员忽然叫了起来，借着高强聚的手电光照射的方向，我隐约看见前方一片低矮的灌木丛中露出了一个灰白色的轮廓。那竟然是一个类似圆柱体的残缺底座，上面似乎能看见一些雕凿的痕迹，也许这上面原本是类似雕像的人造物。

"看哪儿，那个方向也有，老天，这里有很多……"

强光手电筒向周围扫照了一圈，我立即发现我们的周围不知何时出现了不少这样灰白色的残垣断壁，有一个就在我的身边。我立即蹲下去用手电筒照着观察。眼前的是一个球状的灰白色建筑的顶

部，有一部分还埋在地下，看不见它的整体轮廓。我隐约觉得这像
是一个墓的一部分。

它的上面覆盖着很多潮湿的藤条，我小心翼翼地用树枝扒拉开，
窥见石壁上刻着密密麻麻的无法辨认的奇特符号。我更在顶端发现
了一个类似蜥蜴状的立体雕塑，似乎古老的墓碑上都会雕凿的守护
神兽，起着守护亡者灵魂的作用。它们昭示着自己的古老历史和在
这个岛屿上留下的文明印记。

伊娃喃喃地惊叹着："遗迹。这些是人鱼文明的遗迹！"

"天啊……"我低声赞叹道，不可置信地握紧了手电筒。

原来人鱼的文明并不是虚无飘渺的传说，它们是真实存在的。
我突然理解为什么阿迦勒斯具有那样高的智力和情商，因为人鱼跟
人类一样具有古老的文明，他们并不是未开化的蛮族。这里也许真
如先人的传言所说，是亚特兰蒂斯遗留在海面上的一部分。

"嘿，我想我们应该敲下一块带走，这可是无价之宝！"

拉法尔身边的一个家伙提议道。说着，他抓起枪就向最近的一
块遗迹接近，却被拉法尔一把拽住了胳膊："等等！别乱动，这里
的地面有些不对劲！"

我也一下子警惕起来，只见拉法尔蹲下身去，捡起了一块大个
的石头，用力掷在了前方，下一刻却没有听到正常的闷响，地面上
发出了"咕咚"一声，石头悄然无息地消失在了落地之处。

所有人都不约而同地倒吸了一口凉气。

前方，或者说我们所踩的地面的周围，是一片无法确定其范围
的沼泽。

"窸窸窣窣……"

这时，不知道从哪儿传来了一阵什么东西在树木里快速穿梭的
声音，整个队伍立刻戒备起来，分头向四周张望。

　　突然间，我看见西面的不远处，一个脸盆大小的三角形黑色轮廓自地面之下浮了上来，布满盔甲般鳞片的头颅下，狰狞的暗红色的兽瞳正散发着嗜血的光芒，紧紧地盯着我们。

Chapter 25

喂食

"上帝啊，那是什么东西？"

一个人大吼起来，我们如梦初醒，枪口纷纷对准了从沼泽里浮起来的不明生物，却听到拉法尔低声喝道："别动，这是一种巨蜥！蜥蜴对移动的东西尤其敏感，我们动得越快，死得越快！"

一个武装人员低声说："你们蹲下来，慢慢沿原路退回去。"说着他扭头对他身后的几个同伴比了比几个手势，几个人心领神会地点了点头，这似乎是雇佣兵战斗中常见的布局暗号。

我们按照这些经验丰富的雇佣兵的指示蹲下身来，一边紧盯着那个红眼睛的怪物，以防它突然暴起袭击，一边小心翼翼地挪动身形退到一些树木的掩护范围中去。

可此时，说时迟，那时快，沼泽中突然掀起一波污浪泥涛！

一个巨大的黑色轮廓仰立起来，霎时间泥水中翻出一张布满利齿的血盆大口，深紫色染满毒液的舌头在半空中甩过，勾曲的锋利兽爪宛如掘土机一般深深地扎进地里，然后弓起生着伞状翼膜的脊背虎视眈眈地盯着我们，嘴里发出了蛇一般嘶嘶的吐信声。

我惊愕无比地瞪大了眼睛——我发誓这不是任何一种能在生物

百科全书中找到品种名称的蜥蜴，这家伙的外形压根就像是在白垩纪存在的 Estesia，一种以幼小的恐龙和恐龙蛋为食的巨蜥！

天知道这种地方怎么会存在早已灭绝的生物！

出乎意料的是，巨蜥并没有立即发动攻击，它静静地蛰伏在那儿，斗大的红色眼珠正如监视器的镜头一般向两个不同的方向转动着，似乎在观察着我们这群蝼蚁般的生物，蓄势待发。我不知道它那沾满毒液的舌头是否会如同变色龙一样具备致命的捕猎技巧，假如这样，即使我们手上持枪也难以与它抗衡。

紧张使我的汗液不断地从每个毛孔里冒出来，我一动也不敢动，牢牢地端着手上的枪对准巨蜥的嘴巴。

伊娃因恐惧而紧贴在我的背后，我感觉到她在微微颤抖，不由得担心她会突然失控地惊叫或者逃跑。为了安抚伊娃的情绪，我一只手探下去，温柔而用力握了握她的手腕，而她抓着我衣角的手指更紧了。

这种下意识地依赖使我的心中油然升起了一种保护欲，惊骇都因此被盖过了几分。然而就在我勇气升高的一瞬间，我突然发现巨蜥其中的一只眼睛，正不偏不倚地在盯着我们的方向，然后，头颅也缓缓地转了过来，随之眯起了眼睛，静静地盯着我，又像是穿过我望向密林中遥远的深处。

我忽然感到这只古老的生物有些特别，因为它的样子并不像个饥饿的掠食者，它观察着我们的神态并不像在看一群猎物，更像是在看一群无知的蝼蚁，它仿佛是在思考我们的目的，我们的来头，我们是否值得它大开杀戒。

然而伊娃却颤抖得更厉害了。她的枪从我的肩膀上伸过去，瞄准了巨蜥的眼睛，而我一把抓住她的另一只手腕，低声警告道："别慌张，伊娃，冷静……"

　　我的话音因枪口处一声巨大的"嘭"的一声戛然而止，枪口腾升的一股烟雾中，一股惊人的后坐力将我和伊娃推得向后跌去，我的大脑充斥着嗡嗡的耳鸣声，一瞬间觉得天旋地转。

　　我晃了晃头刚站起来，便看见不远处巨蜥脖子上的伞状翼膜因被激怒而骤然撑得大开，朝我们发出了一声尖锐的嘶吼，攻击的姿态全然毕露！

　　"见鬼！"我大骂了一声，翻身抓起枪瞄准了它的头，而周围的武装人员也纷纷开了火，霎时炸开的枪林弹雨中它的头颅高高地仰起，紫红色的舌头从嘴巴中如利箭般朝我们直袭而来。

　　我和拉法尔立即叩动了扳机左右射击。奈何我的烂枪法一直找不着准头，却见那条舌头向鞭子一样径直朝我身旁的伊娃甩去。突然间她爆发出一声尖叫，慌不择路地打了一个趔趄，爬起来便朝树林深处逃去！

　　我肝胆欲裂地大吼了一声，纵身上去将她扑倒在地："别乱跑，伊娃！它首先袭击快速移动的猎物！"

　　话音未落，我便听见一阵穿林破叶的动静直朝我们袭来，便知道大事不妙，我急忙翻身起来，下意识地将伊娃护在身后。然而一道闪电般的紫红色影子刹那间已经袭至眼前，我条件反射般举起枪将头护住，却听见背后传来一阵动静，我整个人便被一股巨力抓着背襟向后拽去，一下子跌在本来在我身后的伊娃的几米开外，眼睁睁地看着她的双腿被巨蜥的舌头闪电般地一卷而起，眼看就要被那张满嘴利齿的血盆大口吞噬！

　　"不！"我冲上前去刚要开火，拉法尔便纵身一跃扑倒在巨蜥的嘴巴附近扫射起来。就听见不知道从哪而来的低沉的声音忽然响彻了整片密林——

　　"Eka...la...Miya..."

那是阿迦勒斯的声音！

一瞬间，我竟然看见那只巨蜥奇迹般地静止了下来，它的舌头仿佛是收到遥控的机械一般缓慢地松开了，已经吓得晕厥过去的伊娃滚落在了地上，而巨蜥闭上了那张噬人的血口，甚至闭上了那双吓人的红色眼睛，低下头颅匍匐在了地上。

这只凶悍的远古生物竟呈现出了一种毕恭毕敬的姿态，就仿佛是一个迎接神明的信徒。

我为这突然转变的局势而感到不可置信，目光在树林间搜寻着那个黑色的硕长的身影，然而，却一下子看见对面的几个武装人员和拉法尔用一种见鬼了的神情瞪着我的身后，并不约而同地举起了枪朝向我的斜后方。

我不用回头也意识到了我的身后有什么存在，而事实上我也同时看见了一条黑色的长长鱼尾不知道什么时候从后面绕了过来，卷住了我的脚踝。

我立即举起手做了一个 stop 的手势："别误会，这是我的……朋……"

潮湿冰凉的鳞片划过我的脚踝，我的喉咙打了个梗，挤出一个字："……友。"

一只苍白潮湿的蹼爪从后探来，一把抱起了我。拉法尔瞪得眼珠子都快掉了出来，我紧张地干笑了起来："咳，真的，他就是有点儿……过于……友好。"

"他是……我的朋友。"

阿迦勒斯将下巴靠在我的头顶，低沉的声音震得我的耳朵发麻。

我看见对面的所有人张大了嘴巴，我哭笑不得地摆着手，向他们解释来龙去脉："我忘记告诉你们了，这个大家伙是我在冰岛和莱茵他们捕捉到的，我曾经饲养过他一段时间，后来把他放生了……

我也不知道为什么会在这儿遇见他！"

听完我的话，拉法尔才从惊呆了的状态里苏醒过来，一把扶起了伊娃，不可思议地摇了摇头，盯着我和阿迦勒斯。他的眼神中糅杂着恐惧和惊叹："上帝啊……你遇到了一条会用英语交流的人鱼……德赫罗，你可真够走运的！"

谁知道到底是不是走运呢？谁知道阿迦勒斯到底使我的身体产生了什么异变？

我在腹诽着，企图挣脱他的胳膊，可阿迦勒斯一点放手的意思也没有。我仍然愿意相信，他此时的出现是出于好意，是想保护我的这个朋友……尽管他的"礼物"让我害怕，可阿迦勒斯毕竟救过我的性命，而且不止一次。

而拉法尔他们显然并没有相信阿迦勒斯是友好的，毕竟昨天有一只人鱼劫走了我们的同伴，从他们脸上的紧张程度就可以看出，此时的局势一触即发。

我不得不以退为进，故作冷静地对拉法尔他们说道："不如……让他暂且加入我们，他也许能够带我们找到达文希，并且阻止莎卡拉尔他们。看看，他还降服了那只怪兽。"

"你怎么知道这只人鱼会帮我们？袭击达文希的可是他的同类。人鱼都是非常凶猛的生物，这一点我们在登岛前就领教过了。"

拉法尔皱着眉，紧紧地盯着阿迦勒斯。几个武装人员并没有就此放松警惕，黑洞洞的枪口依旧指着我们的方向，其中一个家伙的情绪反应尤为激烈，他抓着枪栓，脸部的肌肉抽搐着，我毫不怀疑他随时会进行射击。

我可以想象他们在登上人鱼岛之前也与人鱼们交过锋，也许损失过几个同伴，所遭遇的惊险状况应该与我和莱茵他们不相上下。

"相信我，我能与他商量，我能说服他帮我们，好吗？这只大家伙看上去有点凶恶，但其实……很温顺……"我从牙缝里艰难地挤出这个形容词，并且伸出手，拍了拍阿迦勒斯的胳膊。

我看着半信半疑的他们强作微笑："嘿，你们看，是不是？就跟一条大海豚似的。"

作为回应，阿迦勒斯的一只蹼爪拍了拍我的脑袋，就像对待一个孩子似的。我涨红着脸咬了咬牙，不动声色地踹了一脚他的尾鳍。

由于我的协调工作干得不错，拉法尔他们终于放弃了与阿迦勒斯对峙，而那条巨蜥不知道为什么真的臣服于阿迦勒斯，在他的驱赶下顺从地潜回了沼泽。

这片密林恢复了我们刚进入时的平静。因为伊娃尚在昏迷当中，我们只得放缓行程，在这些残垣断壁中找到了一块可以落脚的地方休息。

阿迦勒斯似乎相当熟悉这片遗迹的构造，他在沼泽里那些石柱群中自如地穿梭，只消失了一会儿，一眨眼的工夫便在我们不远处的一片环形石阶中冒出了上半身。我注意到那是一片像是古罗马浴场的人工浴池，只是它的功能不大可能是提供洗浴，因为这座浮岛是会定期沉入水下的。这座岛上大概所有的湖泊、河床的底部与底下的人鱼巢穴都是相连相通的，并且直达大海。

我这样想着，脑子里不由得开始想象这座岛屿的构造，它的里边是空心的，有无数个出口，这样使它能够快速地排水入水，并且重量比世界上的任何一个岛屿都要轻，也许这就是这座人鱼岛能够定期浮出水面，又沉下海底的奥秘。

它是人造物，还是天生的地理构造？这太神奇了，它既像是一个蜂巢，又类似于一个潜水艇。

人鱼这个种族和他们的世界实在太神秘了……

我在心里暗叹着，目光不由自主地与阿迦勒斯的交汇一线。树从下斑驳变幻的光影里，他的脸半隐在石阶后，只露出一双深邃、幽亮的眼睛。他眯着眼睛，那眼神似乎在引诱我的好奇心，暗示我该向他询问什么。而我，的确有一个想问他的问题。

正在这时，一只手突然拍了拍我的肩膀。

拉法尔将一块用叉子串好的烤鱼递到了我的手里，看着阿迦勒斯的方向："不好意思，德赫罗，看上去你的这个朋友的确对我们没什么敌意，得谢谢他赶走了那只怪物，将伊娃及时救下来。喏，你拿去，表达一下我们的谢意。"

我愣了一愣："他是野兽，给他吃这个干什么？他自己会捕猎！"

"你不是当过他的饲养员吗？为了达文希，你就再喂他一回！"

喂？这个词让我感到啼笑皆非，有些无奈地拿起手里的烤鱼，向阿迦勒斯走去。

当我走近那个浴池一样的遗迹外沿的时候，我才发现这些石壁足有两米高，我连阿迦勒斯的脸也看不到。我不得不绕着石壁走了十几米，才找到了一个可供我爬上去的豁口。底下并不是沼泽，而是波光粼粼的水，上面漂浮着一些睡莲叶子般的植物，并不像湖泊那样具有能见度，我甚至一下子找不到阿迦勒斯在哪里。

我在石壁上坐了下来，摇晃着手里的烤鱼，像在水族馆里召唤一只海豚那样叫唤："嘿，我是来感谢你刚才的帮助的，再不出来，我就回去了！"

说完我就打算站起来，说实话，我并不太希望阿迦勒斯立即出现，这样我就有理由快点离开，但我有预感那是不可能的。正在这时，我突然看见一只蹼爪从那些飘萍底下忽然伸了出来，抓住了我晃荡在水池上的脚踝，那张阴沉邪美的脸便从植物间大片浓郁的阴影下浮现出来。尽管早有心理准备，我依旧本能地往后缩了缩身体。

"德赫罗？你在哪儿？我看不见你了！"

不远处传来拉法尔的呼喊，我立刻推了阿迦勒斯一把，重新坐稳了身体，举起手上的烤鱼回应道："我在这儿呢，别担心，我正在给他喂食！"

"喂食……"阿迦勒斯低低地重复着这个单词，困惑地盯着我，挑高了眉头，似乎并不理解这个单词的意思。

的确，他们都是习惯自己捕猎的生物，怎么会理解这种举动的含义！并且，实际上我觉得向阿迦勒斯喂食有些冒犯他，因为他也许是我的父亲辈或者爷爷辈也不一定。

"呃……"我晃了晃手中的烤鱼，并抓起他的蹼爪，试图将叉子塞到他的掌心，解释道，"就是……这个是给你吃的，是我们的食物，是用火烤过的熟食，你能吃吗？"

阿迦勒斯垂下眼睑，盯着我手中的烤鱼，凑上去嗅了嗅，眉头皱了起来。我不知道拉法尔带来的俄罗斯风味烧烤料的气味是否符合人鱼的口味，总之我一年四季都很爱吃，而且百吃不厌，多亏了它我才解决了漫长航行中的食物的口味问题。

假如阿迦勒斯不吃，那这条烤鱼就是我的了。我盯着手中的美味，咽下一口唾沫。

我满以为他会嫌弃并拒绝进食，然而出乎意料的是，他用蹼爪抓住了我的手腕，舔了几口，张嘴就咬去了一大块鱼肉，连鱼刺也不理便囫囵吞下，吃相堪称狼吞虎咽。

我不禁担心他下一刻会一口把叉子吞下去，连忙往回抽了抽叉子，将半条鱼硬生生地从他的嘴里拔了出来："嘿，嘿！叉子不是这么用的，你别连着餐具一起吃！"

阿迦勒斯满嘴流油地舔了舔唇畔，十分不满地露出尖牙，盯着我手中只剩半截的烤鱼，头一次显出几分狼狈的姿态。我看着他的模样，禁不住扑哧一声笑出声来，笑得前仰后合，手中的烤鱼都差点拿不稳地掉落出去。

而这场好笑戏码的主角却似乎丝毫没有意识到他的滑稽之处，只是悠悠地抬起眼皮，像看待一个耍鬼把戏的小孩一样淡定，嘴角勾起了一个微妙的弧度，仿佛在酝酿什么报复我的阴谋诡计。

我及时敛住笑：见鬼！差点忘形了，跟这个高智商的生物开玩笑，吃亏的一定是我！

"呃……这个东西是这样握着的。"

为了弥补我刚才的"冒犯行径"，并转移阿迦勒斯的注意力，我故作正经地抓起他的蹼爪，将叉子塞进他的指缝里，掰出了一个标准的抓握姿势（好在阿迦勒斯的蹼膜并不妨碍这样做）："然后，你要像这样吃，看着……"

我低下头去，努力使自己吃相斯文点地含住了叉子的边角，咬下一块鱼肉吞咽下去，并细细地将鱼刺理出来吐掉，借以避开阿迦勒斯盯着我的目光："这是我们的进食方式，有点麻烦，是不是？"

说完，我还是忍不住看向阿迦勒斯的脸。

他正若有所思地打量着我吃东西的神态，点了点头，埋下头，模仿我的进食方式吃起来。他装模作样地举着叉子，长长的睫毛耷拉着，线条凌厉的薄唇细细地将鱼肉吞咽下去，连腮帮子也没有什么动静，只在喉结处凸起了一瞬间，又顺着吞咽声沿修长有力的颈项滑下去。

我不得不承认他这样吃东西看上去简直就是个优雅的绅士，假如他不习惯性地伸出舌头舔嘴唇的话。这个情况实在太好笑了，此时此地，这种氛围，我们俩偷偷摸摸地躲在这里吃一条烤鱼，简直就像是两个小孩子在郊外野餐！

我做梦也没想到会和一条人鱼产生这么奇妙的友情！

只是……

　　想到我身上那些古怪的变化，我的心又略微沉下去。

　　待阿迦勒斯将这条烤鱼吃完，再抬起头来时，我已经敛去了笑容，严肃地看着他。

Chapter 26
深入

"阿迦勒斯，你……为什么要咬我的脖子？"我按住自己的颈侧，"为什么我的身上会出现这些异状？"

我抬起小腿看了一眼，可那里并不似在梦境里那样生出了鳞片，于是我又扯开衣服，里边的伤口已经愈合如初。我把它们指给阿迦勒斯看："你是怎么办到的？让我的伤口自行愈合得这么快？这次你明明没有……让唾液接触到我的皮肤。"

"礼物。"他微笑起来，似乎对自己的杰作感到十分满意，甚至伸出蹼爪，覆在了我愈合的伤口处上，"这是……属于……你的……FENJIDE..."

他吐出一个让我费解的音节。

那不是俄语，也不是英语，我只能猜测那是人鱼的语言，费力地重复了一遍，追问他道："F...ENJIDE... 是什么意思？"

他眯起眼睛，又露出那种似笑非笑的神情，低鸣："你……想……知……道？"

"废话！"天哪，这条人鱼是在故意吊我的胃口吗？

我加强了语气："告诉我，好吗？阿迦勒斯，我请求你！"

他的蹼爪挪到我的腰际，冰凉的水珠滑入裤缝，使我打了个寒战，垂目见他握住了我腰间悬挂着的那个指南针。他摊开掌心，我看见那个指南针上，指针剧烈地抖动着，但始终……指向着他。

我惊讶地盯着他，而他一探身，凑近我的耳畔："跟着我……你就会……找到答案。"

他又在引诱我，利用我的好奇心！

我心头冒火，下意识地伸手，想揪住他海藻般的长发，而阿迦勒斯的反应速度显然比普通人类要快得多，他往后一闪，巨大的鱼尾掀起一片水花，将我浇得浑身湿透。

"嘿！"我狼狈地冲他大吼，举起拳头，"你这个可恶的家伙！"

"你会……来吗？"他的笑意渐深，那对深壑似的眼眸直勾勾地盯着我，缓缓下沉，"我的……小男孩？"

他叫我什么？

我愣在原地，看着他消失在水中，好半天没有回过神。

"嘿，德赫罗，你是和那条人鱼下去比赛游泳了吗？"

脊背上挨了一巴掌，我才惊醒过来，拉法尔和伊娃看着我落汤鸡似的窘状大笑出声。我难堪不已地甩了他们一记白眼，在一旁的背包里掏出一套干净的衣物，匆匆地跑到一边去换。忽然间，我听见身后传来一阵细碎的响声，没来得及回过头去，一个坚硬、冰冷的东西就顶在了我的后脑勺上。

"好久不见，德赫罗小学士。"一个冷酷的女人的声音从我背后响了起来，接着我听见拉法尔叫起来："别乱动，我们的手上也有枪，放开他！"

我转过头去，看见一队人缓慢地包抄过来，一个人走在最前头，他的步履缓慢，看起来训练有素，脸藏在帽檐的阴影下，眼睛却分明是看着我的。我的瞳孔不禁一缩，身体被莎卡拉尔用力推了一把，枪口紧紧地顶着我，使我不得不跟这个人面对面。

"德赫罗，你果然没死。"

莱茵摘下头盔，我发现他的眼睛里布满了血丝，就好像面临着精神崩溃的状态。

也许，那是因为我——他弟弟的替身在他的面前被他的同伙差点杀死的缘故？

他会帮我吗？可我不能把希望寄托在他的身上……我思考着，环顾了一下拉法尔那边与莱茵身后的武装人员互相指着的枪，又下意识地朝黑暗的树影中望去，阿迦勒斯悄无声息地蛰伏在刚才的地方，他显然在伺机行动，只是不知道被他们注意到了没有。

我收回目光，朝莎卡拉尔冷笑一声："莎卡拉尔博士，真搞不懂你为什么又跑来挟持我，对你们而言，我不是一个已经没有用处了的废物吗？"

莎卡拉尔冷笑起来："抱歉，我不这么认为。因为小学士，我们不是挟持你，我们是只要你——因为你的关系，我们的队伍里行动最有效率的一员大将都快要变成疯狗了。"她贴近我的耳朵，轻言细语，"而且看上去，你是个不可代替的最佳鱼饵，你以为我没发现从船上就跟着我们的雄性人鱼吗？它似乎真的很在意你的死活呢！"

我大笑起来："荒唐，你以为人鱼真的会在乎异类的死活吗？他只不过把我当成一盘菜而已，而你们，对于他而言，同样是快送上门的美味佳肴！"

话音未落，我便被她细长有力的手指卡住了脖子，那尖锐的手指几乎掐进了我的肉里，我看见莱茵的脸上骤然变色："莎卡拉尔上校！"

"快行动，莱茵，把那只雄性人鱼干掉！我来解决这边！"耳边的莎卡拉尔厉声道。

莱茵看着我犹豫了一秒钟，立刻拔出两把枪便朝阿迦勒斯的方向射击，那竟然是两把汤姆逊冲锋枪！

轰然间烟雾弥漫，几梭子弹伴随着惊人的火光自枪口中喷了出来，我的心头猛地一跳，一声嘶吼从我的胸腔中爆出："阿迦勒斯！"

然而我的声音立刻被周遭响起的一圈子弹声盖了过去，视线里可见之处皆腾起一团团裹着浓烈火药味的黄色硝烟。顷刻间枪声乱飞，我听见拉法尔大吼起来，夹杂着伊娃的惊叫，我意识到有人埋伏在远处射击，是莎卡拉尔的人！

"不！拉法尔，伊娃！"

我瞪着硝烟中乱晃的模糊人影，目眦欲裂地挣扎起来，莎卡拉尔卡着我的脖子，用她蛛丝一般柔韧的身体绞缠着我，将我压趴在地上，而我则拼命踢蹬着双腿，并用膝盖顶她的小腹。这个时候我可顾不上什么怜香惜玉，这个女人简直就是个恶毒的巫婆，她要杀死我的朋友！

她掐得我几乎窒息，但这却好像激发了人濒死时的潜能，我使出浑身解数抵抗着她的压制，毕竟我有一米八的身高和男人的力气，发起狠劲来不是一个女人能制得住的。趁着莎卡拉尔的手腕稍稍松劲的一刹那，我一把夺过了她手中的枪，摸索着爬了起来，并狠狠地给了她一枪托，拔腿就跑。

我抓着枪，环顾四周却感到极度的混乱和迷茫——黑暗、烟雾、枪声，糅杂在一处犹如一锅沸汤，完全蒙蔽了我的视觉，我甚至分辨不出来我们的人在哪个方向，更不知道阿迦勒斯的去向。

我立即蹲下来以防自己遭到射击，并声嘶力竭地大喊起来："拉法尔，伊娃，你们在哪儿？"

然而回应我的仅仅是枪林弹雨的交织声，没有听到任何可辨认的呼喊。

　　我的神经犹如被狂拉猛拽的橡皮筋一样乱跳不止，呼吸攒成一口气堵在嗓子眼，我不相信拉法尔和伊娃已经死了，可是这种担心让我整个人已经彻底慌了神。我头晕目眩地向四处张望着，突然在烟雾中瞥见了一道黑影，可我还来不及分辨那是谁，便突然感到胸口一痛，仿佛是一股热热的岩浆从胸骨里穿过去了，将我的呼吸骤然凝固住。

　　一声轻蔑、飘渺的冷笑响起的瞬间，我的身体不受控制地向后坠去，视线被抛到天上。那个瞬间，时间节奏好像放慢了好多拍，我看见落叶从半空中异常缓慢地飘落，烟雾犹如有形的云霾般逐渐扩散，红色的液体飞溅到空中——我猜想那是我生命消逝的形态，和我的血。

　　然而我感觉到不到任何痛楚，仅仅是看见头顶的天空黑沉沉的，就那么朝我塌了下来。

　　无边无际的黑暗中，我感觉到身体在半空中漂浮着，又好像在随着波涛起伏，我无法睁开沉重的眼皮，却依旧看到了一丝亮光，于是我挣扎着向那个方向扑去，像一只飞蛾般奋不顾身。

　　我向下坠落着，周围逐渐不再是一片黑暗，而缓慢地变成了一个白色的房间。我看见一些穿着白大褂的医生围绕着我，接着我看见了许多稚嫩的面孔，我似乎看见了年幼的达文希，拉法尔，还有像小公主一般的伊娃。他们未成形的脸部轮廓带着岁月无法掩藏的痕迹，我相信那就是他们。

　　我张嘴想要发出呼唤的声音，胳膊就猛地被一双戴着橡胶手套的冰冷的手掌抓住了。一道非常亮的灯光照在了我的脸上，使我本能地想要闭上眼睛，可眼皮却被强行扒开了。

　　一个陌生的人影弯下腰，凑近了我的脸，认真地盯着我的瞳仁，一字一句地道："漂亮的小家伙，看来只有你的体质是最适合的。真是……绝佳的鱼饵。"

什么意思？

我的心底蓦然升起一种巨大的恐慌，不禁趔趄着向后面退着，猛地跌进了一片湿润黏腻的东西里。我向下看去。那是一大摊令人感到触目惊心的血泊，我扭头望去，竟看见几个人血肉模糊地交叠在一起，他们熟悉的脸仰面朝着我，死不瞑目地大睁着眼睛。

"啊——啊！"我抱住头颅发出了一声不似人声的惊叫，一下子挣脱了梦魇，眼前是一片黑暗，只从眼缝里隐隐约约地透出一丝亮光。我大口大口地喘着气，胸腔闷得厉害。我艰难地撑开了眼皮，却立刻有另一个不算柔软的东西覆盖在了我的眼皮上，不禁又吓了我一跳。

我下意识地抬起手，摸索着脸上的东西，那是一只手，准确地说，是一只蹼爪。

是阿迦勒斯！

我立刻坐起身来，却感到胸口传来一阵剧痛，脊背被稳稳地托住以后，脸上的手才缓慢地撤开。我眨了眨眼睛，逐渐适应了眼前并不算刺眼的光线，阿迦勒斯的轮廓在我的视野里清晰起来，我嗅到一股沁入心脾的异香，这使我从梦魇残留的极度恐慌中缓和了几分。

可我又立刻记起了在晕过去之前发生的事，我颤抖着手抓住阿迦勒斯的双肩，声音嘶哑地问："你有没有看见拉法尔和伊娃？跟我在一起的那两个人，一男一女！"

阿迦勒斯沉默了几秒钟，摇了摇头："No..."

我的胸口越发疼痛起来了。我剧烈地咳嗽起来，梦魇正在快速地从记忆里退去，我已经记不清自己梦见了什么，可唯一挥之不去的是拉法尔和伊娃满脸血泊的样子，我不相信这是个可怕的预知的梦，可是梦境里的情景却那么真实，就好像将过去和未来毫无缝隙地拼接在了一起。而硝烟中无人回应我的情形还历历在目，仿佛在暗示着我一切已成定局。只要假想一下和我情谊深厚的朋友已经惨死，撕心裂肺的心痛感就足以将我折磨死。

"不会死的……他们不会死的，不久前我们还在火堆旁立誓呢……"

我用拳头抵住双眼，想压住湿润、疼痛的眼皮，自言自语地劝说自己。这时阿迦勒斯的蹼爪压在我的后脑勺上，使我无力的身体靠在了他的胸膛上，像抚摸一个孩子一样揉着我的头发，他有力沉稳的心跳击打在我的耳膜上，仿佛具有某种催眠的效果，使我突然一下子从极度压抑的状态中解脱了出来。

我抵着他的肩膀，咬着牙，拼命忍着哽咽的声音。

阿迦勒斯拍了拍我的脊背，他的脸色依然是阴沉的，举动却很温柔，好像在用这种特别的方式无声地安慰着我，就像是一个父辈，这让我一下子感到了自己的耻于暴露人前的脆弱，我的自尊心忽然作起祟来，感到浑身难受。

"停下，离我远点！"我不知道哪儿来的力气，一把推开了阿迦勒斯。他抬起头来，似乎有点为我突然的情绪变化而有点困惑。他蹙起眉头，狭长、深邃的眼睛审视般地注视着我，这种眼神让我感觉自己是个忘恩负义的孩子，而他则是一名对我颇为无奈的长者。

我有点没底气。因为事实上是阿迦勒斯救了我的命，并且其实我在下意识地依赖他。但这是我一点也不想承认，也不想顺从的情绪。

"我要去找拉法尔他们！"说着我撑着双臂便要翻身起来，可刚刚起身，胸口痛得就像被锤子打了一样，"见鬼……"

我痛呼了一声，双手忽然被蹼爪攥紧了。

我抬起眼皮，便看见面前的薄唇抿紧了，泄露出一点儿怒意，他垂下眼皮，把他的蹼爪轻轻按在我的伤口附近，示意我去看。

我低头看了看我的胸口，那里绝对是中弹了，应该是莎卡拉尔那个该死的女人击中了我。

该死的，我是不是该庆幸她没伤到我的心脏！

这样想着，我不自禁地摸了摸心脏处。弹洞处已经结上了痂，并且覆盖了一层半透明的薄膜，只是这个枪伤不像其他伤那样能够快速愈合。我猜想我的骨头也应该受到了损伤，很有可能被打碎了一块，否则我不至于动一动胳膊都觉得疼。

希望能快点长好，否则我压根没力气离开阿迦勒斯的巢穴。

我下意识地朝四面望了望，这个洞穴似乎是悬在崖壁上的，而且不高。我从右面的洞口处能看见海面，月光从树影间漏进来，洒在岩石上，斑斑驳驳的。

我心想这里通风，并且光照良好，虽然比不上房屋，但还算是个不错的居所，不如先在这儿养好伤，趁阿迦勒斯不在的时候再出去找拉法尔他们。

我的胸口一阵发闷，连忙强迫自己不去回想梦魇里他们的样子。我相信他们没死。我攥了攥拳头，只是……

难道这段时间必须要待在阿迦勒斯的巢穴里了，受他的控制了吗？

我心情复杂地看向阿迦勒斯，而他也正若有所思地盯着我。

似乎是为了防止我不安分地乱动，阿迦勒斯身下那条又粗又长的鱼尾卷着我的脚踝，就像一条缠住猎物的巨蟒。虽然我已经基本相信他不会吃掉我，或伤害我，但待在这个危险的猛兽的巢穴里，与他共眠，还真是令人不适的一件事。

于是，我索性闭上了眼睛——装睡。

过了一会儿，没听见什么动静，我偷偷侧过脸瞥了他一眼，那双平常幽光灼人的双眼此刻正闭着，睫毛上沾染的水珠顺着笔直的鼻梁滴下来，像一尊雕像般沉稳安静。阿迦勒斯似乎真的在睡觉，而且已经睡着了。我尝试把脚从那条重得要命的大尾巴下抽出来，可我的肚子却在此时发出了一串咕咕声。

噢……该死的！

我咽了口唾沫，这才意识到我已经很久没吃东西了。阿迦勒斯显然被我惊动，他睁开了眼睛，我有点不好意思地摸了摸肚子："嘿……那个……我……饿了。"

他疑惑地将蹼爪伸到我的肚子上，按了一下。我眼巴巴地瞅着他，我真的饿坏了，而唯一获得食物的途径就是他。阿迦勒斯仿佛知道自己抓住了我的软肋一样，瞧着我的神态，促狭地勾起一边嘴角，笑了起来。他拍了拍我的头，这让我突然觉得自己变成了一只大海豚，而他却换位成了驯养员，这只人鱼喂养我、驯服我，而我则要乖乖地依附他。

这也太可笑了吧！

我愣在那儿，肚子却不争气地又叫了一声，而且比上一次叫得还要响亮。

"喂，你这家伙！"

我涨红着脸，怒目而视，对方却咧开了嘴，鱼尾弓起来，纵身一跃便蹿出了洞外，在我还未反应过来时便已经没入了黑暗中，只远远地响起一阵水声。

我捂住闷疼的胸口，爬到洞口边缘想去看他如何捕猎，眼前却不由得一亮，豁然开朗。

这个巢穴果然是处在岛屿外缘的一处峭壁之上的，只不过并不高，阿迦勒斯纵身一跃就能上来，而且它的周围还有许多相接的礁岩，像阶梯一般直达海面。

放眼望去，四周皆是无边无际的大海，月光洒在海面上泛出粼粼波光，与星光漫布的天穹天衣无缝地连接。

海风从底部倒灌而上，将我的衣衫和头发撩起来，恍若飞翔。月轮离得如此之近，好像伸手可触，让人犹如置身广阔的宇宙中，脚踩一座飞船，流浪于漫漫银河国度里。

目睹这样壮观、神秘的美景，我不禁感到心旷神怡，一时间忘却时间，忘却自我，沉浸在这个浩渺的世界里。直到一道利箭般的黑影骤然冲破海面，我才突然回过神来，看见那半人半鱼的矫健身影在月轮的光辉中划过一缕优美的弧线，落水时激起一片星辰般四溅的水光，却仿佛不是扎入海里，而是直接扎进我的心底，激荡起一阵无法平静的波浪。

我的心脏剧烈跳动起来，血管中有种奇怪的冲动膨胀起来——

我立刻缩回了头，深吸几口气。

否则我真害怕自己会忍不住跳进海里，与阿迦勒斯同游。

我应该趁着他没有回来，赶紧探查一下洞穴里的地形，为以后的脱身提早做准备。这样想着，我摸索着一步步向洞穴内走去。

洞穴深处漂浮着不少萤火虫似的蜉蝣生物，散发着星星点点的蓝色光团，起着良好的光照作用，使我得以看清阿迦勒斯的巢穴的构造。洞穴的中心有一个凹下去的大坑洞，里面充满了流动的活水，犹如一个天然大浴池，我猜想底部应该直达大海的，这也许是他平时睡眠的地方。

我小心翼翼地从它的边缘绕过去，在左侧发现了一个入口可供半个人通过的次洞，它就像个椭圆形的窗户，但是它的里面不深，一眼就能看清楚，这是个没有其他出口的死洞。我不禁注意到里面似乎放置着一堆东西，便好奇地探进半个身体去看。

立刻，我惊讶地发现这全是一些属于人类的物品。杂七杂八的，什么都有，罐装的香油、大颗的珍珠、价值不菲的象牙制品、红酒、白酒、啤酒，这些东西都是过去亚欧贸易中常见的货物，除此以外还有一些航海中常用到的用具，有不少都是过去使用的，例如六分仪和羊皮制的航海地图，年代最久远的居然有一个18世纪才见得到的那种单筒望远镜，还有一个像是从船上硬生生地掰下来的舵轮！

我的老天，我正为我看到的东西感到不可思议之时，我竟然又看见了一本残破不堪却十分厚实的英文字典——我想这就是为什么阿迦勒斯会运用英文的原因。

他还真是一个好学的人鱼……

我随意地翻开这本字典，看见里面一些单词被圆珠笔划上了特殊的记号，这一定是以前使用过这本字典的人留下来的。我翻了几下，在里面意外地发现折起来的信笺，翻开来，能辨认出里面密密麻麻的许多笔迹。我不确定这是来自哪国的语言，因为写得实在太凌乱了，落笔比我还要狂放，而且经过岁月和海水的侵蚀，实在难以看出来写的是什么东西。

我下意识地把它藏进了裤兜里，因为也许这里面就记录着上一个遇见阿迦勒斯的人的一些事情，我感到非常好奇。

这些东西足以证明阿迦勒斯的年龄至少在300岁以上，这些东西便是他漫长的海洋生活的证明，是他带回来的一些战利品，或者，是纪念品。

而我，可能并不是他带回巢穴里的第一个人类朋友……那么，之前的人类呢？他，或者她，或者他们，都到哪里去了呢？该不会被他吃了吧？

　　我胡思乱想着，感到有点毛骨悚然，强迫自己打消了这些念头。翻完字典，没发现什么值得一看的东西，我又观察起这个洞穴来。这个洞穴的深处似乎还存在其他的入口，可正当我打算退出身处的小洞之时，洞外忽然传来了一阵动静，我立刻意识到是阿迦勒斯回来了，便急忙地退出来。谁知刚退到水池边，阿迦勒斯的身影已经猝不及防地出现在了洞口，我的脚下一滑，不禁趔趄着栽了进去。

　　我慌得呛了好几口水，正当我从水里扑腾着爬上来时，抬头便迎面对上了阿迦勒斯的脸，差点吓得我又栽回去。幽暗的光线中我看不清阿迦勒斯的神色，我因为刚才翻看了他的私有藏品而感到一阵恐慌。

　　我知道他一定发现了我刚才的行为，却不知道这样做是否会触怒他，以至于他的蹼爪探到我的颈后时，我下意识地打了个哆嗦，害怕他会一把掐死我。

　　"你……想……逃……走吗？"

　　我摇摇头，表示不想。

　　"不要……逃走……"阿迦勒斯咧开嘴，白牙森然，语气充满了威胁的意味。

　　我的脊背一凉，忙不迭地点了点头。他这才露出满意的神情，从背后抽出几条鱼来，看外表似乎是三文鱼一类的鱼，属于营养价值很高的食物，而且听说肉质很嫩。

　　饥饿使我不由自主地咽了口唾沫，不禁看着阿迦勒斯用蹼爪将鱼开膛剖腹的动作发起愣来，直到他撕下一长条鱼肉递到我嘴巴边上，我才如梦初醒。

　　在这种情况下指望吃熟食绝对不可能了，我毫不犹豫地将眼前的食物接了过来，试探性地咬下一口。

　　令我感到意外的是，入口的鱼肉并没有预料中浓重的腥味，只有一点儿淡淡的海水咸味，咬下去还有点儿甘甜。这下子我胃口大开，狼吞虎咽地将阿迦勒斯带来的几条鱼都吃了下去，美美地饱餐了一顿。

　　正在我心满意足地打着饱嗝的时候，忽然从洞外传来了几声悠长的鸣叫，我闻声望去，竟然惊愕地看见海中不知什么时候冒出了许多条人鱼，他们在水中露出脑袋，不知道为什么都仰望着我和阿迦勒斯，宛如在期待什么。

Chapter 27

异变

他们在期待什么？

我满腹疑问地望着底下，人鱼们纷纷探出上半身，我惊讶地发现这一群全是雄性人鱼，他们高挺着结实的胸膛，仰着脸，望着上方。

而身旁的阿迦勒斯则向洞外探出了半边身体，居高临下地低下头，薄唇微启，神态颇有些倨傲地发出了一声沉重、雄浑的低鸣，简直宛如海战中用来传递信号的号角一般令人震耳欲聋！

我被震得一下子呆住，眼见底下的人鱼仿佛得到了神明的号召，忽然间神态亢奋起来。他们纷纷朝月轮一跃而起，冲向夜空，化作无数道交织的闪电般的弧光，发出了或粗犷或高亢的、长长短短的、节奏急促的鸣叫，与海风、海浪声揉在一处，仿佛组成了震撼人心的命运交响曲。

我的耳膜在鼓动，神经在突突直跳：这就是传说中人鱼的歌唱？

不得不说，跟我想象中的声音一点也不一样，没有魅惑，没有妖娆，而是像狂风暴雨般激荡澎湃，充满了原始狂野的力量感。

这歌声让我仿佛看见这些凶猛、美丽的生物穿梭在深邃、广阔的海洋中，在暴风雨中与天敌追逐厮杀，在海浪中捕猎，甚至围攻人类的船只的情景。

只是此时他们在歌唱什么？难不成是因为阿迦勒斯带回了我吗？这是所谓的人鱼的"典礼"，他们在为他们的首领带回了一个人类朋友而庆祝？

太荒唐了吧！

我的眉头拧作一团，正在这么想之时，便看见那些人鱼都不约而同地停止了跳跃，他们中的一部分来到了洞穴底部，闪烁如群星的眼睛向上望着我们；而另一部分则靠在了海面上那些或大或小的礁石上。

我正奇怪他们要做什么，下一刻就看见人鱼纷纷跃出水面，乘着波浪在空中交错，旋转，修长优美的身体在月光下交织成一道道璀璨的弧线，宛若精灵在夜空中飞翔，这是一场绝美的人鱼群舞的盛典！

那种奇异的冲动再次胀满我的每根血管，让我已经快要克制不住，呼吸越发急促起来。

"加入……我们……"

阿迦勒斯的低吟突然在我耳畔响起，旋即我的胳膊一紧，被他攥住，他的鱼尾弓起，在我还未反应过来的时候，便已挪到了洞穴里那个被海水注满的坑洞里，纵身一跃！

刹那间海水浸透了我的全身，我随着阿迦勒斯迅速沉入坑洞的深处，往深不可测的黑暗中坠去。我满以为自己会被溺死，因为我压根没来得及憋气，可奇怪的是我并没有感到窒息或者呛水的难受感。我的耳后在压强下有些疼痛，那儿好像裂开了两个小小的口子，水流从我的口鼻进入，自动过滤出空气供我呼吸，又从那两个小口子里溜出去。

是腮。

可我怎么会长出腮？不，这不可能！可怎么解释我能在水里自由地呼吸？

我在黑暗中睁大眼睛，迅速下沉中，海水的压强挤压着我的大脑，令我的思维一片混乱。我甚至觉得我依旧处在睡梦中没有醒来，可这一切又如此真真切切。

我睁开眼睛，目光穿梭在深蓝的海水中，不由得睁大了眼睛。我发现岛屿的陆架上嵌着一艘巨大沉船的尾部，它静静地悬在那儿，埋葬着它的秘密沉睡在此，不知道经过了几百年的岁月，最终变为了这里的一部分。这也许是探索人鱼岛的先人们留下来的痕迹。

他们去哪了呢？也一同沉入了海底？

随着我们的下沉，沉船越来越近了，我逐渐看清，这是一艘上个世纪的蒸汽驱动船，它的外部保留着残破的大轮子，它的窗户样式是属于东方的，船体表面上也残留着一些东方的花纹。我猜测这艘船也许是来自中国或者日本的，会不会是真一先生的朋友，那个失去儿子的老妇年轻时遭遇海难的那艘船呢？

我这样想着，不禁生出一种想一探究竟的念头。

"阿迦勒斯！带我去看看！"

我在水里试图发出声音，却只吐出了一大串海水，他带着我游动的方向折了个弯，从沉船边错了过去，海水的压强随之减小，我们向海面上迅速升去。

隐隐约约地，我能望见头顶摇晃散碎的月光。阿迦勒斯带着我像一注冲向高空的喷泉那么快，好像在径直往遥不可及的月亮飞去。突然之间，伴随着一阵哗啦的破水声，我们真的跃向了高空，海面上的气流宛如龙卷风般席卷而来，巨大的月亮向眼前迎面压下来，我几乎感觉我的鼻梁都贴近了它的表面，呼吸刹那间悬到了嗓子眼，令我不禁惊叹地"啊"了一声。

声音随着身体落回海面而消散，可立刻我们又重新飞向高空，这一次比上一次跃得更高更远，阿迦勒斯甚至在空中翻了几个旋，翻腾起海浪与四溅的水珠环绕在我们周围。我意识到他在带我做着那样惊人的腾跃。月光在被海水模糊的视线里看上去好像虚幻、迷离的酒瓶玻璃，我在这种飞翔般的腾跃中感到天旋地转，却又体会到灵魂从身体中喷薄而出的极致自由。该死的，我不知道该怎样形容此刻的感受，新奇、惊险还是……梦幻？

我确定此刻也许会成为我有生之年里，最难忘的记忆。

假如我将来离开这座人鱼岛，也会毕生无法忘怀。

我好像有那么一点儿（当然，用我仅存的理智判断的话，极有可能是我上升的肾上腺素造成的错觉）——迷恋上这种在大海之中自由遨游的感觉。

但是，这种感觉转瞬即逝，在阿迦勒斯将我放到一块礁石上时，我忽然注意到了自己的双手，如遭雷劈。我的指缝间生出了一层薄薄的蹼膜，在月光下反射着潮湿的光晕，然而这一次并不是做梦或者幻觉，我能够清晰地感觉到它们的存在。

"阿迦勒斯，你到底对我做了什么……"

我抽出双手，盯着自己的指缝，无比震惊地喃喃着，眼前突然一黑。

"第一次……转变……即将来临。"

在彻底失去意识昏过去之前，我感到他的蹼爪抚到我脸颊上，那双狭长的眼睛盯着我，咧开嘴，低低地沉吟。

迷迷糊糊中，我感到双腿传来一阵强烈的异样感，又疼又痒，好像在被数千只蚂蚁侵蚀着，又仿佛是新生的皮肉在骨头上生长，那就像是荆棘在突破我的肤表，竭力向上挣扎着生长。

我吃惊地从喉咙里发出一声嘶吼，撑开沉重的眼皮。头顶的月亮近在咫尺，在水光里看上去像是支离破碎的玻璃球，因为我的双眼无法聚焦，视线随着不堪重负的脑袋摇摇晃晃。我眩晕得厉害，有点想吐。

我辨认得出上方压制着我的黑影是阿迦勒斯，张嘴想要喊他，可嘴巴却如失声般什么也发不出来，双腿越来越剧烈的痛痒感使我下意识地向下望去——

老天，我看见了什么？

我的双腿上生出了一层银灰色的鳞片，它们密密麻麻地覆盖在我的皮肤上，乍看上去就好像一条鱼尾，我的双脚尚在，脚面上却长出了两片扇状的蹼膜，长长地垂进水里。

我仓惶地抬起眼看了阿迦勒斯一眼，还没来得及看清他是什么神色，便再次晕了过去。

黑暗从四面席卷而来，周遭仿佛起了浓雾般，一切都顷刻间消失了，没有月光，没有大海，没有阿迦勒斯。身上的疼痛竟然消失了，我的身体仿佛在向大海深处沉坠下去，然而我知道我只是陷入了梦魇里。

我努力折返方向向上游去，却感到一股力道攥住了双脚，将我往下拽，拽，拽……

身体猛地一沉，眼前刹那间出现了光亮。

我发现自己不知何时，置身在一个幽深的玻璃走廊中。巨大的游鱼与半透明的水母从我的四周掠过，拂下斑斑驳驳的水痕光影，它们看上去那么近，近到伸手可触，与以前隔着玻璃看的时候要真实得多。我隐约感到有什么不对劲的地方，迷茫地伸出手去，却碰到了一层玻璃。

可它并不是隔在我与游鱼之间，而是隔在我与走廊之间。我正身处在玻璃观赏池内，犹如一只海豚。

喂，喂，怎么回事？

我大喊起来，回应我的却只有平缓的水流声。

该死的，我这是在哪儿？

我用力地推了推这堵隔开我与外界的透明界线，感到它坚不可摧。我不可置信地转头看了看四周，忽然间，透过玻璃上的反光瞥见了一双幽暗的眸子。那是阿迦勒斯！本能驱使我立即凑近了玻璃，却一下子为眼前的情景愣住了。

阿迦勒斯穿着一件黑色的风衣，他下半身那长长的鱼尾不翼而飞，取而代之的是一双修长的、被包裹在皮裤里的人腿。透过玻璃的反射我立刻看清了自己的模样，我的双腿被包裹在长长的银灰色的鱼尾里，扇形的尾鳍随着水流缓缓起伏着。我抬起头不可置信地望着他，而他则皱着眉深深地注视着我，手掌按在玻璃上似乎妄图碰到我，用力得指腹发白，血管暴突，又慢慢攥握成拳，重重地砸在玻璃上。

"噼啪"一声，数条裂纹扩散开来，玻璃轰然粉碎，眼前的世界立刻又重归入黑暗里。

我努力地伸出手去，张开五指，抓住的却只有空气。突如其来的巨大恐慌使我一下子睁开了眼睛，当意识回归身体的刹那间，我立即坐起身来看向自己的双腿。

还好，什么也没有。

我的双腿并没有变成什么鱼尾，它们好端端地健在，皮肤也如原来一样是光滑的人类皮肤，而不是一层鱼鳞。接着我又敏感地翻看着自己的双手，确认指缝间没有蹼膜后，我长嘘了一口气，上下把双腿摸了个遍，像一名差点被截肢的病人般激动地亲了亲自己的膝盖，冷汗涔涔。

谢天谢地，我的身体并没发生什么诡异的变化。

之前的一切到底是怎么回事……

我感到思绪错乱不堪，仔细回忆着之前那些亦真亦幻的情景，张望着四周，发现自己又回到了阿迦勒斯的巢穴里。

也许我从未离开过这儿，从人鱼的奇怪仪式开始就陷入了虚幻的梦境？揉着额头，我却又不敢确定，因为阿迦勒斯带着我在海上腾跃的快意，身体生长出人鱼的特征所带来的痛苦，都太过真实了，它们混杂成一种矛盾的感受，现在尚残留在我的四肢百骸里。

如果真的发生过，一定有什么痕迹留下的，要么就是我的大脑真的出了差错。

这么想着，我下意识地抬起手，摸了摸自己的耳后，整个人一僵——

耳垂后面分明有道细小的裂口，甚至还残留着一些水迹。这使我立即忆起当我被阿迦勒斯带入海中时，海水从这里流出去的感觉。这就是我的身体的确发生了某种奇特变化的证据，它的存在一下子把我的侥幸心理击得粉碎。

巨大的惊愕感压迫着神经，使我几乎窒息。我深吸了几口气，抱住脑袋，用力地揉太阳穴以防自己因为这个不可思议的事实而再次晕厥过去，并强迫自己冷静地思考。

是的，我的身上出现了人鱼的特征。在片刻前我看见自己生出了蹼爪，腿上长满了细鳞，我的耳后生出了腮（假如那个东西真的是腮的话），能在水中自由呼吸。用生物学的术语来说，我的身体变异了，换而言之，我的基因发生了突变。

我的脑子嗡嗡作响，不断回想着《基因生物学》上的一段话：

基因突变是生物变异的根本来源。引起基因突变的因素很多，可以归纳为三类：一类是物理因素，如 X 射线、激光等；另一类是化学因素，是指能够与 DNA 分子起作用而改变 DNA 分子性质的物质，如亚硝酸、碱基类似物等；第三类是生物因素，包括病毒和某些细菌等。

眼下只有可能是第三类！

一定是阿迦勒斯造成的。他通过咬破我的皮肤，将含有人鱼 DNA 的唾液注入到了我的体内。他们的基因细胞是有剧烈侵蚀性的，就像病毒、细菌一样控制、改变、重组了我的染色体——也许是结构，也许是数目。该死的，不论是什么方式，这些鬼东西让我的某一部分细胞死去，被新生的细胞代替……

第一次转变……

所以，是还有第二次，第三次，第 N 次吗？最终的结果将是被它们……同化！

不不不不，见鬼！

我站起来在洞穴里转了两圈，手指插进头发里，发丝里尽是汗液。

该死的，我还想这些干吗？我压根就不应该思考这些理论，即使我写出举世惊人的论文也没有狗屁意义，因为我自己就是一个最不可思议的变异体样本，我没法拯救自己！我可不想变成人鱼永远留在这座岛屿上，我还想回到我的学校和父母的身边好好过日子！

冷静，冷静，德赫罗！

阻止变异唯一的办法只有注射能对人鱼细胞起遏制性作用的血清，我必须立刻离开这儿，越远越好，避免再与阿迦勒斯发生任何接触。我还有机会使身体恢复正常的，拉法尔他们身上也许带了蛇毒血清，不知道能不能起作用，但是值得一试。

此念一起，我竟然奇迹般地冷静了下来，因为我再清楚不过慌张是无济于事的，此时唯一能拯救我的人，只有我自己而已。

于是我小心翼翼地趴到洞口，向海面上望去，并没有发现阿迦勒斯在附近，他也许潜入海底觅食，或者在处理族群中的矛盾，但不管怎样，没发现他的踪迹使我油然升起了逃走的信心。

转身来到了巢穴里那个阿迦勒斯放置收藏品的洞里，我拾掇了一些在丛林里生存必备的东西，而幸运的是它们几乎一应俱全——一把有点钝了的匕首，一只望远镜，古旧的罗盘，可以用来做武器的铁锚，尚未拆封的能消毒伤口的酒，打火石，还有一些零零散散的玩意儿。我把它们快速地裹进底下垫着的一块类似帆船旗子的布料里，并撕下几条布裹住身体，用一条裤腰带捆在身上。

我看了看自己的"全副武装"，简直活脱脱像是被困住的鲁滨孙！

好了，到最要紧、最关键的一步了。

这决定了我能否逃出这个洞穴。

我蹲下来，横下心来将头扎进了之前阿迦勒斯带我进入海中的水洞里，确认自己能够顺畅呼吸后，我纵身一跃，跳了进去。

那一瞬间，我的心里竟泛起一丝不舍，但随即便被没过全身的海水冲掉。我几乎是如同本能般地快速向深处游去，犹如一只敏捷的游鱼，以人类不可能达到的速度在海水中穿梭着，并循着光亮，转瞬间突破了水面。

抹净脸上的水珠后，我发现自己来到了一处低矮的海岸边，陆地近在咫尺，便连忙爬上岸去，拔出腰间的铁锚，警惕着岸上可能存在的掠食者，钻进了丛林里。我必须找一棵高一些的树爬上去，观察拉法尔他们和我们之前停泊的船只在哪儿。

然而，就在我打算爬上就近的一棵大树时，远处忽然传来了一阵低沉的吼叫，我不由得浑身一震，甚至不用回头看也知道那是阿迦勒斯追来了。我条件反射地就地一滚，将自己藏匿进了低矮的灌木从里，并摸到身体下湿润的泥土，不禁灵机一动，抓了两把泥抹在身上会散发气味的汗腺处、脖子、腋下，还有内裤上。

多亏了阿迦勒斯之前说的那句话，令我意识到在一定距离里他是靠气味寻找我的方位的，人鱼的嗅觉也许比鲨鱼的灵敏程度还要高，况且我的气味可能对于他来说格外浓烈，正如他身上的异香在我嗅起来的那样。

我匍匐在阴影里，紧张地盯着海岸边，果然看见海中升起一个硕长的黑影，拖着长长的尾巴钻进了不远处的林间。他转头四处巡视着，显然我身上的泥巴起了良好的隐蔽作用，他找不到我了。顷刻间焦躁的吼叫声响彻周遭，仿佛近在耳畔，令我心惊胆战地捂住了嘴巴，连呼吸声也不敢发出来。

Chapter 28
喂食

"德赫罗……德赫罗！"

阿迦勒斯咆哮地嘶吼着我的名字，声音阵阵犹如滚滚惊雷，他所过之处犹如龙卷风过境，连我身边的树叶也沙沙摇晃起来。也许是因为意识到吼叫只会将我吓跑，他忽然间变得安静下来，仰起那修长有力的脖子，狭长的眼睛眯起来，好像在细细嗅着风里包含的每一缕味道，试图在里面分辨出我的方向。

我紧张无比地趴在阴影中，天知道我多想将身体整个埋进泥里。我无法确定他是否会闻到我的气味，也许，只是时间长短问题。我希望我的运气好一点。可想而知，阿迦勒斯有多么愤怒，他也许只是出去觅食，或者仅仅是去海里解决内急问题，回来就发现我逃走了，并且卷走了他的家当！

假如我被他逮住，他会不会杀了我？

正在这时，我突然感到脚踝上一阵刺痛，低头一瞧——我的老天，三只长长的蚂蟥企图往我的小腿皮肤里钻，其中一只已经钻进去小半个头，那种疼痛像锥子扎肉一样刺骨。我简直想立刻跳起来把这些恶心的鬼东西甩开，但理智和经验制止了我。假如我现在动弹一下，哪怕是极其微不足道的动作，阿迦勒斯也会察觉，而且蚂蟥需要特殊的办法才能驱除，即使我现在跳起来也起不到任何实质性作用。

我捂住口鼻，忍耐着疼痛一动不动，全神贯注地盯着不远处的阿迦勒斯。他转头嗅着海风，似乎并没有分辨出我的气味，岩石般的胸膛因为激动而剧烈地起伏着，突然间弓起脊背，那长长的尾巴如疾电般迅速扫在一棵树上，霎时间将它噼啪一声拦腰劈断，锋利的尾鳍在半空中划过，发出骇人的破风声，几乎擦过我的头顶深深地扎进泥土里，吓得我打了个寒战。

老天保佑！别让他发现我！我把脸埋在胳膊上，以压抑自己颤抖的呼吸。空气中却传来阿迦勒斯低沉粗哑的鸣叫——

"你不能离开……你将发生变化……你将需要我！"

我浑身的肌肉绷得更紧了。蚂蟥钻进皮肉的痛感清晰地扎在我的神经深处，令我的小腿抽搐起来。我一口咬住手臂，依旧一动不动，汗如雨下地坚持着。

一分钟，两分钟，三分钟……

我在心里默念着，忽然感觉自己回到了军训的那段岁月，顶着烈日的煎熬匍匐在滚烫的水泥地上，而阿迦勒斯则是我严厉的教官。但该死的，被教官发现我不规矩最多也就是拳打脚踢一顿了事，被阿迦勒斯发现，我将一辈子逃不出他的手掌心和这座人鱼岛！

也许是我的坚持起了作用，当我数到第十分钟的时候，阿迦勒斯的动静渐渐远去了。我不敢放松警惕，又稍微等了一会儿才爬起来，立刻去察看脚踝处。好伙计，这三只蚂蟥已经吸饱了我的血，半透明的腹部挂在我的皮肤上，还在拼命往里钻！

我急忙脱下裤子撒了泡尿，用手接住尿液抹在小腿上。这么做虽然有点脏，但眼下没有其他办法，尿液里含的盐分能刺激蚂蟥。

我的手接触到这几个吸血鬼的瞬间，它们像被烫到了一般扭动起身子来，不一会儿就蜷缩着落到了地上，被我用铁锚碾死。

周围不知道还有多少蚂蟥，凭我的生物学经验判断这一片都是泥沼，我不能继续待在这儿。回到了刚才选中的大树旁，我利用铁锚爬了上去，坐在了一根又高又粗壮的树枝上，打开包裹，还好那瓶用来消毒的酒没有破碎。拧开瓶盖，我将酒浇在腿上，擦了擦被蚂蟥咬出来的血口，做了简单的消毒处理，并用布裹上。

其实这么小的伤口没必要包扎，只是血液会传播我的气味，让阿迦勒斯迅速找到我的踪迹。所以身上的泥巴即使非常难受，我也不敢把它们弄掉。

现在我是彻彻底底的一个人了，必须依靠自己的知识和能力活下去。我的生存经验不像拉法尔那样丰富，但也算不上纸上谈兵，毕竟我有过很多次野外露营的经历，还有大量的生物学理论，这些可都能派上救命的用场。只要小心一点，不与阿迦勒斯正面相遇，回到船上也不是那么困难的事。

这样想着，我拿出那个完全是古董的望远镜，伸长脖子向四面的海上望着，很快，我竟然看到了一些星星点点的亮光正向西侧的海岸接近，那似乎是好几艘船，半空中还有几架直升机。

我先是大吃了一惊，欢喜之中又夹杂着几分担心，因为我无法确定那是拉法尔他们找来的救援，还是莎卡拉尔那边的人，或者两方都不是。但是至少，这些驶来的船只是我获救的最大希望。

我观察了一下它们离海岸线的距离，到达人鱼岛至少还需要一天的时间。

必须尽快联络上拉法尔他们。在与莱茵他们发生枪战之后，假如……不，他们一定还活着，但绝不会还留在原地。他们此刻在哪儿呢？

　　我转头向岛上四面巡视着，借着地理优势，我在镜头里发现了一簇小小的火光，在西北面的林间若隐若现着，离我并不远，大约也就是一个小时的路程，只是我无法确定那些人到底是莎卡拉尔的队伍还是我们的人。在没有确定他们的身份之前，我不能轻易冒这个险，我必须潜伏在暗处，别让自己先暴露。

　　打定主意后，我便立刻付诸行动，爬下树，在罗盘的指引下向方才在树上观测到的方向前进。走了几十分钟后，我发现周围出现了之前看见的那种残垣断壁，我似乎再次回到了来时路上的那个人鱼的古迹中，这使我一下子紧张起来，差点便想拔腿狂奔，但我及时阻止了自己的冲动。

　　这里静悄悄的，没有任何动静，阿迦勒斯显然不在这儿。但他出现在这里的概率太大了。我警惕地看了看他曾待过的那个人工水池，下意识地蹲下身体向另一个方向挪动，我打算绕过石群出现的范围，尽管这样做会拉长我的路程。

　　就在我远远地经过水池的时候，一股熟悉的香味忽然飘了过来，我连忙捂住鼻子，意识到那是阿迦勒斯留下的气味，我连忙跑了几步，可不知道为什么双腿却忽然发软，身体如同灌铅了似的沉重，整个人打了个趔趄，栽倒在地上，昏了过去。

　　不知道过了多久，我难受得醒了过来。我感到浑身仿佛一会儿在灼烧，一会儿又处在冰窖里，让我全然处于冰火两重天，身上沁满了汗液，却又冷得发抖，而且这种感觉越来越强烈，像电流一般击打在周身。

　　我睁开沉重的眼皮，试图爬起来，可浑身的力气犹如被抽空，我又跌回地上。

　　这是怎么回事？

　　我浑浑噩噩地思考着，身体越来越剧烈的反应使大脑一片混乱。

寒流徘徊在体表让我直打哆嗦，我抱着自己的身体，浑身暴起了鸡皮疙瘩。而热流仿佛已经入侵到我的身体内部，五脏六腑像被什么汲干了水分，犹如被骄阳灼烤的龟裂的大地。

我禁不住翻来覆去地在地上翻滚起来，喉头里发出野兽般地嘶鸣。天哪，我的身体到底怎么了？难道这是第二次变异的开始？

不，第一次和第二次竟然是这么短的发作间隔，难道过一会儿我又会像上次那样长出鱼鳞和蹼爪来？这可糟透了！

只能这么硬熬过去。在下一次到来前，我必须回到船上去获得救治！

我痛苦地闭上眼睛，将手抠进土地里忍耐着。就在我处在撕裂般的挣扎状态的时候，我突然听见了一阵响动，那是几个人正说着话走过来的声音。

我猛地打了个激灵，即将被人发现这副不堪模样的恐惧感使我忽然聚起一丝力气，我弹了起来，连滚带爬地把自己藏进了一棵大树的阴影之下。

“你确定刚才这儿有人？”

“是的，上校，我刚才听见了人的声音，好像……好像是德赫罗！”

我的神经一阵紧张，因为那是莱茵和莎卡拉尔的声音。我缩在阴影中，脊背紧贴大树伸出头去，看见他们俩出现在对面的一堆石柱旁边，离我不过十米之遥，假如他们再走近点，就会听见我无法压抑的粗重喘息声。我紧紧地捂住口鼻，一动也不敢动，只期待他们别听到这种细微的响动。

“他一定还在这附近。”莱茵继续道。他扭头巡视着，举着手电筒四下扫射，朝我的方向靠近过来，我向后缩了缩身体，将自己隐匿得更深了，心脏被紧攥成一团吊在嗓子眼，眼看他就要拨开我面前的树丛时，莎卡拉尔轻喝了一声。

"嘿，别找了，干正事要紧。我们必须快点到海岸边去接应博士他们。至于你想找的德赫罗……明天这座岛上就会被军队占据，那些俄罗斯人一个都跑不了。"莎卡拉尔轻描淡写地说道。

我的心中猛地一沉，知道大事不妙。那些船只是莎卡拉尔他们的人，并且来的还是军队！他们是哪个国家的人？来人鱼岛的目的是什么？

我盯着莱茵若有所思的脸，见他皱着眉沉默了几秒钟，转过身去："莎卡拉尔上校，对付那些俄罗斯佬我没有意见，但我希望你能留下德赫罗的性命。他那么年轻，是个生物研究领域的天才，他有活下来的价值，我们可以将他招揽为这里将建起来的实验基地的成员。"

实验基地？他们要在这座岛上建立一个实验基地？实验什么？人鱼吗？为什么要靠军队把守，难道是利用人鱼的基因制造生化武器？

我倒吸了一口凉气，汗如雨下。

震惊之余，我看见莎卡拉尔转过身，冷笑起来，锐利的眼睛里闪烁着冷冽的光芒："这不是你和我能决定的事，莱茵，别让你的情绪影响你的行动和判断力。我承认德赫罗很有利用价值，还有，很热情、勇敢，为了梦想奋不顾身，"她的脸突然沉下来，轻轻地吐出几个字，"就像一只飞蛾。你知道，飞蛾总是很脆弱的，它们……死得很快。Wer hoch steigt, kann tief fallen."（飞得越高，死得越快。）

"可上校，我并不是……"

莎卡拉尔打断他道："莱茵，我知道，他长得很像瑞德，让你产生了一种错觉，认为他是你弟弟的化身，可是莱茵，我们的感情只能永远存活在军令下。"

"……明白。"

该死的！我的手抠进树皮里，急促地喘息着，我听不懂她的意思，但我能分辨出那是一句德文。

——他们是德国人，并且，很可能是一群二战后不死心想要翻身的极端势力的余孽。

他们早就潜藏在莫斯科，也许多年前就盯上了维诺格雷德博士发现的这座人鱼岛屿。老天……我必须快点将这个消息告诉拉法尔他们，我不能继续待在这儿！

我吞咽着唾沫，目视莱茵他们走远了些，便强撑着烂泥般发软的身体从地上爬起来，可刚迈了两步又跌回地上，一不留神竟摔下了一个小小的坡地，背后立刻便传来了莱茵的叫喊，由远及近的脚步声接踵而至："嘿！什么人？"

可恶，糟糕了！我一个打滚爬起来往林子逃去，可绵软的双腿根本使不上力气，跌跌撞撞地跑出几米便栽倒在地，回头便已经看见莱茵近在咫尺地站在那儿。他似乎想来扶起我，目光扫视着我的周身，显然注意到了我的异样。

"德赫罗！你生病了吗？"

莱茵抓住我的胳膊，试图将我从地上拽起来，可我的身体沉重不堪。

黑暗中不辨距离之处忽然袭来了一声低沉的嘶鸣，使周遭的树叶都沙沙摇摆起来，随之空气中弥漫开了一股浓烈无比的异香。

是阿迦勒斯……

我打了个激灵，趁着莱茵的力气松懈的刹那间一蹿而起，像只被逼急的兔子般慌不择路地朝林子里冲，立刻，身后传来几声枪声，莎卡拉尔大叫起来："那条人鱼！莱茵，快开枪！"

"嘭嘭嘭"又是几声枪声，可是我听见阿迦勒斯的吼声似乎更近了，背后疾风阵阵，紧逼着我的脊背，我不敢回头，只是在斑驳、幽暗的树影间跌跌撞撞地跑着。我上气不接下气地大口喘息着，急速奔跑引起的缺氧感使我的大脑混乱一片，我甚至有些分不清自己究竟是做梦还是在现实世界。身后莱茵的大喊似远若近："德赫罗，回来，那条人鱼在你的前方！"

我惊慌失措地朝前方望了望，脚下突然一下踩空了，前面居然是个极陡的峭壁，底下是个巨大的暗窟，可我看清这一切时，身体已经无法控制地向下坠去，就在这千钧一发之际，我的胳膊被及时地一把抓住了，整个人一下子悬吊在了半空中。抬起头，我便看见莱茵目眦欲裂地在上方望着我，求生的本能使我急忙双手抓住了他的胳膊，却听见洞窟底下隐隐约约飘上来此起彼伏的嘶吼声。

我的神经立刻绷到极致。莱茵牢牢抓着我因汗液而一寸寸滑脱的手臂，盯着我的双眼："别看，德赫罗！坚持住！我把你拉上来！"

可当他这么警告的时候，我已经忍不住低头望去——

天知道我看见了什么。

我竟然看见曾经的亨利，他的身体——不，兴许该说是尸体，横陈在一块岩石上，已经四分五裂，几条人鱼正在大块朵颐他的肚肠。

达文希呢？我惊慌地望了一圈，没有看见他在哪儿，眼前的恶心场面却使我抽搐似的干呕起来，我恐惧极了，抓紧莱茵的手，双脚蹬着岩石竭力往上爬。可我的手臂太滑了，双脚无论如何也找不到着力点，就在这个要命的当口，莱茵的背后却忽然蹿出一个黑影来！

我猝不及防地被吓了一大跳，身体一抖，手臂顷刻从莱茵的抓握下滑脱出去，失重感立刻充斥全身，下一刻整个人便扎进了海水里。我望着上方的洞口恍惚了几秒钟，便看见四周有许多黑影向我扑袭而来。

我的大脑轰然一炸，立即扑腾着手脚浮上了水面，入目皆是从四面聚拢而来的、虎视眈眈的人鱼，无数双闪烁着疯狂光芒的幽瞳如同坟地里漂浮的鬼火，好像要将我焚成灰烬。

我发誓，该死的，这绝对是我一生中最可怕的一天，我从未有过这种地狱般的经历！

就在我感到自己要被吓得当场崩溃的时候，一道长长的黑影骤然从上方坠落下来，犹如一把利刃般劈开海面，激起了一道巨浪。熟悉的轮廓自四溅的水雾中浮现出来，那双阴沉的眼睛只是在我的周围梭巡了一番，甚至没有警告性的吼叫，周围所有打算将我分而食之的人鱼顷刻间都退散开来，纷纷藏进了水里，仅仅露出半个脑袋，静静地窥视着他们的首领。

我瘫软无力地靠在岩石上，一点儿逃跑的力气也没有。

Chapter 29

围捕

　　视线好像被特殊的高斯模糊处理过似的，我看不清四周的一切，除了眼前的阿迦勒斯的轮廓，世界恍若虚无，唯有他的存在是真实的。

　　"嘭！"

　　突然间，混沌的世界像玻璃被炸裂开，阿迦勒斯浑身一震，搂着我一下子翻进了水里。我一眼便看见莱茵的脸和黑洞洞的枪口，瞄准着他的尾巴，接二连三地叩动了扳机！

　　霎时间，洞窟里水花四溅，混乱间我只感到阿迦勒斯搂着我往下一沉，飞快地藏进了洞窟底部的一个暗窟内，这里非常狭窄，我整个人不得不骑在他卷成一大团的鱼尾上。

　　此时外面的人鱼好像都跑光了，只剩下我和阿迦勒斯单独留在这儿，隐秘的空间顷刻间让我放松下来。而他警惕地望着洞穴外，眼角眉梢的线条凌厉地凝固着，染满了狠戾之色，我忽然发现他的手臂被子弹击中了，一个弹坑赫然在目，那淌出来的蓝色血液散发着浓烈的异香，直冲我的鼻腔。好像什么导火线滋啪一下燃烧起来，我听见体内饱胀的奇异冲动轰然爆裂的声音，把最后的一丝理智也炸碎了。

我不想变成人鱼，可该死的……我已经受不了了。

这个声音哀叫着消逝在我的脑海里，而我的双手已经抓住了阿迦勒斯的手腕，笨拙、急躁地咬住他的伤口，像个饥饿的新生吸血鬼般吮吸着他的血液。阿迦勒斯的血就像美酒般散发着诱人的芬芳，当我咽下去的时候就好像真的醉了，眩晕感贯穿整个身体。

天旋地转，灵魂出窍。我在极致的眩晕中情不自禁地喃喃道："阿迦勒斯……"

好像时间过了几个世纪那么漫长，我慢慢地清醒过来。

大脑尚处在混沌状态，我本能地捧起一把海水浇在头上，凉意侵入骨髓，才使沸腾般混乱的脑海慢慢冷却下来。

当睁开眼睛的那一刻，我却为眼前的情景而大吃一惊——本来幽暗的狭小空间此时变得明亮了不少，就好像我的视线所过之处都被荧光灯照亮了，连岩石上的裂纹都能看得一清二楚。

可这里却并没有任何光源。

这样的景象十分奇怪，就好像……我通过夜视镜头在看外界一样。

怎么回事？

我摸了摸自己的眼睛，上面没有覆盖任何东西，可我立即注意到了皮肤上映着一丝隐约的暗光，仿佛是从我的眼珠上散发出来的。

见鬼，我的眼珠发光了？我不由得联想到阿迦勒斯在黑暗中窥人的眼神，冷不丁地打了个寒战。这难道也是变异的征兆之一——我拥有了夜视能力？

我将目光挪到阿迦勒斯的脸上，他正仰面浮在水中，能清楚地看见他闭着双眼，结实的胸膛均匀地起伏着，身上遍体鳞伤，咬痕、抓痕什么都有。他陷入了沉睡。

　　洞穴里静谧无比，空气中还弥漫着一股混杂原始气息的浓烈猩香，我嗅着，就连正常呼吸都无法维持。我记得，那是他的血液的味道。

　　就在昏迷前，我像个吸血鬼一样疯狂地吸食了他的血！

　　这是不是即将变异成人鱼的表现？就像传说中吸血鬼的初拥一样？

　　我贴在岩壁上深吸了几口气，以压抑渴望吸血的冲动，回头看了一眼阿迦勒斯，见他没醒，便毫不犹豫地溜出了洞外。

　　我小心翼翼地观望了一圈，原本聚集着许多人鱼的水中此时平静无波，水面如同镜子般反射着上方的月光，在此时我已具有夜视能力的视线看来更亮如白昼。确认水中没潜藏着危险后，我轻手轻脚地摸索着岩壁往上爬。

　　不知道是否是因为身体变异的原因，我发现我的手脚比原来有力量得多，而且手指竟然能牢牢地附着在潮湿的岩壁上不打滑，身体犹如壁虎般轻而易举地在岩壁上攀爬，很快我就爬到了这个异常陡峭并幽深的洞穴上方。这也许是因为人鱼的身上会分泌某种具有摩擦力的黏液，让他们便于在陆上行动，并且防止皮肤干燥。总归这个意外的发现使我精神大振，感到恢复正常的希望又大了几分。

　　就在还差几米之遥的时候，远处传来一阵呼呼的风声。

　　我本来以为是海边的飓风要袭来了，慌不迭地加快了手脚向上爬去，但在我站稳身子朝风声来源望去时，我才知道到自己大错特错。

　　——那不是什么飓风，那是……好几架正降落下来的直升机！

　　我僵立在那儿，一时傻了眼。转瞬间几架飞机已经降落到眼前，螺旋桨卷起的疾风猎猎吹起我的衣角，尘叶飞搅，使我不得不抬起胳膊护住被吹得眼泪直流的眼睛。紧接着，几十个穿着黑衣的武装人员从上面挨个跃下来，我才下意识地缓过神来，趔趄着退后了几步，猛然意识到这些就是莎卡拉尔他们的人！

然而，此时已经没有任何逃走的余地了。几十个黑洞洞的枪口唰地对准了我，我只好立刻做出标准的投降手势，以示我没有反抗的意图，并慢慢蹲下来。背后猝不及防地伸出一只手将我按了个狗啃泥，粗鲁地抓住我的双手别到背后去，并拿什么东西捆了起来，活像对待一只待宰的猪猡。

可我连感到羞耻的空暇也没有，因为眼下的情况太突如其来，我的大脑整个蒙了！明晃晃的直升机的灯光照得我什么也看不清，耳朵里充斥着巨大的嗡鸣声，周遭晃动的人影叫嚣着，却显得那么不真实。

我的大脑足足空白了好几十秒，直到我看见那些人冲到了洞穴上方，拿着枪瞄准了里面，才立刻惊醒过来！

等等，阿迦勒斯！

一瞬间，巨大的紧张感充斥了整个胸腔，令我感到一阵剧烈的心悸。我浑身不知道从哪儿冒出来的巨大蛮力，竟挣扎着翻过了身，一拳打趴下了背后压制着我的家伙，朝那些武装人员冲去，大叫起来："嘿，你们要干什么，别这样，喂！"

"德赫罗！"耳后突然响起莱茵的吼声，一只强健的胳膊突然从我的侧面袭来，将我一下子箍住，向后面拖去。

"见鬼，莱茵，你放开我！"

我大吼起来，眼看那些武装人员分别拉起一张金属网展开来，那上面唰地泛过闪闪发亮的电光，直朝洞穴里扔了下去。

霎时间，我听见底下传来了阿迦勒斯痛苦的怒吼，伴随着水通电的嘶嘶冒烟声。这个声音仿佛穿透我的耳膜直达心底，刺得我浑身一抖，整个心脏都像被尖锐的手爪揪了起来，喘不上气，大脑里只想着一个念头：我得救阿迦勒斯！

虽然我无法原谅他将我转化，但我的内心深处，已经将阿迦勒斯当成了生死之交，挚友，兄弟……他几次三番地救过我的性命，我不能眼睁睁地看着他被这些人伤害！

我死死地盯着洞穴口，犹如一头垂死的狼般红了眼睛，拼命地挣扎起来。莱茵竟然也一时制我不住，使我得空向前蹿了几步，一下子撞倒了其中一个武装人员，骑在他的身上便去夺他的枪，抓起枪来便瞄准了其中一个抓着铁网的家伙，声嘶力竭地骂道："你们这些混蛋，把这玩意儿给我拉起来，否则我就开枪了！"

而话音刚落的瞬间，我的大腿骤然一烫，一股巨大的推力将我打得跪倒在地，立刻袭来一阵撕心裂肺的剧痛。我知道这是有人朝我开枪了，可我没有去看谁瞄准了我，而是毫不犹豫地朝面前抓着铁网的那个家伙扣动了扳机。子弹射出枪口的一刹那，后坐力将我震得一下子栽倒在地，身后的一双手臂猛地扼住我的两条胳膊，膝盖压着我的脊背，用整个身体将我压在了底下，使我分毫动弹不得，连叫喊也卡在胸腔里发不出来，只能发出断断续续的闷哼。

底下传来的嘶吼声更加震耳欲聋了，我听得浑身发抖，却只能趴在泥地上，竭力地抬起头去，眼睁睁地看着铁丝网被直升机的勾子牵着，从底下提了起来。

金属与岩壁发出刺耳的撞击声，犹如金石碎裂，包裹着中心一大团狂抖乱荡的黑影，他的蹼爪疯狂地撕扯着坚不可摧的金属网，那条杀伤力极大的鱼尾被挤压在里面，只能露出半个尾鳍。光影斑驳的网眼间，我仅能看见阿迦勒斯戾气毕露的半张脸孔，那双幽暗狭长的眼睛此时目眦欲裂地望着我，仿佛淌出了血。

该死的，这些极端势力分子要抓他去哪里？

　　我咬着牙想要呼喊阿迦勒斯，可从喉头里仅仅挤出了几个破碎的音节，我紧紧地蜷起拳头想要挣扎着起身做点什么，可背上的重量却压得我脊椎骨都要碎裂。我想要望着阿迦勒斯的双眼，可自己的视线却突然模糊掉了。

　　我只能眼睁睁地望着金属网收得越来越紧，被直升机提着朝另一个方向飞去，最终消失在视线的尽头。

　　我茫然失措地大喘着气，瘫在泥地里，如同一条濒死的鱼。

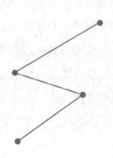

PART 5
救援行动

那仿佛是……命运之神的狞笑。

在直升机极速坠向大海之前，

这是我脑海里最后的念头。

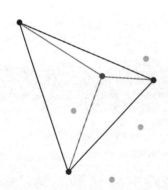

Chapter 30

反击

"德赫罗，起来。"

螺旋桨呼呼的风声里夹杂着一个呼喊的声音，随之，我感到压制着我身体的膝盖撤开了，一只手将我从地上拖拽起来。

不用想我也知道刚才压制着我的人就是莱茵，这个极端势力的走狗！一刹那我爆发出巨大的力气使我一下子蹿起来，狠狠地撞翻了身后的他，起身便是一拳照着他的面门砸去，他却像是早就预料到我会这么干一般，敏捷地一个侧身躲了过去。

我的拳头最终擦着他的鼻梁滑过去，胳膊被他抓住一扯，我整个人便向前倾倒，莱茵则用标准的擒拿式将我制住，与此同时，我的后颈上袭来一阵钝疼，整个人还未反应过来，便栽倒在地上，眼冒金星。

我晃了晃脑袋，想爬起来，头脑却迷迷糊糊的，天旋地转。接下来，眨眼的工夫，我听见刷拉几声，结实无比的胶带就已经封住了我的手脚，一件宽大的外套扑在身上，使我的视线被罩在了一片黑暗中。

为了防止我就这么晕过去任人宰割，我只好狠狠地咬破了自己的舌头，完全出乎意料的剧烈疼痛立刻令我打了个激灵。

老天保佑，我没将自己的舌头咬断，因为咬下去之后我才察觉自己的犬齿竟然变得十分锋利！我能感到血液从嘴唇里淌出来，舌头麻得没了感觉。

谢天谢地，拜阿迦勒斯所赐，我也许从此就要变成哑巴！

老天，这也太倒霉了……

我在昏沉与疼痛带来的清醒间挣扎着腹诽。接下来我的身体一轻，被一双强健的臂膀扛了起来，走动起来，很快被放在了一个担架上，被缚带捆得严严实实的，随着周围翻卷起来的风朝上方升去。

我的心脏也犹如被悬吊在高空般，怦怦跳得厉害，手脚冒着大量的虚汗，就好像一个恐高症患者第一次乘坐直升机一样。尽管我现在算不上乘坐，只是犹如一只牲畜、一件货物般被运输着。

这是一种相当难受的感觉，就仿佛深陷在一个被未知的黑暗充满的洞穴里。

我无法主导自己接下来的命运和去向，我无法得知自己的朋友们和阿迦勒斯的下落，甚至无法确定自己对这些极端分子而言是否还有存在的价值，即使有，在他们军队势力的控制下我是否又有翻身的机会？

愿老天保佑我能。我想向上帝祈祷，可我压根不信基督教，更清楚地知道耶稣他老人家顾不上我这个无神论者。我必须认清现实——我处在真正的、彻底的、孤立无援的状态下，在一个离俄罗斯千里之遥的古老的岛上，成了一群企图占领这儿的极端势力余孽的人质。

刹那间一股绝望感涌了上来，但我立刻压抑住了那些让人陷入低谷的念头。我深吸了几口气，闭上眼睛，强迫自己保持那么一丁点"德赫罗"式的乐观，把嘴里的血沫呸呸地吐出去。

嘿，嘿，德赫罗，别一巴掌先把自己拍死了，你至少还活着，不是吗？那些人鱼又是多么强悍的生物，也许他们能用大自然的法则给这些图谋不轨的混蛋以狠狠的反击！这样鼓励着自己，我又感到心里生起了一线希望。

还有，我的身体产生了一些变化，让我的体能变强悍了（尽管可能会带来无法预估的危险），但现在却成了我最有利的条件。真是见鬼！

当我胡思乱想的时候，直升机慢慢降落下去，很快发出一声降落在金属的平地上的响声。

蒙着我脑袋的衣服被粗鲁地扯开，使我得以看清了这是哪儿。

——我来到了这群极端势力人员停泊在海岸边的军舰上。被几个武装人员押起来后，我看见他们的船只有四艘，被金属板并排连结起来，看上去就像一座小型的水电站。

但是我再清楚不过，这里就是莱茵和莎卡拉尔的谈话中提到的"实验基地"了。

他们会以这里为核心，登陆岛屿，然后开始扩大侵略范围，就像二战期间德国海军的"Z"计划那样，尽管那个计划夭折了。我希望他们在这里如同二战期间一样被挫败，但可笑的是诺曼底登陆时有强大的盟军，此时此刻却只有我一个俄罗斯小子，一个只会纸上谈兵的生物学系的学生。

"喂，你们要押我去哪里？那条被你们抓走的人鱼呢？"

我啐了口嘴里残余的血，眼神凌厉地瞪着右边一个负责押解着我的家伙问道。他冷冰冰地扫了我一眼，没搭理我。在意识到他们可能听不懂俄语后，我又换了英语重复了一遍，但我这会儿有点口齿不清，还带着浓重的莫斯科口音，得到的回应和刚才几乎没什么差别。

　　我沮丧地长出了口气，把目光转向了别处，突然眼前一亮——

　　我看见了那个困着阿迦勒斯的铁丝网，此时空荡荡地吊在船外沿的一个勾子上，晃荡着。看上去他也在这艘船上。

　　可就在我的目光四下搜寻的时候，我的头被背后袭来的手掌狠狠地按着低下去，并将我朝面前的舱门里猛地推搡进去，背后的声音恶声恶气："Idiot, gehen!"（蠢货，进去！）

　　我听不懂他在讲什么，但我肯定这是一句骂人的话，但事实上在我听来，德语说什么都像在骂人。

　　我被押进了一间没有窗户的舱室里，这里悬挂着许多铁索和手铐，旁边还有一扇门，但是紧紧关闭着，我猜想这里就是他们要关押我这个俘虏的地方。

　　背后的手将我推着面对着墙壁，在我还没有反应过来的当口，一股冲劲巨大的水柱便从背后突然袭来，激得我弹簧般地一蹿，头却被死死按在墙壁上，身体也被几双手制得动弹不得。

　　带着海水咸味的高压水流犹如在我身上扫射般，不留余地地攻击着我的全身各个角落，我连眼睛都睁不开，只能狼狈不堪地猛呛着水。

　　这简直就像他们那里犯人在入狱前的遭遇！

　　这是一种摧折罪犯自尊的做法，让他们在入狱前清楚地意识到自己不再有任何隐私和反抗的余地。这些家伙就像对待犯人般地对待我，也许是想先折磨我一番再进行酷刑审讯。

　　我的心里开始有些发怵，但我咬着牙，没有作出任何反应，一动不动得像尊石雕。被高压水枪冲遍身体某个角落的感觉相当不好受，他们甚至连我屁股和胯下也没有避开。

　　水枪不知在我身上扫荡了多久，在我感到耳朵里的水都要灌进大脑里去的时候，一切终于消停了。耳膜在嗡嗡作响，思维有些麻木，我机械地抹了抹脸上的水，在还未缓过来的时候，我突然感觉到一只粗糙的手掌搭在我的肩膀上。

这使我立刻一愣，便听见背后几个人大笑起来，其中一个人用生硬的英文嘲讽道："嘿，俄罗斯妞，听说抓起来的那条人鱼是你的宠物？"

俄罗斯妞？我转过身去，阴沉着脸盯着那个说话的高个子，一字一句缓缓地道："你说什么？我听不懂你那蹩脚的人话。"

室内一静，紧接着又爆发出一阵大笑。

"细皮嫩肉的俄罗斯小妞，听说那条人鱼只听你的话呢！"

我的拳头在身侧不由自主地收紧了，指甲陷进肉里，但疼痛引起的理智告诉我，我必须得忍耐，因为眼下我没有任何反抗的资本。

于是我死死地盯着面前的家伙，目光化成刀子般剜着他那张叫人恶心的脸："我曾是他的饲养员，我在试着驯服他，但是过程不那么顺利。"

回应我的是一片更放肆的讥笑声，戏弄着我的家伙更是仿佛听到了什么天大的笑话般："就凭你能驯服那种凶猛的怪物？你怎么驯服？戴着假发，穿着比基尼，套着橡胶人鱼皮套，把自己弄成一条美人鱼跟他在水下共舞吗？"

我咬了咬牙，忍无可忍。拳头砸在他的鼻梁骨上只是眨眼间的事，他痛得叫了一声，我接着又是一拳，再出一拳，将他打得向后栽倒，而我毫不犹豫地扑在他的身上，将他压倒在地。

周围的人纷纷举起枪瞄准我，叫嚣起来，而我此时什么也顾不上，只是杀红了眼，用膝盖压制着身下比我强壮得多的男人，一下下疯狂地殴打着他，甚至连几个人拿枪托砸我的身体，也没有起什么实质性的作用，我几乎感觉他们是在拿海绵枕头对付我。

这些人显然没反应过来我会从一只看上去温顺的羊羔突然进化

成一只狮子，而其实我自己也没意识到在此时的身体状况下愤怒起来会爆发出什么力量。

我只是纵容着血液里的暴戾因子如火星般噼里啪啦地爆炸着，痛快地跟陆续扑上来的家伙缠斗在一块，打得对方血流满地。最终在我撂倒了几个人之后，四周的人退开了一个圈，不约而同地拿枪口对准了我。

我气喘吁吁地匍匐在地上，抹了抹从头顶和鼻子里淌出来的鲜血，犹如一只真正的野兽般狠戾地梭巡着周围的人。他们的脸上不像刚才那样带着轻视的表情，而是诧异地盯着我，这让我舒爽多了。可糟糕的是，我知道他们打算直接将我击毙。

"咔哒——"

我听见一声拉开保险栓的声音。一个声音在脑海中拼命地提醒我该说些什么来保住性命，可我的嘴里偏偏一个字也吐不出来，我索性闭上了眼睛。

该死的，德赫罗，你就是这么个倔强的牛脾气，从小到大吃过多少亏？好吧，现在你终于要把自己的小命赔进去了。

"等等！别开枪，莎卡拉尔上校留着他还有用！"

就在千钧一发之际，我突然听见门口响起了莱茵的声音。

我睁开眼睛，看见他走进来，望着我脚下血迹斑斑的烂摊子，脚步停顿了一下，看着倒在一边的那个鼻梁骨断了、牙齿碎了一地的可怜虫，他不可置信地抬头望着我，意思显然是在问：这是你干的？

我站起来，耸了耸肩，半眯着眼睛，挑衅似的瞧着他，手背蹭了蹭沿下巴滴下去的血，但我的余光猛然注意到我的手有点不对劲——我的食指和中指间又长出了那种透明的膜，手背上的血管全凸了起来。这使我浑身一抖，急忙将手垂了下去，不动声色地并拢了。

"怎么，我还有利用价值吗？莱茵，我亲爱的导师。"我冷哼了一声，故作沉着地与他对视着，以掩饰心里泛上来的恐慌。我不知道这种异变会不会立即加快，我无法确定自己的双腿会不会突然变成鱼尾，或者嘴里长出獠牙来。

"将他带来，快点。"这时一个尖锐的女人的声音忽然划破了室内死一般的寂静，那是从莱茵身上的对讲机里传来的。这成功地转移了莱茵凝聚在我身上的复杂的不知道包含了几种情绪的目光。

他挥了挥手，示意其他人放下枪，并给了我一件蔽体的衣服。他将我押着，朝船的另一头走去。

沿着通往底舱的楼梯而下，我立刻感到自己犹如置身在一个戒备森严的地下牢笼里。

噢！天哪！我看见了什么？两侧的玻璃水舱上覆盖着一层金属网，透过那些狭小密集的缝隙，我发现里面都是一条条被单独隔离的人鱼！我瞠目结舌，而且浑身发冷地挨个看过去，它们之中有雌性，也有雄性，无一不用头颅抵着里面一层的玻璃，绝望而惊恐地望着外界，那些眼神叫我如扼住咽喉般的窒息。

但我发现，这其中并没有阿迦勒斯的踪影。

他在哪儿？

就在我满腹疑云的时候，莱茵架着我一路走向了底舱的尽头，莎卡拉尔正站在我的前方，她的背后是一扇封闭的舱门，门板上赫然有几道凹进去的打击痕迹，把手上甚至还沾染着蓝色的血迹。

我的心头骤然紧缩起来。

"你很好运，德赫罗。"莎卡拉尔微微弯起殷红的嘴唇，露出她那标志性的、令人恶心的阴险笑容，"你将有活下去的机会，但不是因为莱茵帮你求情的作用，而是因为我身后的舱室里的这条人鱼。我刚刚发现它是这座人鱼岛上的首领，看看你周围的这些可怜的小东西，都是为救他而来的。"

她停顿了一下，用一种虚伪至极的柔和眼神盯着我："小天才，现在，我们需要他的基因，可惜没有任何一个人能靠近他，用针筒戳穿他的皮肤。只有你——"

"上校！"莱茵打断她。

"闭嘴！"莎卡拉尔的脸唰的一下由晴转阴，"不然你还有什么更好的办法？还是你不希望你亲爱的小弟弟活下去了？"

"可……"

"我答应。我帮你们。"我张开嘴，面无表情地吐出几个字。天知道我多么想一口唾沫啐在这条美女蛇的脸上，再扇上两耳光，但我清楚地意识到这是我唯一能见到阿迦勒斯并解救他的机会。

"很好……"她的头低垂，目光重新凝聚到我的脸上，绿色的眼睛里散发出来的光令我感到不寒而栗，"不过，在你进去之前，我要先给你看个东西。"

我皱起眉头，眼见她忽然抬起手按了按墙壁上的一个按钮，头顶上随之传来一阵金属舱板开启的声音，我下意识地抬头望去，刹那间脚下便趔趄了一下。

透过头顶的一块玻璃，我竟看见拉法尔、达文希和伊娃，他们闭着眼睛侧躺在那儿，手上和脚上被铐着镣铐。

"你……把他们怎么了？"我的眼珠子几乎要瞪出眼眶，情绪的激动使我的声音颤抖着。我恨不得脖子能立刻伸长点，好让我一口咬断这个臭娘们的咽喉！

莎卡拉尔抱着双臂，向后退开了一点距离，轻描淡写地又按了一次按钮："别着急，他们只是昏迷了而已。但他们的命保不保得住，就要看你的表现了，德——赫——罗。"她的红唇念着我的名字，就像在给我实施某种致命的咒语。

　　她的手放进口袋里动了动，拿出一个被无菌袋包装好的针管，递到了我的面前，并示意莱茵放开我。

　　我的胸口剧烈地起伏着，目光停留在针管上，又盯在她的脸上。我真的想一把掐死她，但我拼命压抑着这种冲动，伸出手去，接过了那个针管，放进了口袋里。

　　"我有个条件。"我盯着她，"在我取样的时候，不许任何人进来。"

　　莎卡拉尔莞尔一笑，露出一种微妙的神情，拉开了舱门："我们只会在外面监视你，你最好别玩什么把戏，你可怜的朋友们可撑不了几天了。"

　　我的拳头骤然一紧，捏得指节咯咯作响，深吸了一口气，踏了进去，舱门在我的身后轰然关闭。四周陷入一片黑暗，但仅仅只保持了几秒钟，我变异后得到的夜视能力就发挥了作用。

　　这是一间颇为宽敞的舱室，中心的甲板上有个黑幽幽的玻璃水舱，而阿迦勒斯正被几道极粗的锁链捆吊着双臂，垂着头。他在海中是那么矫健、勇猛，可此时就像濒死一样，奄奄一息地被锁在那儿。他的上半身露在水面上，当我走近时，我发现他剧烈起伏的胸膛上横亘着一道焦黑的伤痕——那是被电击而留下来的。

　　我在刹那间愣了一两秒，然后跌跌撞撞地跳到水舱里，蹚着水冲到他的面前。我的手指颤抖着抚上他伤口附近的皮肤，好半天才艰难地发出了声音："阿迦勒斯。"

　　我的声音相当嘶哑，几不可闻。

　　他沉重地喘息着，头垂吊着晃了晃，缓慢艰难地抬起来，狭长眼皮下幽深的瞳仁像失去了焦距般，逐渐才收拢在我的脸上。

　　"德赫罗……"他低低地喃喃着，声音低得近似耳语。

　　我捧起他的头，真的心痛极了，那绝对不是因为对一个强大的生物沦落到此种境地的同情，或者什么生物学家的道德感，而是另一种强烈的情绪——我想我该称之为……共情。

兴许是我们共同经历了数次生死，兴许是因为他数次救过我的性命使我感恩，又兴许是因我的身体发生了趋向人鱼的异变……我此刻已经发自内心地将他当成了挚友、同类，乃至血亲一般的重要存在。

"阿迦勒斯，你怎么样？"我颤抖着声音问道。

他神色虚弱地盯着我的眼睛，并没有回应我，也许是已经没有力气，也许是为我的逃走而怀有怒意，又也许他以为我和莎卡拉尔他们是一伙的。当然，他完全有理由这么想，他也许认为我同样是个残忍而自私的人类，为了利益而背叛了他。

我这样难受地心想，他却忽然低下头，一口咬住了我的手，使我不由自主地发出一声闷哼。我一动不动，咬紧了牙关，可他并没加重力度，只是用獠牙轻轻地磨着。我深吸了一口气，知道他并没有真的不相信我，否则我的手一定会立刻断掉。

"阿迦勒斯……我没有背叛你，请相信我，我和他们绝对不是一伙的。"

我一边解释着，目光扫过他身上的那些伤痕，忍不住伸手去抚摸了一下。为什么这些伤口没有自愈？当我摸上去时，便明白过来。那些皮肤已经发硬了，就像是烧煳了的皮革，我甚至能嗅到一股可怕的焦味，这使我努力屏住的呼吸都发起抖来。

显然他的自愈能力因此遭到了破坏，他没有办法通过血液里携带的某种细胞的功能发挥作用，此时也许再次使他流血是让他愈合的最快途径，可我不能这么做。我不能让那些极端势力人员有任何得到阿迦勒斯的 DNA 的机会，谁知道他们要拿去做什么可怕的研究！

一个想法突然闪现在我脑中。如果我的身体发生了趋向人鱼的异变……

那么……

我的心一横，一口咬破了自己的手。鲜血立刻渗了出来，沿着手背滴落，我竟然发现我的血液呈现出一种红蓝混合的深紫色，这毫无疑问是变异的最明显征兆，假如没有得到及时遏止，我的血液最终会变成跟阿迦勒斯一样的蓝色。

当我的血汇成一条细线滴落在阿迦勒斯的胸口的一刻，他浑身一抖，胳膊扯动着锁链，发出一声沉重的叹息："别……伤害……你……自己……德赫罗。"

"别乱动！"我扶住他的胳膊，头也不抬地呵斥道。我可不需要他在这种情况下担心我这种无谓的小伤，但是我知道自己满手流血的样子有点吓人。

我将手上的鲜血均匀地涂在他伤口的每一寸，从上至下，任何角落都没有放过。那些焦黑的皮肤在我的鲜血滋润下迅速滋生出一层白色的薄膜，印证着我的猜想的正确。

舔了舔自己手背的伤口，我才突然想起来莎卡拉尔的要挟，假如我今天不完成她的要求，她一定会对拉法尔他们下手，但我也不能抽取阿迦勒斯的血。毕竟他已经如此虚弱，何况如果莎卡拉尔在阿迦勒斯的血液中发现了什么，一定会变本加厉地折磨他。

我警惕地望了望四周，身体挨近了阿迦勒斯，好借此挡住自己的动作——我掏出口袋里的针筒，做出一个拿着它要扎进阿迦勒斯胳膊的假动作，并抬起手腕，借着另一只手的遮盖，使针管在阿迦勒斯的皮肤上形成一个夹角，让它恰到好处地刺进了我自己的血管里。

"德赫罗！"阿迦勒斯低吼了一声，似乎责怪我不该这么做。我没有理会他，只是迅速地抽了自己满满一管血。

虽然我的血和阿迦勒斯的血液颜色有明显的区别，莎卡拉尔她们没有真正地研究过他，而且我早就发现阿迦勒斯的血液一旦脱离体外暴露在空气中便会迅速凝结成化石般的坚硬固体，除非从体内抽取，否则根本无法进行化验。

也就是因为如此，莎卡拉尔他们无法确信蓝色的液体就是他的血液，才会令我来直接从阿迦勒斯的身上抽取。所以，我是完全可以用自己的颜色奇特的血液蒙混过关的。

从生物学的范畴上定义的话，我现在既不是人，也不是人鱼，而是一个介于两者间的变异物种。

要知道研究每天都在变化形态和数量的 DNA 链的难度可不是一般的大，需要大量的高强度的密集型记录和跟进研究，真是够他们折腾了。

我禁不住讥笑了一声，将针筒收进无菌包装袋，提起来晃了晃，在黑暗里巡视了一圈，以展示我完成了他们的要求，嘴里低声道："我会保护好自己的，阿迦勒斯。告诉我，岛上有没有更强大的存在能够救你出去？"

当这样问时，我的脑子里电光火石地一闪，猛然记起了那个红眼蜥蜴般的大怪物，抬起眼盯着阿迦勒斯正打算发问，而他则早已预料般地眯起眼睛，启口吐出几个奇特的音节："Na—— ka—— mi—— Ya. 你……回到那……"

"我明白……"我心领神会地点了点头。我得想办法让莎卡拉尔他们对我放松警惕，获得一定程度上的行动自由，然后回到我曾经见到过那只怪兽的地方，让它知道阿迦勒斯和这些人鱼的困境，尽管我无法确定它是否能对付真枪实弹，但它无疑是一个最有力的战友。

正心事重重的，舱室里突兀地响起的一个尖锐的声音突然打断了我的思考："德赫罗，取到血液就快点出来，还想在那儿多陪陪你的朋友？"

　　可恶，这个臭女人。我攥了攥拳头。

Chapter 31

利用

　　走出舱室的大门后，我便看见莎卡拉尔迎面走上前来，身后跟着神情复杂的莱茵，他的表情不禁将我吓了一跳。他逼视着我，牙关的轮廓从脸颊上微微凸出来，仿佛积压着忍无可忍的怒气，这副样子就像假如莎卡拉尔不在，他就要变成一只狮子将我吃了。

　　尽管再清楚不过刚才的一切被他们监视着，并早已做好心理准备，我还是不免感到强烈的不适。我低下头，掏出口袋里的针管，以闪避开那样的目光，紧皱着眉头将它递向了走近的莎卡拉尔。

　　她用一种叫人相当不舒服的眼神扫过我的脸，蔑笑一声，接过针管，仔细地打量着里面那管紫红色的液体——我的血。这使我紧张起来，但我表现得不动声色，一点儿表情波动也没有。要知道像国际间谍这种身份的人对伪装和破解伪装的心理战术很有一套，我绝不能让他们察觉到任何不对劲的表情，哪怕流汗和微表情的都不可以。

　　为了防止自己露出什么破绽，我假装不耐烦地交叉着双臂，将目光抛向头顶，冷冰冰地吐出几个字："嘿，血给你们弄到了，我可以见见我的朋友们了吧！除非确认他们生命无碍，不至于被你们关到饿死，否则你们休想命令我干任何事！"

莎卡拉尔蹙起眉头，没有搭理我，只是拿出一个试管小心翼翼地将针管里的血液注进去，晃动了几下，似乎是它的颜色和浓度都没有被检查出什么异样，她才微启嘴唇，漫不经心地扫了一眼莱茵："噢，我的小学士，当然可以，由莱茵带你去上面。"

"是，上校，我这就带他去。"好像是获得赦免一般，我看见莱茵紧绷的脸突然松弛下来。他一把抓住我的胳膊，就势打算将我拽出去，却被莎卡拉尔叫住："别忘了，给他戴上手铐。"说着，她从口袋里掏出一副明晃晃的东西，抛给了我身后的莱茵。

冰冷的金属环挨到我的手腕，我下意识地挣扎着缩回了手臂，盯着莎卡拉尔那看上去颇为柔软的脖子。

我知道以我现在体内蕴藏的力量挣脱莱茵，并使用这副手铐作为武器要挟莎卡拉尔不成问题，可这个念头仅仅是一闪而过就被我立刻打消了：即使我能要挟莎卡拉尔放出拉法尔他们，和阿迦勒斯，及这里所有人鱼，他们也无法抗衡这支军队的火力，我必须得忍耐，伺机想办法偷袭他们，一艘船一艘船地瓦解击溃。

我的指甲掐进掌心里，任由手铐箍住了腕部，被莱茵押着走向楼上的阶梯，并一边观察着两边那些被囚禁的人鱼。

我惊讶地发现其中有不少人鱼同样注视着我，那些眼神与之前我在人鱼岛上遭遇他们时大不一样，此时他们的眼神让我毫无毛骨悚然之感，甚至让我从心里聚起了一丝希望。因为他们看着我的时候就像在看着他们的同类，我敢说甚至到了一种毕恭毕敬的意味——那样低垂着头，眉眼低敛的神情，就像是在行人类的注目礼一样。

我不可置信地皱起眉头，想要确认这是不是我的错觉，却被莱茵推了一把。面前的舱门轰然打开，我被一下子推了进去，门又从身后关闭。

狭小的舱室里亮着一盏油灯，十分昏暗。舱室的墙壁边放着一张简易的床榻，人影模模糊糊地叠在一起。我看见一个人站了起来，熟悉的声音一下子响彻室内："德赫罗，噢，上帝，你还活着！"

"拉法尔！"我眨了眨眼睛，视线里出现的熟悉面孔让我倍感激动，脚步跌跌撞撞地冲过去，却被迎面站起来的伊娃挡住，她纤细的手抓住我的肩膀，轻轻地发出了一声"嘘"，同时指了指床上。

我霎时间为眼前的情景惊呆了。

失踪好一阵的达文希正躺在床上，他像只被摧残了的小兽般蜷缩在那儿，气息明显不太沉稳，像是困在一个噩梦里。他的身上披着拉法尔的外套，但还是掩饰不了底下露出来的身体上遍布的伤痕，尤其是肩膀上、脚踝处，几道深深的抓咬痕迹赫然在目，而床单上晕染着一小片已经变深了的血迹。他整个人消瘦得不成样子，假如不是那张脸，我怎么也无法认出面前的人就是我那朝夕相处的学长。

"他怎么了？"我惊愕地询问道，小心翼翼地揭开盖在达文希腿上的衣物。他的双脚血肉模糊，皮肤呈半透明状，连血管也清晰可见，水肿得非常厉害。

噢！天哪，不！我无比痛心地蹲下来，想要触碰达文希的脸，手却在手铐里动弹不得。

伊娃将我搀扶起来，她脸上的泪水在闪着微光，嘴唇颤抖着："我不知道该怎么处理他的伤，太可怕了，德赫罗！他的双脚断掉了，没有医生，没有消炎药，达文希很快会因为感染而死掉！我不知道是哪个变态伤害了他，也许就是那些极端势力人员……"

"别说了，别说了，伊娃！"我喘不过气似的对她吼道，心脏扭曲成一团，声音颤抖着，"我会想办法……我发誓我会想办法救他……"

我语无伦次地重复着这句话，拉法尔轻轻拍着我的脊背，发出一声沉重的叹息，伊娃则捂住嘴，哽咽着，泣不成声。

"你们俩冷静点，"拉法尔将我和伊娃拉近，拍了拍我们的肩膀，压低了声音，"我们现在也不算全无希望，在被那些极端势力人员抓住之前，我设法发射了无线电信号向海军部呼叫救援，他们收到信号一定会尽快赶来，我们得在这段时间内设法保住性命。德赫罗，他们不会杀我们，因为我们脑子里还有他们需要的东西。你也有，德赫罗。"

"是什么？"

"你见过维诺格雷德博士吗？"拉法尔看着我的双眼，神秘兮兮地问道。

"是的，"我的心中咯噔一下，"你也与他交谈过？"

"你记不记得他曾经给你看过一张照片，是一串奇特的长长短短的黑色格子？"

"没错，"我的神经一跳，"那是一串像摩斯密码的玩意，我那个时候是在向他询问关于与人鱼沟通的问题，他却奇奇怪怪地给我看那张张照片，要我记下来。我当时搞不明白他是什么意思，以为他真的有点疯了。怎么，你也见过？"

拉法尔警惕地望了望四周，将声音压低到只有我和伊娃才能听清的音量，并用特殊的打卷儿的大舌音夹杂在每一个单词里，极快地说道："那串摩斯电码是维诺格雷德博士的一个磁盘的开启密码，那里面藏着这群极端势力人员最想得到的秘密，它能带领他们通往人鱼岛上最大宝藏的所在地——空间门。我知道听起来有些玄乎，但这不是神话，是一座真实存在的'门'，进去的人会回到过去的某个时间点，也许会进入一个平行世界，这就是亚特兰蒂斯失踪的奥秘。听着，那个传说中的亚特兰蒂斯不在海底，而是在另一个空间，另一段历史，人鱼就生活在那儿。"

他停顿了一下，笃定地盯着我瞠目结舌的脸，一字一句地打消我的不可置信："我这么肯定，是因为维诺格雷德博士的下属，那个曾经被人鱼带走的船员回来了。德赫罗，不管你是否相信，那个船员，就是你的爷爷。"

我震惊得几乎下巴当场掉下来："不，不不，怎么可能！维诺格雷德博士明明说他的船员在几十年前就失踪得了无音讯，博士一直在寻找他，并且在报纸上刊登了寻人启事，发往世界各地，怎么可能是我的爷爷？从小他就一直陪伴在我身边，直到在冰岛遭遇海难……"

那时的情景忽然浮现在眼前，我仿佛又看见了夜雾中那个黑影，一双狭长幽亮的眼睛。第一次遇见阿迦勒斯，被他救起来的画面历历在目，霎时间我的心中也仿佛冒起了一层雾气，心中隐隐约约地冒出些猜想来，不由得困惑地等待拉法尔继续说下去。

"维诺格雷德博士当时给我放了一段录音，在录音里面，你的爷爷提到了他进入时间门以后发生的事。他说那儿是与地球截然不同的另一个空间，但是某种电流让他的声音断断续续的，我听得不是很明白，只知道他是做了某种承诺才从那儿回来的，确切地说是一个交易……呃，他答应了那儿的首领，将来付出某种代价，某种很大很大的代价。"

"是……我吗？"我咽了口唾沫，从颤抖的唇齿间吐出一个音节，我感到浑身发冷。

"呃？"拉法尔困惑地眨了眨眼睛，停顿下来，"什么……你？"

我动了动嘴唇，却什么也没说，只是僵硬地摇了摇头，长长地吐出了一口气。他不知道阿迦勒斯和我之间的纠葛，所以显然不明白我突然冒出来的这句话的含义。

毕竟若将这一切联系起来是多么奇怪的逻辑，因为我的爷爷在维诺格雷德博士年轻时的那个年代同样是个二十来岁的青年，那时候压根没有我的存在，他向作为首领的阿迦勒斯做了一个不知道是否可以兑现的承诺——将他那时候并未有的孙子作为"支票"付出去。

所以……所以阿迦勒斯才会一直说什么，要我……跟随他？

该死的，这听上去是多么荒谬！

也只有我自己相信这就是阿迦勒斯突然闯进我的命运齿轮的前因后果，尽管，我并不想承认。我一点也不愿相信我的推论。我猜想我的爷爷他老人家做出那样的承诺的时候也许脑子发昏，也许当时冲动又不计后果，根本没想到会给未来的我带来怎样的巨大影响，而我也无法去责怪一个去世的亲人——我还清楚地记得幼时他有多疼爱我。

他常常带我钓鱼、漂流、野营，让我的整个童年在海边无忧无虑地度过，直到现在，每当望着大海，我依然会想起他爽朗、慈祥的大笑，还有他抚摸我的宽厚手掌，这些都沉淀在最深的脑海里，让我无法忘却。他甚至扮演了我父亲的角色。

我不相信这些行为都是为了兑现他曾经许下的承诺，尽管当我此刻仔细回忆起来，他过去的某些行为真的有些怪异。他常常对着茫茫大海放射烟火，常常驻足在船头吹响号角，就好像在呼唤着、回应着什么一样。他是想将我像一个祭品一样献给阿迦勒斯吗？

我的呼吸急促，脑子里就像被一场突如其来的烈风刮过，思维飘散得乱糟糟的，拉法尔接下来说的话仿佛从我的耳畔擦过去，一个字也没听进去。

"德赫罗！"拉法尔在我的眼前晃了晃手，让我一下子回过神来，

"所以，听着，这些极端势力也许是知道了你爷爷的过去，才会盯上你，你得备加小心，同时设法利用你知道的东西保住你的命，时间门可以让他们知道，因为他们即使进得去也难以出来……"

"明白，我会的，"我深吸了一口气，定了定神，强迫自己收回杂尘般的思绪，目光沉重地落在达文希的身上，"我会设法保住自己的命，并为你们拖延时间。那些极端势力需要利用我来研究阿迦勒斯，我也许可以获得有限的自由，说不定能为达文希争取到医生……等等！"

这样说着，我不禁忽然想到我的血。对了！我一拍大腿，急忙走到床边，抓住了盖在达文希身上的大衣的一角，却又犹豫起来。伊娃抓住了我的手腕："德赫罗，你打算干什么？"

"处理他的伤口……我……也许有个方法能治愈他，但是，我需要你们回避一下。"我低声道。可话音刚落，我便联想到了监视器，心里"咯噔"一下。我不能这么做，因为那些极端势力一定在看着这里。

"你最好还是别碰他，他的情况很不稳定。"拉法尔按住我的胳膊，表情凝重地摇了摇头，示意我看着他的手悬在达文希的脸上拂过，便看见达文希的眼皮像拧紧的毛巾般浮起重重的褶痕，眼珠的轮廓极速地抖动着，连带着脸部肌肉都抽搐起来，整个脸都变了形，仿佛处在一场激烈的搏斗中，处在一个被鬼魅包围的梦魇里，稍一懈怠就会被吞噬掉。

我倒吸了一口凉气，这不就是重度 PTSD（创伤后应激障碍）的征兆吗？

此时的达文希就像一只惊弓之鸟，假如我莽撞地把他弄醒，他很可能会像那些进入深度休眠的人被猛然惊醒后一样猝然死去。

"你明白了？他需要医生，还有最重要的，镇定剂以及止痛药。"

"嘭，嘭，嘭——"

门外响起了重重的捶门声："德赫罗！"

莱茵的声音传来，随之门被突然拉开："喂，等等！"我还没来得及回答拉法尔的话，就被粗暴地拖拽了出去。他正押着我往船的另一头疾步走去，一拐弯就撞上了一伙人高马大的武装分子，他们齐刷刷地朝莱茵敬了个礼，其中一个皮肤晒得黝黑的光头男人瞅到我的时候脸色立刻就变了。我冷冷地扫了他们一圈，噢，这就是那伙看着我把那个壮得像猩猩般的蠢驴打得满地找牙的家伙。

他们应该对我刮目相看。但我注意到他们的身上背着枪支和炸药，全副武装，而远处一架直升机正打算起飞。他们一定开始准备占领这座岛了。

"嘿，这不是那个把卡诺森揍得半死不活的俄罗斯妞吗？"光头男人拧着嘴角，面色狰狞地打量着我，伸出手来似乎想要做什么，但被我一撇头闪了过去，咧嘴亮了亮牙："嘿，小心点，伙计。"

他反手就想掐住我的脖子，却被莱茵挡了下来，他的脸立刻扭成了一团："莱茵上尉，莎卡拉尔上校既然命令你审讯他，你可得拿出审战俘的那一套让他尝尝'甜头'。"他抽了抽嘴角，拳头重重地压在莱茵的胸口上，"卡诺森被他打得重度脑震荡，视网膜都脱落了。"

真是活该。我想说这句话，可我忍住了，只是从鼻子里发出了一声不屑的轻哼，假如我的手能动的话，一定已经朝面前的秃子竖起了中指。

"我会处理的。你们小心点，别在水域附近跟人鱼交战，尽量远程攻击他们。他们都是疯狂的野兽。"莱茵扭头看了看直升机，架着我与他们擦肩而过，"祝你们好运！"

莱茵将我带到一个舱室门前，拧开了门阀。我看着他的侧脸，希望能从他的脸上读出一丝同情的情绪，看在我像他弟弟的份上，也许他会愿意帮我一些不出格的忙。

"莱茵！帮帮我好吗？"我低声向他请求，可他置若罔闻地径直将我推进了那个舱室，他紧紧地抓着我的胳膊，将我的手铐在了床边的栏杆上。

然后他摸了摸我的头，用一种混杂着疼惜的复杂眼神俯视着我："好好睡一觉吧！瑞德，等你醒来，过去的噩梦就会离你远去，以后我好好保护你。"

这个称呼使我隐约窥见了一丝可乘之机，我一把握住他的手，逼着自己喊："哥……哥哥！"

莱茵的手明显僵了一下，我知道自己的角色扮演奏效了。该死的，虽然这样奇怪极了，可是为了达文希和其他人，还有阿迦勒斯，我做什么都可以。何况，这并不是一件很难的事情，只是利用莱茵对他弟弟的愧疚之情罢了。

"瑞德？你终于……肯认我了……"他颤抖着手抚上我的脸颊，我将脸埋在他的手心，像个真正的孩童那样，乞求他的怜爱："哥哥，帮帮我吧，求你了，他们都是我的朋友，你帮他们，就等于在帮我了，好吗？哥哥，看在我的份上——"

我想起达文希那颤抖的眼皮，一股心酸的热流不禁冲上鼻腔，使我的声音有点嘶哑。

"噢！我的瑞德……"莱茵的手指嵌进我的头发里，展开梳起我凌乱的刘海，又轻轻抓住，使我不得不抬起头与他对视，"你过去从不会像现在这么温顺，如果你愿意早点听我的话，就不至于落到现在这种地步。瑞德，加入我们，跟随我的脚步……"

他在我的耳边轻轻地叹息着："我的瑞德，你是我在这肮脏、复杂、见不得光的战场中最纯粹的存在……"他停顿了一下，抚摸着我的脊背，"你不知道你第一次跟我去坎特博洞穴考察的时候，那种认真、勇敢的劲头迷人极了，真是跟瑞德一模一样，我无法想象你就那么纵身跳进去，然后创造了一个奇迹。还有许多次，你都让我刮目相看，让我为之惊叹，所以我逐渐明白，即使我是你的导师，你的哥哥，也没法掌控你，没有任何人能限制你的执着、冲劲和野心。莎卡拉尔说得对，你就好像是一只美丽的飞蛾，迟早会扑进火里，把自己烧死。除非，有一个人能将你握在手心里保护起来。"

他的语气中透露来出的控制欲令我不禁感到害怕。这就是极端主义成员吗？

哪怕对自己的血亲，也会尝试去控制他的行动与思想……瑞德也许就是因此而死……我头皮发麻："我答应你，哥哥，以后我什么都听你的……只要你为他们请来医生。"

莱茵沉默了一会儿："好吧，我会为你的朋友找来医生，会让他得到最好的救治……但是，瑞德，你也不会再有机会和你的那些朋友相处，你再也回不去了。你的学籍和户口档案被我托人秘密地注销了，你不再是一个俄罗斯人了，你是个无国籍人，会慢慢地，慢慢地，被你过去的这些朋友遗忘掉，明白吗？"

我如遭重锤，愣在当场，大脑转动了半天才慢慢地意识到这个可怕的事实。莱茵夺走了我在大学继续学习下去的机会，他摧毁了我的梦想，抹去了我的存在证明，把我从俄罗斯连根拔起，变成了一只无法降落的无脚鸟，好被他做成一只风筝牵着走。

"不……不，不！你干了什么？你凭什么这样做？"我抓住他的衣领大吼起来，情绪激动得难以自制。

"噢！冷静，瑞德！冷静！乖，乖一点！"莱茵控制住我的身体，口气像哄劝一个孩子一样，却从腰间拿出了一支针剂，朝我的颈侧靠近。

"别碰我!"我扭动脖子,躲避着针头。

"滋滋!"突然一阵杂乱的电流声响了起来。

"莱茵,呼叫莱茵!"莎卡拉尔的声音从他的衣兜里响了起来,"把德赫罗带来,这只人鱼不知道怎么了,突然发了疯,我命令你现在就把他带来,停止审讯!"

因为这个可怕的消息,被带出舱室时,我犹如踩在虚空中飘飘忽忽,神志也如虚浮天外。满脑子都在回想着我温暖的家、我母亲做的饭菜、在大学里度过的激动人心的岁月、我亲爱的同学和老师,那些都将成为一场梦,宛如粉尘消散风中。

我一言不发地被带到莎卡拉尔的面前,她冷淡地扫过我手腕上的勒痕,拿出钥匙为我打开手铐,轻描淡写地说道:"刚才我在监视器里看见这只人鱼在自残,劳烦你好好安抚他的情绪,小德赫罗,还有,你需要给他喂食,他拒绝吃任何东西。我们得保证他活着。"

说完她递给我一个装满沙丁鱼的小桶,冲我虚伪地一笑。

我沉默着把它接了过来,又沉默着踏进舱门里。待眼前的情景随着舱门的关闭而变得清晰起来后,我才反应过来莎卡拉尔说的那个词——阿迦勒斯在自残。

在看清他的模样的时候,我的手哆嗦了一下,桶差点儿掉到地上。他的手腕不再像之前那样被悬吊在头的两侧,而是降到了肩膀处,锁链竟然被他拉扯得从顶上的金属齿轮里脱了轨,而他的双手手腕上被卡出了几道深深的凹陷进去的白色伤痕。他的皮肉外翻着,蓝色的血液凝结得如同两副腕套般,厚厚地积压在手铐之间。

"德赫罗……"他的眼睛在斑驳的发丝里紧锁住了我,手连带着锁链又狠狠挣动了一下,"过来……我……"他生涩地吐着俄语音节，似乎竭力想表达什么，却不知道该怎么遣词造句。

　　我隐隐觉得他是因为感知到了我的情绪，是想借助自残挣脱出去。这是一种直觉，但我不知为何却无比肯定。我朝着水里走了两步，脚下一磕，一头栽在他的身上。

Chapter 32
胎记

"阿迦勒斯……"

我嘶哑的声音念着这个称呼，拥着的身躯那么结实、伟岸，像一块足够支撑我的礁石。我不知道为什么自己会变得这样依赖这条我本该痛恨的人鱼。可我也不想弄明白了，我只想紧紧拥着他，仿佛只有这样才能填补心里巨大的裂缝。

阿迦勒斯的蹼爪拍着我的脊背，充满了安抚的意味。水珠顺着我的颈项淌下来，沁入骨髓的凉。奇怪的是我并没有感到什么不自在，被岩浆灼烤般的心好像忽然冷却了，整个世界满满地充斥着熟悉的异香，我的神志如同落入温柔的泥沼深处，只听见他胸腔里沉稳有力的心脏搏动声——咚咚，咚咚，咚咚……

紧绷到几乎崩溃的精神被催眠般地忽然松懈下来。

身下的鱼尾将我卷住，像一道安全的屏障将我和他包裹起来，那种力度让我突然卸下刚刚立起尖刺的外壳，很想抱着他痛哭一场。

阿迦勒斯是唯一明白我现在承受着什么样的压力和逼迫的人，噢不，鱼。可我并不允许自己这么干，当一个人暴露了自己脆弱的一面，再想重新变得坚强可不容易，就好比被敲开壳的蚌肉一样不堪一击，尤其是在这种需要我来捍卫别人的当口。

我得挺着，咬牙挺着。

我松开他的身体，天知道我多想再依靠他一会儿，可阿迦勒斯手腕上的伤刻不容缓。我探出手去握住他的手腕查看，阿迦勒斯则配合地将我托高了些，让我的头能够与他的手平齐。我无法想象他用了多大的力气去挣扎，手铐竟然完全变了形，但可惜的是阿迦勒斯的骨节比人类的骨节凸出得多，没法从里头脱离出来。他的腕部伤得非常严重，摩擦造成的破口几乎深可见骨，所幸那里正在愈合，但有一部分新生组织粘连在了手铐上。

小心翼翼地握住他的手腕后，我听到阿迦勒斯的喉头发出了一声短促的闷哼。我知道这该有多疼，我的心里感到非常难受，但我保持着做手术般的态度，一点点地将他的皮肉从手铐上分离，让它们重新覆盖在他的骨头上。

搞定他的一双蹼爪后，阿迦勒斯的行动幅度稍微大了一些。他活动了一下手腕，似乎盘算着什么，向四周扫视。我不禁警惕地看了看头顶的监视器镜头，那里黑洞洞的，像一只蛰伏在暗处的鳄鱼眼，叫人感到不寒而栗。

他们一定注视着这一切，我与阿迦勒斯若有一点异常的举动，就会引起他们的注意。

我这么想着，与阿迦勒斯对视了一眼。他似乎心领神会，眯了眯双眼，长长的鱼尾忽然朝我身侧席卷而去，搅起一道水波，闪电般地用尾鳍把那只装鱼的铁桶掀到了半空中，"啪"的一下，正中监视器的屏幕，我看见那里的电线爆出一丛火花，看样子是报废了。

"呵呵……""破坏之王"咧开嘴，看着错愕得呆住的我，恶作剧似的挑起眉笑了一下。

我被他逗得啼笑皆非，压低声音道："喂，你打算怎么做，哥们？"

阿迦勒斯沉默了一下："我将……建立，联系。"

他的声音犹如汹涌的海水般骤然灌入我的耳膜，直达大脑深层。

我的精神恍惚起来，四周的环境逐渐开始模糊，只有阿迦勒斯的身影是清晰的。我竟然发现他的胸腔部分浮起来几条蓝色的光丝，仿佛是血液被荧光充斥着，光丝迅速随着细密的血管扩散开来，如某种复杂的电路图般微微闪烁着，仿佛即将启动的飞船驾驶盘。

我瞠目结舌地看着他的身体发生的异常变化，不知道自己是不是处在幻觉之中。他的模样看起来有些吓人，胸口的整片皮肤在斑驳交织的蓝色光丝中呈现出半透明的质感，就好像我以前接触过的外星人档案里目击者的描述。

谁知道人鱼是不是真的是外星生物呢？按照"空间门"的说法，他们也许就是从另一个星球来的。

我下意识地伸出手，将手心覆盖在他的胸腔上。他心脏跳动的频率与我的脉搏渐渐重合共振，融为一体，仿佛同一种乐器上的两根丝弦。我不禁想起之前拉法尔与我说起的有关我的爷爷的那段经历，我脱口问道："阿迦勒斯，我与人鱼一族，与你……到底有什么渊源？"

"让我……告诉你。"他低沉的声音在我的脑海中响起。

我的心神一震，感到巨大的眩晕袭来，视线顿时迷失在那片复杂的蓝光中，一种近乎空白的茫然将我包围。我不知道自己身处何地，身处何时，思维仿佛也被抽成数根丝线，被抛于广阔浩渺的宇宙星空之中，散落在没有重力的天际。

可我的耳边还回响着阿迦勒斯有节奏的呼吸声，听上去似乎遥不可及，又好像尽在耳畔，有如大海的叹息。但我找不到他在哪里了。

当我举目四望的时候，我发现我竟然来到了另一个截然不同的世界。眼前我见到的是我毕生闻所未闻，连想象也难以想象的，光怪陆离到极致的景象——

我正置身在海洋的包围之中，我的脚下是海，头顶也是海，波浪犹如流动的云翳一般由下至上脱离重力地循环着，仿佛要向人压倒而来，却最终汇向头顶巨大的漩涡之中。那本该高悬日月星辰的穹庐之上，浮动着巨大的、不知道该如何描述其形态的蜉蝣生物，它们像深海的水母般几乎是透明的，周身散发着异常炫目的蓝绿色光点，像无数双俯瞰底下的智慧之眼般照耀着这个世界，又仿佛是一座座城池化作海市蜃楼在头顶漂浮，让人叹为观止，且又感到自己的卑微与渺小。

这是哪儿呢？这应该就是人鱼所生活的星球或者平行空间的景象？

看着这一切，我几乎忘却了呼吸，只顾着让目光放肆地在空中四处徜徉。可当我的目光落在自己的脚下的时候，我不由得猛地打了个寒战，一股森然的凉意从脚底弥漫而上，立刻将我冻成了冰。

我该怎么形容我看到了什么？我所置身的这片海的海床，分明……是一个巨大的水下坟场。

那白色的珊瑚密林之中，无数条犹如石膏雕像般的人鱼尸体密密麻麻、横陈交叠，一具压着一具，一具压着一具。他们静静地以各种姿势躺在我的脚下深处，苍白的身体僵硬而枯槁，弯曲的鱼尾有的蜷缩着，有的直挺挺的，有的还保持着跃动的姿势，就好像那些在火山爆发的瞬间被喷薄出来的岩浆凝固的遇难者们。其中有些人鱼的眼睛还睁着，茫然地望着上空，在海底幻变的波浪中散发着摄人的点点幽光。

这让我的心头忽然袭上一种巨大的恐惧感。这里是这么广阔而奇异，却死气沉沉的，好像并不存在任何活物。连头顶漂浮的巨大蜉蝣生物也仿佛只是幽灵而已。我甚至听不到一点声音，除了我自己的呼吸声。

这感觉就好像我曾经尝试过的在潜水艇里的研究项目，在那千米以下的深海处，也是这样的寂静，日日夜夜。

噢……见鬼！这，这是怎么回事？

我抱着胳膊大喊起来："阿迦勒斯，阿迦勒斯！"

回声激荡出空茫悠远的声响，越发显现出这里的死寂。

突然间，眼前的画面又变幻起来。蓝色的光晕笼罩了整个世界，我看见远处一扇半透明的"门"，也许那不该被称为门，那是一个发光的入口。我不知道通往哪里，但我从里面窥见烈焰在大海上灼烧，血红的颜色浸染了半边天际，一切都在扭曲的气流中模糊不清，但我能分辨出海面上有两个硕长的影子。

我眨了眨眼睛，视线聚拢在那儿，慢慢地，终于看得分明起来。

那是两条人鱼，我首先认出了阿迦勒斯，他正闭着眼睛，微微仰着头，胸膛上的心脏部分正如刚才我见到的那样鼓动着蓝色的光线，正令人不可置信地犹如某种细胞般从半透明的皮肤表面下钻出来。

我猜想那其实就是他的血液，可它们在空中犹如烟雾般凝聚在一处，最终形成了一个小小的光团。它的模样非常奇特，就像是某种寄生性的孢子的放大版，有一个拇指甲盖那么大。

而另一条人鱼和我一样静静地旁观这一切，但他的神态呈现出一种虔诚的意味。

在我隐约感到他的轮廓有几分熟悉的时候，他已经伸出蹼爪接住了从阿迦勒斯的心脏处的血管里分离出来的小东西，然后纵身一跃消失在了那个燃烧的入口之中。

  我呆呆地看着这一幕，不自觉地抚摸了一下自己的胸口，低头看去。因为我的胸口上天生就有一个，孢子形状的、凸起来的浅青色胎记。

Chapter 33
秘密

　　"啊!"我震惊地大叫了一声，眼前的画面骤然扭曲起来，犹如漩涡气流般消失在燃烧的门内，将我的身体也一并向里吸去，四周化作一片黑暗。

　　我的身体在当空漂浮着，变得尤其轻，犹如一片羽毛飘飘摇摇。渐渐地，眼前明亮起来，我满以为会回到现实之中。然而，当我的目光被亮光笼罩的时候，我不禁大吃了一惊。

　　我正漂浮在一个婴儿房的天花板上，仿佛一个幽灵般，我看见我的正底下有个黑头发的小婴儿正安静地卧在摇篮里。他看起来有些病态的苍白和孱弱，身上连着输液管，看上去呈现出即将要夭折的模样，可一双银灰色的眼睛大睁着，好奇地望着上方。起初我以为他是在看着我，甚至傻乎乎地挥了挥手向他打招呼，可是他并没有理会我，而是将头转到一边。我意识到他是在看从一旁的门外进来的那个人。

　　那是一个白发苍苍的老人。我俯视着他，心里升腾起一种非常异样的感觉，直到他走近那个婴儿，伸出手掌轻轻地抚摸他的额头时，我才一下子认了出来——这个人是我的爷爷。

　　并且，刚才在"门"前带着阿迦勒斯的"孢子"走掉的那条人鱼，那个侧面的轮廓，不就是更年轻时的他吗？那个时候我所看见的情景，就是他向那儿的首领，也就是阿迦勒斯承诺付出某种代价，从而得以返回地球的时候。作为这个"契约"的证明，阿迦勒斯便让他带走了他的基因。

　　可这是怎么一回事？我的爷爷怎么会是一条人鱼？难道他是被将他带走的那条人鱼同化了，而因某种原因返回现实世界的时候，通过某种方法使基因又再次发生了重组，因而又重新变回了人类？

　　我不可置信地思考着一切的逻辑与联系，却看到我的爷爷从他的口袋里取出了一个细小的试管，里面装着一些微微散发着蓝色光晕的液体。然而在他拧开管口塞子的那一刻，那些液体立刻便从玻璃试管的口里倒流而出，犹如一小团烟雾般漂浮着，最终凝聚在一起，形成了一个小小的水母状的光团——阿迦勒斯的"孢子"。

　　我的爷爷低头看着那个小婴儿，轻轻地将包裹着他的被子揭了开来。那个瞬间我浑身一震，猛然意识到了那个婴儿就是"我"。

　　我之所以没有立刻意识到那就是我自己，是因为我知道自己并没有一双银灰色的眼睛，但是当我看着那个孢子附着到我的胸口上时我的眼睛所产生的变化，我便刹那间反应过来。阿迦勒斯的"孢子"所携带的基因侵入了我的体内，它改变了我的 DNA 链的某些地方，正如某种细胞病毒一般，从那个时候我就打上了他的烙印。

　　我的爷爷通过这种方式把我献给了阿迦勒斯，正如童话传说里把那个倒霉的小公主献给巫婆的国王夫妇，尽管这个形容有点可笑，但我一点也不觉得好笑。

　　所以从某种层面上来说……我，算是携带着阿迦勒斯基因的……他的后裔。

我只觉得无比震惊——这些情景是怎么被阿迦勒斯记录下来的？难道他从我诞生的那一刻就开始通过某种途径秘密地窥视着我？

又或者是我的爷爷将这一切记录下来交予他？

"嘿……小家伙……"这时我忽然听见我的爷爷低声说道。他低下头去，和蔼地看着"我"，并用他那宽厚的手掌拨弄了一下我的小手指，任由我轻轻地把他的食指攥住了，"对不起，我可爱的小德尔，但人鱼的基因能保住你的命，"我听见我爷爷的声音嘶哑而无奈，"希望你将来知道这个秘密后别恨我……"

保住我的命？我的鼻腔正发着酸热，听见这句话不由愣了一下，这才注意到当阿迦勒斯的孢子进入"我"的身体后，那病态的苍白在逐渐退去，皮肤慢慢呈现出一种健康的红润色泽来。

他这样做是为了救我？

这一幕迅速淡去。

接着，下一刻一张已经不算陌生的、阴沉邪美的脸浮现在我眼前。他正近距离地俯视着我，湿润的头发一缕缕地耷拉在我的脸上。我意识到我是被阿迦勒斯打横抱在怀里的，那双狭长的眼睛正眯眼打量着我，就像在看一个有趣的小玩意，有些戏谑的意味，眼底却深藏着十足的疼惜，简直就像一名父亲在望着他的儿子。

"嘿，放开我！"我想这么说，可我的嘴里只发出了咿咿唔唔的声音，我伸出手去想要推开他的手臂，却发现我的手那么短，小小的手指软绵绵的，只是在他的脸上轻轻划了过去，攥住了他的头发。作为回应，阿迦勒斯用他的蹼爪摸了摸我的小脚，似乎在仔细琢磨着我的这个身上与他截然不同的结构，然后勾起嘴唇意味深长地笑了。

我打了一下他的嘴唇。

　　我的身体却在这时被另一双手接了过去，眼前映入一张苍老熟悉的脸，他望着阿迦勒斯，我的爷爷望着阿迦勒斯，露出了一种堪称虔诚的神情。他甚至低下头，用了一种我完全听不懂的语言低语，但我知道他一定是在向阿迦勒斯虔诚地道歉，就像是对待一个神祇。

　　我闭上眼睛，回忆着过去发生的那些事，大脑如同一架被忽然输入了大量复杂的信息与数据的计算机一样极速运转着。我感到天旋地转的晕眩，整个人好像濒临死机的状态，眼前的景象一幕幕犹如电影胶片般快速地在神经线里放映着，短短的几十秒钟我便重新度过了一遍记忆里模糊不清的幼年时光。

　　我发现阿迦勒斯的影子在我六岁以前的岁月里几乎无处不在，在海湾边，在船周遭，在我那建在海滨的家里的窗外，他就像个黑暗中的幽灵般，在不被我察觉的情况下守护（同时窥视）着我。实话实说，他的确为我挡去了不少幼童会遇到的危险，他的出现甚至比我那远道而来看望我的"旅行者"父母出现得还要频繁。

　　而且他还陪我玩耍，谁会想到这么一只凶猛的野兽竟然像只大海豚一样跟我玩抛水球！

　　可我竟然一点也不记得这些事！在我的爷爷遭遇海难以后，我对六岁前的生活完全失去了印象。并且，我被从挪威带回了莫斯科与父母同住。

　　这么说，阿迦勒斯曾经扮演了某种类似我的监护人（当然，说"监护鱼"更合适）的角色？

　　"德赫罗……"一个低沉的声音再次灌入我的脑海，低气压般的黑暗从四面聚拢，覆盖在了我的眼皮之上，又渐渐退去。当我再次睁开眼睛的时候，我发现自己终于回归到了现实世界。

阿迦勒斯望进我的双眼里，与我遥远的记忆重合，一种以前我从未有过的奇异感觉蹿遍我的全身。我从没想到，也压根不会想到，我跟这条突然侵入我生命里，打乱了我生活轨道的猛兽之间有这么深的羁绊！

"你是我的……孩子。"阿迦勒斯低下头，唇齿间吐出低得不似人声的沉吟。

我惊愕地意识到他说的既不是英语，也不是俄语，而是人鱼的特殊语言，可我竟然奇迹般地忽然听懂了。我的神经就像是突然增加了某种特殊的语言反馈功能，将他的意思经由我的大脑翻译过来。

我想这也许是因为阿迦勒斯刚才那样对我"建立联系"的关系，这无法用现有的科学或者生物学来解释，也许是他们特有的能力。短暂的几分钟内所接纳的信息完全超过了我的消化范围，我摇了摇头，下意识地退了几步远离了阿迦勒斯，大脑混乱不堪，却一个字也说不出来。我的腰忽然猛地一紧，被身下的鱼尾重重地卷住。

"不要逃避……你的……命运。"

阿迦勒斯狭长的眼眸眯成一条缝，像刀刃一样切割着我的防线。

我的呼吸变得急促起来。不得不说，他突然能够与我流畅无阻交流的感觉实在太奇怪了，也太慑人了，因为他的想法从此能够毫无阻隔地表达出来，直击我的心脏。

我哭笑不得地哈哈了两声，低低地说道："这太搞笑了！我居然是你的……你的后裔，我并不是个人类？老天，我居然是人鱼的后裔，不，你让我怎么接受……"

"看着我，德赫罗……"

阿迦勒斯低鸣着，声音宛如大提琴灌入我的耳膜，驱使我慢慢地抬起头来。斑驳摇晃的水光映着他锋利冷峻的轮廓，他的神态显得又邪恶又温柔。他的眼底非常深，像蕴藏着无尽的时光，溺得我透不过气来。

"你注定是我们之中的一员。"他微微启唇，沙哑又笃定地说道。那长长的鱼尾扫到我的面前，片片鱼鳞好像无数的指甲刮着我的胸口，瞬间便将我的几颗衣扣弄得绷开了，然后缓慢地、一寸一寸地擦过我的胸口，或者说是胸口的那个象征着他的血统的胎记，我的心脏剧烈地跳动着，快要突破皮肤表面。

"德赫罗！离开那条危险的人鱼！"

背后的舱门轰然打开，莱茵的影子映在水面之上，然后我听见了咔哒的一声，冰冷的，拉开枪械保险栓的声音。

"等等！莱茵，你别误会！"我大惊失色地跳起来，他一定以为阿迦勒斯砸坏了监控器是想伤害我！

想要拦住莱茵，可枪声却已经从身后迸发出来，击打得水面立刻浪花四溅！阿迦勒斯的鱼尾瞬间像一道闪电般闪避开来，似乎并没有被枪击中。

我急忙折身朝莱茵扑去，将他猝不及防地撞在身后的舱门上，与他厮打起来。我紧紧地抓住了莱茵的枪，迫使他的枪口无法对准阿迦勒斯，我的身体里爆发出来的力量此时大得惊人，以至于他即使翻身将我抵在了门上，也没法夺回手里的枪。

"德赫罗！"

"嘭！"

一声闷响，一个影子砸在了莱茵的头上，令他的力气骤然一松，我得以一下子挣脱开来，看见他摇摇晃晃地趴倒在舱门的门槛处，抹着头上淌下来的鲜血，身旁则哐哐啷啷地滚着刚才被阿迦勒斯用来砸坏监视器的铁桶。

我立即俯身下去，打算趁机夺走他的枪，谁知道他的反应比我预料得要快得多，抓着枪就地一个翻滚，扶着舱门爬起来就作势向阿迦勒斯射击！

刹那间我想也没想，只凭着本能纵身跃进了水里，就像第一次在船上为了阿迦勒斯与莱茵对峙那样，挡在了阿迦勒斯的身前，尽管我根本不足以凭借遮挡来捍卫他那样的体型，可这就是我唯一能做的。

身下的鱼尾如影随行地卷收回来，将我一下子托举着靠在他的胸膛上，尾鳍则完全护住了我的心脏。他的喉头贴着我的后脑勺滚动了一下，一个低鸣声却直接灌入我的脑海深处："你想保护我？"

我不禁愣了一下，不仅因为他可以通过我的大脑神经与我交流，更因为阿迦勒斯的语气听上去就像是他带着笑意！见鬼，我不明白我保护他的行为有什么好笑的,而且是在这种生死攸关的危急当口！他难道还当我是十几年前抱在怀里的小孩不成？

"该死的，闭上你的鱼嘴！"我压低声音，"莱茵把我当成他弟弟的替身，他是不会杀我的，但是他会不择手段地杀了你！"

"立刻离开他，德赫罗，你清醒一点，别被他控制了！到我这儿来！"

莱茵喘着粗气，枪口移动着，试图瞄准阿迦勒斯，使我感到非常不安。我知道我一离开阿迦勒斯，莱茵也许就会开枪。我紧紧地贴着他的胸膛，感到他沉稳有力的心跳震动着我的脊骨，胸腔饱涨着一种莫名的情绪，它使我的骨髓里充满了勇气。

"他杀不了我，我是最后的黑鳞王者，是不死之身。德赫罗，别担心我。想办法离开这儿，去找到 Nakamiya，它会开启通往我们的世界的'门'。我们会再见面的。不管你在这个世界的哪个角落，我都能找到你。"

随之，我的身体被放了下来。不知怎么，我忽然想起那如同海底坟墓般的死寂无声的人鱼星球，心里立刻升腾起一种极度不祥的预感，使得我下意识地俯身搂住了他的尾巴，抬起头，像当年那个孩子一样仰望他，却被他一扫尾巴，轻轻地掀到了池壁上。

莱茵立刻压制住我的手臂，将我向舱门外拖去，我急促地呼吸着，看着阿迦勒斯的眼睛，任由水流从头顶淌下来，模糊了双眼。

也许我和阿迦勒斯的联系足够深切，可我们来自两个截然不同的星球，谁知道隔了几万光年，隔了几个星系。在浩瀚如银河的命运洪流里，我们也不过是两枚微渺无比的孢子而已。我们之间的联系，也许从宏观看来，比一根头发丝还要不堪一击。

阿迦勒斯再强大，他也有无力回天的时候，就像他没有办法复活那些沉眠在茫茫海底的、他的族民的尸体。而我呢？我会尽自己全部的力量将他救出来，可将来会走到哪一步，我真的不知道。我垂下头，忽然觉得整颗心脏钝痛起来。

正在这时，赶上前来的莎卡拉尔忽然扇了莱茵一记响亮的耳光："够了，一场闹剧，莱茵，你身为军人的自律呢？我是不是该请示凯尔特上将把你撤职，或者处死？我将这个俄罗斯小子交给你，是让你控制他，不是让你为了他发疯的！"

"明白！"莱茵抬起颤抖的手，抵在淌血的额头上。我立刻趁机挣脱了他的双手。他朝莎卡拉尔低着头，一双眼睛却犹如穷途末路的豺狗般死死地盯着我，缓慢地说道："请原谅我的冲动，莎卡拉尔上校。现在我该拿他怎么办？"

"关起来。"莎卡拉尔的脸色稍稍缓和，夺过莱茵的枪，"以及，禁止你再试图杀死这只人鱼。病叶博士需要它活着，并且能够用它们种族的语言说话。"她那讨厌的细眉毛挑了一挑，盯着我，"征服一个种群要从语言开始。说起来，我们还得劳烦德赫罗小学士多跟这条人鱼进行一些沟通呢。"

你休想！我的脑子里叫嚣着，可我表面上只是不动声色地沉着脸："我的朋友们呢？只要你们找医生对他们进行妥善的救治，我愿意配合你们。"

"那么，我们谢谢你的配合。"一个苍老男人的声音忽然从楼梯的入口处传了过来，他说着英语，可是口音却短促而奇特，就像日本人那样，而且听来十分耳熟。等等！这是……

当我意识到这是谁的声音的那一刻，我看见一个颤巍巍的老人的身影已经走下了楼梯，清晰地出现在我的视线里。

顷刻间我犹如遭到电击一般傻在当场，哑口无言地望着那张不算陌生的面孔。他依旧像几年前那样穿着一件黑色的和服，头发苍白，可是那张脸上却不见了很多皱纹，皮肤的质感看上去像是妙龄少女般柔嫩，犹如一张平铺的白纸般绷在脸上，仿佛做了过度的拉皮手术一样，显得僵硬而怪异。

"好久不见，德赫罗。"他微微颔首，用日语朝我说道。

"真一先生……"我大睁着双眼，震惊地喃喃出了声，对这个曾经在我的面前死去、我甚至参加了他的葬礼的老友人，而今又以这样一副模样、一个身份，出现在这里而感到极度不可置信。也让我彻彻底底地认识到，一场精心设计的巨大阴谋，从数年前便以我为轴心悄然展开，编织了一张笼罩着我的过去与未来的谜之蛛网。

"请称呼我为病叶博士，很高兴再次见到你，来自俄罗斯的小鱼饵。"真一先生那双浑浊的眼睛盯着我，似乎想笑，可僵硬的脸只是动了动，如同死水上泛起一丝几不可见的波纹。

我的拳头紧紧地攥住，指甲嵌进肉里，摇着头："你不是死了吗？我明明亲眼看见你的心电图停止，你的尸体被放进棺材！"

　　这样说着，多年前那个下着雨的下午仿佛犹在眼前，我记得那天的天色阴沉沉的，我陪伴着真一先生，听他诉说着年轻时见到人鱼的那些经历，然后望着窗外的大海咽下最后一口气。我跟着他的亲朋好友们和和尚们一同为他守夜、出殡。

　　我还记得那是一个礼仪烦琐的日本传统葬礼，由于真一先生没有子孙，作为他唯一的交流学生的我，遵照他的嘱托亲自为他扶灵、盖棺、抬棺，直至四十九天后他终于下葬。所以天知道眼前的情景对于我来说有多么惊骇！

　　"是的，德赫罗，你看见的都是真的。"他住着拐杖，一步一步地走到我的跟前，"我的确是死了，只是死而复生了，并且你看看我，在一天天变得年轻，这都是拜我们从人鱼身上提取的基因所赐，这是一个奇迹！"

　　说着，他指了指右边的那些关着人鱼的玻璃水箱的其中一个，我循望而去，立刻惊讶地发现他所指着的是一条具有东方面孔的年轻人鱼，他那双黑亮的眼睛正死死地瞪着真一，含着泪水的眼里燃烧着火焰般的仇恨。

　　"记得那个老妇讲述的关于她在海难里被人鱼带走的儿子吗？"真一语气怜悯地说道，"他曾经回来寻找他的母亲，却让我们拥有了一个天然的人鱼指南针和基因样本，这是神的旨意！"

　　直视着瞠目结舌的我，他停顿了一下，目光里流露出几分失落："只是它在我的身体里太不稳定了，我们需要更强大并具有侵略性的基因。想想吧，德赫罗，永远年轻，伤口快速愈合，力大无穷，我们将促进人类的进化，实现优胜劣汰，多么激动人心！投身到我们的计划里来吧，你将成为一个胜于华莱士和达尔文的生物学家！"

　　优胜劣汰！多可怕的言辞啊，这就是二战时期这些没有人性的法西斯军团进行残忍大屠杀的旗号，他们妄图征服人鱼这个种群，要拿人鱼的基因强化他们的军人，再通过引起第三次世界大战来实现他们的"优胜劣汰"。

而我从来不知道，从自己儿时起，就因为携带着阿迦勒斯的基因，而成了他们计划里最关键的一枚棋子。多年前，从真一先生那里发来的邀请函，并不是什么绝佳的国外学习机会，而是将我拽入这深不见底的大漩涡的一只恶魔之手！

"疯子……你们真是疯了！"我浑身冒着鸡皮疙瘩，摇着头，趔趄了几步，"妄图改变自然的演变进程是得不到什么好结果的，你们只会被自己可怕的欲望吞噬！想想 1945 年的慕尼黑丧尸事件吧，你们企图用你们死去的士兵来对付盟军，可惜却导致了内部暴乱！你们不会成功的，不管是过去还是现在。"

莎卡拉尔笑了起来："没有失败哪里有成功？二战期间我们没有足够的时间和实验样本，但现在……"她展开手臂，"看看四周，我们具有成功的全部条件，我们还有一个关键的钥匙——你。"

她盯着我，忽然抬起手触碰我的下巴，我厌恶地撇开头，却被莱茵从后面牢牢地控制住了胳膊，迅速拿手铐限制了我的活动。

我的下巴被莎卡拉尔涂着紫色甲油的手指捏着："一个能和人鱼沟通的俄罗斯小子。你有很多的小秘密，我会慢慢地挖掘你，你最好……乖乖配合。"

"'钥匙'是吗？"我冷冷地垂着眼皮，挺直了脊背，借助身高的优势俯视着莎卡拉尔。

我知道她那么强势的女人一定不喜欢被人这么看，但我偏要这么做，并且漫不经心地吐字："那你最好对我的朋友们好一点，否则假如我弄死自己，相信你们的计划不会那么顺利地进行下去。"

莎卡拉尔故作受到惊吓，她血红的嘴唇甚至夸张地做出了一个椭圆形："噢，是吗？有我们莱茵上尉的看护，他怎么会容许你自杀呢。"她看向我的身后，嘴唇轻轻地弯起来，"莱茵，我就把他交给你了。但凡他出一点差池，我就处置你，明白吗？"

"放开我！"我使劲地挣脱着手铐和莱茵的控制，却感到脖子上立即袭来一阵针扎似的电击刺痛，刹那间便失去了意识。

Chapter 34
逃 脱

当我醒来的时候，发现周围黑漆漆的，我躺在一张床上，双手被一副手铐铐在头顶。我挣扎了几下，身边却静悄悄的，没有其他人的声音。

我眨了眨眼睛，夜视力逐渐发挥了效用，让我看清了周围的环境。我正身处在一间不大的舱室里，墙壁上挂了一些枪械，还有军用衣物，桌上还放着望远镜和一个指南针，这里应该就是莱茵的寝舱。

床的内侧有一扇窗，外面的天色已经入夜了，能看见邻近的船上的灯光和武装人员来回巡逻的身影。我得想办法逃出这里，等到人最疲劳的时间段，设法从这扇窗逃出去。

这样想着，我抬起脚，试图用比较坚硬的脚跟撞击窗户，可我的腿软绵绵的，压根抬不起来，身体也没什么力气，就像被乙醚麻痹的症状。

我不禁想起致使我昏迷的脖子上的刺痛，注射进我血管里的麻药还在作祟。也许需要几个小时的时间我才能恢复力气，谁知道会不会持续半天到一天！我等不了那么久，必须得迅速地让药效退去才行。我得加速我的身体代谢，使自己出汗。

我在有限的幅度里拼命地抖动着身体，不知不觉地已经汗流浃背，身体竟然因为这样的刺激而慢慢恢复了力气。

接下来，我便聚精会神地干起了另一件事——令自己脱臼。这个过程非常疼，但这是我获得自由的唯一办法。

我将拇指并拢到掌心，脚趾并拢增加与床的摩擦力，然后猛烈地晃动拉扯着手铐，撞击自己的虎口，如同锤子砸击手指的剧痛一次次袭来，令我差点就要晕厥过去，但我立刻便听到骨头错位的两声闷响——

我的拇指底部呈现出一种畸形的弯曲角度，折贴在了手掌上，指缝间生长出来的蹼膜可怜兮兮地耷拉在手背上，就像一双萎缩的鳄鱼爪，噢，还是奥尔良烤鳄鱼爪，因为我的手非常红。

我噙着疼出来的眼泪，禁不住咧开嘴笑了起来，脸上的肌肉却在抽搐，如果有人看见我此时脸上的表情，一定会吓个半死，我一定比厉鬼笑得还难看。

小心翼翼地将手从手铐里抽出来后，我又将拇指按在床板上，深吸了一口气送它们归了原位。这次的疼痛比脱臼还要命，我咬着床单几乎惨叫起来，但所幸的是不争气的眼泪也被疼得缩了回去，取而代之的是头上滴下来的斗大的汗珠。

该死的，这个时候倒出了足够的汗了。我在心里大骂着捉弄我的老天，甩了甩红肿着、但好歹没报废的双手，长舒了一口气，正打算站起来，身后的舱门传来"啪嗒"一声，吓得我打了个哆嗦，心里大叫着糟糕。回过身去，我果然便看见莱茵从门外走了进来，并在目光落到我身上的瞬间，反手锁紧了舱门。

"你怎么了？德赫罗，你的眼睛，你的耳朵……是怎么回事？"

出乎我意料的是，莱茵并没有首先因我脱身而感到惊愕，而是瞪大了眼睛，盯着我的脸上下打量起来。我朝左侧的窗户望去，玻璃上映出我的模样——我的双瞳在黑暗里散发着幽幽的银光，耳朵上如阿迦勒斯那样长出了两片薄薄的"翼"。

我僵硬地抬起手，摸了摸自己的脸，却还没有来得及吃惊，就从玻璃上瞥见莱茵的手探到腰间，也许是打算取出什么东西来制服我。我的心中立刻警钟大作，在他飞身扑向我的时候迅速闪到了床的另一侧，这才看清楚他的手上原来抓着一个注射器。

"别碰我，莱茵。正如你所看到的，我已经不是一个人类了，你最好离我远点！"我阴戾地抬起眼皮盯着他，而他却不依不饶地扑将过来，抓着针头就想往我的身上扎。我奋力挥挡着他的胳膊，使针管从他的手中飞脱出去。可由于地形劣势，我的身体依旧被他堵在了墙角。他借助比我魁梧不少的身躯压制着我，刚脱臼的双手更成了我最大的破绽，让我一时间无法与他抗衡。

莱茵死死地扳住我的头颅，迫使我仰起下巴与他对视："瑞德，不管你变成什么东西，我都会保护你，拯救你的，你明白吗？"

"哥哥，救救我！"我灵机一动，可怜兮兮地看着他，他的力气为之一松。我则趁机发起狠劲来，抬起头照着他的脑门狠狠地一撞，而刹那间，我的身体里也喷涌出一种气流般的力量，鼓胀满了我的每根血管。我竟然听到一种电流灼烧皮肤的嘶拉声，眼前的空气中骤然炸开一小串火星，将莱茵猝不及防地弹了开来，他一下子重重地撞在了墙壁上。

他闷哼一声，晕倒在了地上。

为了确保莱茵多晕一阵，我捡起他刚刚准备用来对付我的那管针剂，打进了他的身体里，然后翻出了他身上的枪。

把枪别回了后腰里，观望着窗外，静静地等待着。等到不远处巡逻的武装人员都看上去疲倦不堪了，我才用手肘打碎了玻璃，然后如同一条灵活的鱼般钻了出去，落在下层的甲板上，却立即为脚下的情景大吃了一惊。

我身处的正是底舱的顶部，脚下是一扇扇密闭的、中心嵌有一个圆型凸起的玻璃窗的舱盖，里面关着的正是那些人鱼。

Chapter 35
通道

　　而更令我感到惊讶的是，我居然非常巧合地落在了那条被真一利用的日本男孩（也许称为日本人鱼更合适）的上方，他显然被我弄出的动静惊吓到，趴在玻璃后面警惕地望着我。可在我蹲下去与他对视的时候，他的眼睛骤然惊讶地睁大了，却又立刻露出一种期盼和惶恐的神态，蹼爪附在玻璃上，似乎在请求我放他出去。

　　我望了望四周，趁着还没有人注意到我，便俯下身子查看舱门上的把手，但立即发现把手上都被拴上了沉重的金属锁。我掏出莱茵的钥匙挨个试过去，竟然没有一个是匹配的。

　　眼下除了弄破玻璃放这些人鱼出来，别无他法。可是一旦我弄出动静，也许我还没放出几条人鱼，就被周围的武装人员打成了筛子。但我需要人鱼的帮助，至少让一只成为我的同伴，这样我可以尽快地找到 Nakamiya。

　　只能放出我眼前的这条，因为我可以确信他以前是人类，并且知晓一部分我们身处的阴谋，我们能更好地帮助彼此。

　　"嘿，我放你出来，但你不可以轻举妄动，必须和我立刻逃到海里去，我需要你的帮助，寻找 Nakamiya 拯救你的同伴们，你明白我的话吗？你叫什么名字？"我轻声凑在玻璃前，用还算没有完全忘干净的日语说道。

他看着我，一双黑亮的瞳仁亮起来，用力地点了点头，嘴唇动了动，做出了一个口型："雪辰。"

我并不确定我是否听准确了，只是重复道："好的，雪辰。"

没有时间给我犹豫和浪费了，必须趁天色未亮，马上行动才行。我目测了一下从这里到海中的距离，我们需要经过几米没有遮挡物的甲板，越过栏杆，这个过程是很容易遭到狙击的，我得制造一点小混乱引开他们的注意力，这对于在黑暗中拥有夜视力的我来说并不难办到。

这样思考着，我掏出了后腰的枪，低头看着雪辰，比了一个我一旦打碎玻璃，他就立刻出来的手势，而他心领神会地点了点头，靠在子弹打击不到的角落，等待我开枪。我则贴靠在那些武装人员没法立刻发现我的障碍物后面，侧头瞄准了船的另一头，扣动了扳机。

子弹立刻在另一艘船上引起了骚乱，此起彼伏的叫嚣声在不远处沸腾起来，趁着没有人注意到这边，我将手枪迅速抵在那扇圆形玻璃窗上，又开了一枪，只听"嘭"的一声，玻璃立刻迸出了几条裂缝，我接着补上了几脚，眼见它立刻碎得四分五裂。

底下"哗啦"一声，雪辰一下子破水而出。我甚至还未反应过来，眨眼间便看见那碧蓝色的鱼尾擦过我的身体，一双手攀住我的后领，在甲板上空跃过一道不可思议的弧线，直往海中坠去，转瞬就犹如一把破冰的锥子般扎进了海水之中。

枪声在我们的上方追袭而至，我的余光还能瞥见脚底闪烁的簇簇火光，但很快就被深水里袭来的黑暗所吞噬。一切安静下来后，雪辰又带着我朝上方游去，但我知道等我们浮出水面后，一定不会是在原来的位置。

我看见我们正朝岛屿埋在水中的峭壁上游去，在洞穴里穿梭着。里面狭小而幽深，使得雪辰不得不放开我，由我跟随着他穿行。光亮在幽深的海水中斑驳变幻，犹如一个神秘莫测的梦境，使我的思绪也不由自主地随着光线游离。

雪辰在我的前方游得非常迅速，他的鱼尾摆动的幅度如此优美而自然，蓝色的鳞片激溅出盈亮的蓝色波纹，宛如一道小型星河。

假如我不知情的话，绝对想不到他曾经和我一样是一个人类。按照那个老妇所述说的年月，雪辰已经在海中以化为人鱼的形态度过了近六十年的岁月，他也许早已适应了这样的生命形式。难道雪辰的现在就是我未来的命运吗？

尽管我的身体发生了异变，却没法接受自己化作人鱼，永远告别我的家园、我的根基，去往他们的世界，正如雪辰一样。他应该也是不愿意放弃作为人类时所拥有的一切，才回去看望自己的母亲，从而被真一他们捉起来利用的吧？

可我的身体已经发生了这样的异变，假使我拒绝和阿迦勒斯去他的世界（当然他也许会选择强制带走我），在这个世界我又该去往何方？我的家乡和学校还会接纳我吗？我还能回到人类社会吗？这天地之大还有哪里是我的容身之所？

我混乱而迷茫地想着这一切，周围的空间慢慢变得豁然开朗起来，上方的光晕也变得集中，由斑驳的光斑聚成一整片像蓝色玻璃般的光面，我们的头顶似乎是一个岛中之湖。

雪辰引领着我朝上方游去，不一会儿就抵达了水面。我发现我们来到了一个巨大洞穴的入口，或者说我们已经身处在一个洞穴之内，而面前的是一个洞穴中的洞穴。如果没有人的带领，这些极端势力很难找到这里来，因为它没有其他的入口，除了水下。

这个洞穴大概有 200 英尺那么深，森然幽暗，犹如一座史前巨兽的体腔，当我向四周望去的时候，只能通过岩壁上那些发着微光的洞穴昆虫来判断它的占地面积。它并不是天然形成的，我们所处湖泊中横七竖八地坍塌着许多白色的、一看就是人工铸造的残垣断壁的废墟，一些不知道是什么材质的蓝色光球浮于水面之上，每隔一段距离就有一个，就像是夜空中被星子组成的星座那样具有规律的距离和阵型。

这些是什么东西呢？我仔细地观察着离我最近的一颗光球，它就像一颗被玻璃罩包住的电离子团，又像是缩小版的闪电，在一团发光的云雾中迸发出蓝色的光芒。

我禁不住伸出手想要触碰它，却被一只湿淋淋的蹼爪扣住了手腕。雪辰盯着它，轻声道："别碰它，你会因此而死亡。这些蓝色光球是'隔离星系'，它是阻挡核辐射彻底毁灭掉'通道'的保护层。"

"核辐射？"我皱起眉毛，大吃了一惊，"雪辰，请你说明白一点好吗？我曾经在幻想中见到人鱼的世界，看见那儿……变成了一座巨大的坟场……原谅我只能想到这个形容词。"

"是的，核辐射。"雪辰若有所思地垂下眼皮，声音有些颤抖，"你不是那个年代的人，但你应该知道二战期间广岛的原子弹事件，当我知道我的家乡遭受了灾难，便想要回去接我的家人到亚特兰蒂斯暂避。可我没想到原子弹的威力也几乎摧毁了那儿，你看见了，没错，它变成了一座巨大的坟场，几乎所有的人鱼都像广岛的那些平民一样死去，它们变成了化石，就像亿万年前的恐龙一样灭绝。"

我不可置信地摇摇头，不敢相信在幻觉中所见到的死寂无声的大海，海底下那些累累的尸骨，竟然是由于我们这个世界的战争而造成的："怎么会……"

"当然会。"雪辰悲伤地笑了一下，"也许没有人想到真正的亚特兰蒂斯藏在地球的核心里，在那里形成了另一个独立的星系与生命系统，每一道海沟都是通往它的入口。这就是原子弹为什么能危及到那儿的原因。传说中的亚特兰蒂斯文明已经不存在了，只剩下首领和一些出生不久的、没有遭受核辐射的年轻遗民，来尽可能地延续种群。但即使是这样，战争的野火仍然再次烧到了我们的身上。"

我的心里沉甸甸的，有些喘不过气来，不自觉地攥紧了拳头，深吸了一口气："Nakamiya 在哪儿？我们需要让它打开通道，否则那些极端势力会摧毁这座你们最后剩下的家园。"

雪辰表情凝重地点了点头，然后我看见他游向前方的那个洞穴，微微仰起头，宛如献祭一般张开双臂，像上次阿迦勒斯那样呼喊着那只巨兽，高亢悠远的的鸣叫犹如号角声般在整个洞穴里回荡。

几乎是霎时间，我便感到整个洞穴摇晃起来，一个黑色的轮廓缓慢地从黑暗里剥离出来，那双血红色的眼睛转动着望了望雪辰，又落到我的身上，仿佛看见了阿迦勒斯那样低下了头颅，就像是一个毕恭毕敬的老臣朝我俯首以示敬意。

这让我不禁感到有点滑稽，就好像走到哪儿都被认为是阿迦勒斯的后裔，是什么皇子一类的人物，我挠了挠头："嘿，呃，Nakamiya 先生，阿迦……你们的首领需要你打开通往亚特兰蒂斯的通道，他们被囚禁了。"

Nakamiya 竟像人类一样会意地微微颔首，那庞大的身躯低俯下来，钻进了湖泊里，化作一道黑色的疾电消失在了湖泊深处。

雪辰一把抓住我的胳膊，将我拽出了湖泊，靠在旁边的岩壁上。在刚刚脱离水面的那一刻，一股漩涡自湖深处翻卷而上，裹挟着那些蓝色光球形成了一道电闪雷鸣的水中飓风，伴随着地壳开裂般的轰隆巨响和四周犹如地震般的天摇地撼，我惊愕地看见那本来平静如镜的湖底裂开了一道黑色的罅隙，仿佛一只远古巨兽缓慢睁开了吞噬一切的眼睛。

我头顶的岩壁也随之轰然开裂，光线与碎石如破壳般倾泻而下，蓝色的飓风自下而上升腾而起，犹如喷涌而起的水流，将我和雪辰突然抛到半空中。

我感到自己天旋地转地在风中漂浮，努力睁大双眼想要看着这一切，但我忽然看见远处的空中竟然有几架直升机在往岛上飞来，而且机身上还有着俄罗斯的标识！一定是拉法尔他们呼叫的救援！

我好像看到了亲人和家园那样激动起来，下意识地向那边呼喊了几声，飓风却卷得我在空中打了几个滚，将我和雪辰分离得远远的。

天地好像在此时被这道散发着蓝色电光的飓风割裂开。我在上空俯瞰着底下，看见那道黑色的裂缝越来越大，逐渐犹如张开的巨大兽口般包裹着整片岛屿身处的海面，使岛屿宛如崩塌般向下沉陷着，准确地说，是被海底的海洞吞噬下去。我知道那就是通往亚特兰蒂斯的入口。

疾风猛烈地刮削着我的身体，将我的视线和思维都搅得一片凌乱。心里升腾起一种剧烈的恐慌感，使我全身发抖，将目光投向那些极端势力的船只。

拉法尔他们还在船上！该死的，我没有想到"门"开启以后会是这种情况，这情况又来得如此迅猛，为什么阿迦勒斯不提醒我？

得让那些直升机去救他们！

"嘿，嘿！"我立即挥舞着双手，朝那些越飞越近的直升机大喊着，而他们显然因为惧怕飓风的威力而选择了迂回绕过。

情急之下我朝最近的一棵树纵身一跃，抱住了摇摇晃晃的树干，朝他们大声呼救着，才有一架直升机朝我飞来，并抛下了绳梯，我立即抓住并爬了上去。可上面的救援人员刚刚将我捞上去，我甚至还未反应过来就被他们紧紧地按在了座位上，手被铐在了背后。

我这才意识到可能是由于我穿着莱茵的衣服，他们以为我跟这群极端势力是一伙的！我用俄语大吼起来："喂，你们弄错了，我是俄罗斯人，放开我！"

我抬起头奋力地挣扎着，然而他们不为所动，依旧紧紧地控制着我。飞机朝那些极端势力即将沉没的船只飞去，盘旋在上空。我紧盯着底下搜寻拉法尔他们和阿迦勒斯的身影，却只看见那些奔跑着跳向救生艇的极端势力的武装人员，不由得心急如焚："他们……我是说向你们呼救的那些人，他们在第二艘船上，请下去救他们好吗！"

"呼叫，呼叫，飞鸟2号机！1号机遭到飓风袭击，已经坠毁，风力破坏范围在迅速扩大，放弃救援行动，立即撤退！"

驾驶座上响起对讲机嘈杂的声音。

"不，不！"我惊慌得几乎要跳起来，用手肘疯狂地击打着玻璃，却被旁边的两个人一左一右牢牢地按在座位上，只能扭头望着渐渐消失在海面上的船和岛屿。

一道黑色的影子骤然自那蓝色风暴的中心浮现出来，仿佛撒旦现世般吞噬了整个世界的黑暗，化作一枚锋利的箭矢扎入那幽幽的深渊里。

那个影子距离我非常遥远，但我知道那是阿迦勒斯，他在望着这架带着我逐渐离他远去的直升机。

可只是那么短暂的一瞬间，我便看见蓝色飓风仿佛原子弹轰然爆炸般地扩散出一圈刺目无比的光亮，那座岛屿、极端势力的船只、还有阿迦勒斯，都在黑暗中消失得无影无踪。就仿佛不曾在这个世界存在过一般，从我眼前的这片幕布里骤然抹去了。

我愣愣地凝视着夜空，心底忽然间空落落的，大脑也一片空白。

难道这一切，就这么结束了吗？阿迦勒斯与人鱼族群就将这样消失在我的生命之中，成为我的一段回忆？

就在我这么想着的时候，我却听见一阵断裂般的响声，从上方传来——

那是，直升机的螺旋桨发出的声音。

"咔，咔，咔——"

那仿佛是……命运之神的狞笑。

在直升机极速坠向大海之前，这是我脑海里最后的念头。

图书在版编目（ＣＩＰ）数据

为你而名 / 崖生著 . — 北京：北京燕山出版社，
2022.5
ISBN 978-7-5402-6463-5

Ⅰ . ①为… Ⅱ . ①崖… Ⅲ . ①长篇小说—中国—当代
Ⅳ . ① I247.5

中国版本图书馆 CIP 数据核字 (2022) 第 048406 号

为你而名

著　　者	崖　生	
责任编辑	满　懿	
出版发行	北京燕山出版社	
地　　址	北京市丰台区东铁营苇子坑 138 号 C 座	
电　　话	010-65240430	
邮　　编	100079	
印　　刷	三河市兴博印务有限公司	
经　　销	新华书店	
开　　本	145 毫米×210 毫米　32 开	
字　　数	268 千字	
印　　张	9.25	
版　　次	2022 年 5 月第 1 版	
印　　次	2022 年 5 月第 1 次印刷	
定　　价	49.80 元	

版权所有　　翻印必究